黑夜限定的戀人

Mystery of Love

陌穎——著

在光的縫隙窺見夜的深，
在偏離軌道的那刻愛上你。

第一章　被遺忘的預言

在曲折的暗巷中第十八次轉彎，閔夂瑤終於累得停下腳步。

「周玥啊，妳確定沒走錯？」她四處張望了一會兒，十分篤定眼前的這面磚牆剛才也見過。

「應該不會有錯的呀，這地址可是花了超級多錢才好不容易要到的！」儘管這麼說，周玥的面色還是流露些許不安。

「嘖，開在這種隱巷裡，絕對是非法營業，不然就是詐騙集團。」閔夂瑤不耐煩地抱怨道，「我就說吧，不要迷信。」

「不會的，這位占卜師在財閥名門界非常有名，他占卜的價格之所以那麼昂貴，就是因爲算過的人都說準到不行！」

閔夂瑤瞥一眼周玥的袋子裡滿滿的現金，忍不住嘆了口氣，這傻女人上個月中了發票特獎，打算全用來占卜，「妳眞是瘋了。」

周玥無奈地笑了笑，「反正中獎的獎金也是一筆意外之財，比起錢，我更需要桃花。」

「好……妳開心就好。」

「啊，就在那裡！」周玥興奮地指著不遠處的一間老舊屋舍，門邊隱隱約約掛著一張褪色帆布，上面印著看不清的符號。

兩人朝屋舍走近，氛圍也越加詭異。閔冬瑤稍稍探頭向屋內望去，「他現在看起來有客人，妳沒預約嗎？」

「預約？」周玥失禮地笑了出來，「這裡才不是預約制，這連有錢都不一定能占卜得到，要看看彭燁師傅現在有沒有心情、感覺對不對。」

聞言，閔冬瑤猛然抬起頭，「妳剛剛說什麼？」

「嗯？哪一句？」周玥疑惑地眨了眨眼，「嘴巴閉好啦，妳現在看起來像笨蛋一樣。」

「妳說這個占卜師叫什麼？」

「彭燁師傅啊，妳有聽過嗎？也對，妳爸爸在財閥界這麼有地位，一定也知道他，難道伯伯也有讓師傅占卜過？」

顧不得周玥呢喃著些什麼，閔冬瑤推開大門。

屋內瀰漫著不明白煙，小小的空間裡有兩個人。一頭凌亂長髮的男人與打扮奢華的女性同時抬起頭。

「閔冬瑤！妳瘋了嗎？這樣超沒禮貌的！」周玥激動地衝進門，一把抓起這瘋女人的手腕，試圖把人帶出去。

閔冬瑤定睛瞪著眼前的男人，「真的是你？」

占卜師平靜地盯著這個胡亂闖進屋裡的陌生女人發瘋，沒有開口。

「沒想到能讓我再次遇到你……你這個騙子！」

當人們沒有勇氣做出抉擇，或是對未來感到徬徨時，往往會藉由占卜、算命尋求解答。

閔冬瑤的母親何芸，在十一年前就曾帶著女兒拜見過這位占卜師。

她在股東夫人們的茶會上打聽到彭燁師傅的靈驗事蹟後，立刻動身前往這個隱祕的地址，如同劉備三顧茅廬，直到第三次拜訪，彭燁才願意現身替她占卜。

在閔冬瑤的印象裡，十一年前的彭燁，容貌和如今一模一樣，留著一頭蓬亂的長髮，沒有人知道他究竟幾歲。

他的收費高昂，只有生存於上流社會的富人，才會願意用幾百萬來換一個答案。

開始正式占卜前，彭燁盯著當時還只有九歲的閔冬瑤好一陣子，年幼的她自然是不明白那張狂傲的臉上寫著什麼。

何芸也很快注意到他的目光，禮貌詢問：「我們冬瑤怎麼了嗎？師傅您是不是看見了什麼？」

彭燁並沒有回答她，而是專注地看著女孩，彷彿這麼凝視就能從瞳孔中攫取訊息。

「差點忘了，師傅您多一個預言就會多收一筆費用吧？沒關係您儘管說，收費不是問題。」

彭燁像是回過神般，轉而撫了撫桌上一塊純黑的石頭，勾起一個違和的微笑，「沒什麼重要的，不會收費。」

「請問……是什麼意思呢？」何芸心裡有些不安，急切卻又壓抑著，小心翼翼問道。

「妳……」彭燁緩緩開口，對著閔冬瑤慎重地說：「妳將會在二十歲那年的十月，交到第一任男朋友。」

閔冬瑤眨了眨眼，感覺一股微微的溫熱衝上臉頰。

「啊？原來是我們冬瑤未來的戀愛運勢，那就好。」何芸欣慰地微笑，鬆了好大一口氣。她轉向女兒，笑著說：「冬瑤，快跟師傅說謝謝。」

閔冬瑤抬眸，對這個預言不甚滿意，「我二十歲才會交到男朋友？怎麼可能這麼晚？」

二十歲，對於一個九歲的孩子而言，還要朝思暮想，苦等一個人生。

開什麼玩笑呢？她在班上可是很受歡迎的，媽媽甚至擔心她會不會小學就帶一個男朋友回家，自己這麼一個小人氣王，怎麼可能連最青春的高中年華都單身度過，大學才交得到男朋友？

彭燁沒有回答，只是露出一個邪魅的笑容，就像瘋子一般狂傲。

「哎，妳這小傢伙在說些什麼？」何芸趕忙制止孩子的口無遮攔，向他道歉：「師傅，真的很抱歉，孩子還小不懂事，不是有意冒犯您的。」

「我才沒有不懂事！我跟韓浚還有親親過，我們升上國中就會交往了，才不會等到二十歲……」

「天啊，妳這孩子……」何芸著急地摀住那張嘴，羞愧得連頭都抬不起來。

彭燁發出了見面以來最真摯的笑聲，「沒事，開始談正事吧，何女士，妳今天來找我，想問什麼？」

何芸頓時換上嚴肅的神情，深吸了一口氣，慎重地說：「是這樣的，師傅，因爲再等下去我就是高齡產婦了，所以我和丈夫最近打算生第二胎，但丈夫那邊是財閥家族，手足鬥爭很嚴重，就怕會有什麼危險或意外，我想問問最近是不是合適的時機？」

閔冬瑤在一旁邊把玩手機吊飾邊等候，偶爾聽著兩人的談話，偶爾抬起頭看看彭燁神奇的舉止。

彭燁的桌上有很多石頭類的物品，他以常人無法理解的動作擺弄許久後，才終於抬起頭望向何芸，「現在不是合適的時機。」

有別於剛才對閔冬瑤的戀愛占卜，這回他的嗓音壓低了許多，只吐出一句話。

何芸不自覺靠向前，難掩失望，更有些悲傷，「那什麼時候才適合呢？或是，我該怎麼做、注意什麼，才能安全生下第二個孩子？」

「妳不會有第二個孩子。」彭燁悠悠地說，「因爲，你們夫妻倆會在明年三月分開。」

如同閃電劈下，思緒「轟」的一聲被炸成一片狼藉。閔冬瑤停下指間動作，震驚地瞪著母親，而映入眼簾的，是母親從來沒有在她面前流露過的神情。

她能理解身爲當事人的母親爲何會如此崩潰，閔冬瑤一直對出生在一個幸福的家庭感到十分驕傲，不僅衣食無憂，從小更是在滿滿的父愛和母愛中成長。

此刻還如此相愛的兩人，怎麼可能在四個月後突然分開？

自從聽了彭燁的預言，閔冬瑤便時常坐在窗邊想像著二十歲的到來，瘋狂期待著二十歲的十月。

她的這位未來男友會以什麼樣的方式登場？他們會怎麼邂逅？會怎麼曖昧、怎麼交往？他會有一張男神臉蛋嗎？那她還會有第二個男朋友嗎？

無數問題充斥在小小的腦袋瓜裡，會有這麼多好奇，正是因爲那個看不見的希望，承載著她興奮的想像，讓這個預言變得那般耀眼。

然而，這充滿悸動的欣喜並沒有持續多久，因爲閔冬瑤的父母果然在師傅預言的隔年三月離婚了，她美滿的家庭最終走向了分裂。

父母離婚後，閔冬瑤再也沒有見過母親。她永遠記得，在新聯絡簿上，單親家庭的那一欄裡打勾時，內心那種墜落的感覺。

最重要的是，她始終不覺得是占卜師說中了預言。

她年紀雖小，觀察力卻很敏銳，她認爲何芸是在見過彭燁後才突然變得歇斯底里，平時溫柔隨和的她一反常態，時常在半夜哭泣，最後夫妻兩人都忍無可忍，走上了分開的結局。

何芸是先設定了結果，帶著答案去看問題，一切才會變得可疑。

閔冬瑤仔細想起來，其實她根本不確定彭燁正確的職稱到底爲何，占卜師、通靈師，還是算命師？撫摸一堆石子就能看見一個人的未來，說是詐騙犯還比較合理。

當時，閔冬瑤憤恨地要司機載她去見彭燁，試圖向他宣洩滿腔怒火。她始終相信世界上沒有錢解決不了的事，就算自己還小，要帶著大人一起前往，她也要他解釋清楚。然而，抵達現場時才發現，原本的房舍已成空屋，那個占卜師早就跑了。

這讓閔冬瑤更加確信，彭燁不是眞的能夠預言，而是看準客人的不安和脆弱，爲了鉅款而欺騙了他們。

多虧他，閔冬瑤年僅十歲就徹底看破這些科學無法解釋的怪力亂神，就連聽到同學討論塔羅牌都會覺得嫌惡。

✦

「你這個騙子竟然活到現在還沒被告上法院。」她瞪著這位連出現在夢中都會令她咬牙切齒的詐騙占卜師，氣憤地問：「你應該不記得我是誰了吧？」

彭燁陰沉一笑，沒有流露絲毫錯愕之情，「每年因為命運不如己意來怪罪我的人不勝枚舉，我當然不會記得這些只有一面之緣的客人。」

「你到底還想歛多少財、欺騙多少可憐人？都是你不負責任的謊言毀了我們家！你……」

「閔冬瑤！妳是怎麼了？快住嘴啊！」周玥一把拖住她，並不斷向占卜師道歉。

彭燁沒有因為閔冬瑤的失態而有所動搖，只是平靜地整理著桌上的石塊。

「師傅，非常抱歉，打擾了，我先把她帶走！」

周玥緊緊按住閔冬瑤那胡亂揮舞的雙拳。直到離開屋舍的前一刻，閔冬瑤都還在對他口出狂言。

「等等。」彭燁叫住她們，「妳的劫難就快到了。」

一陣冷冽的寒風颼颼颳過，令人毛骨悚然。

閔冬瑤回過神，意識到他是對著自己說，她不屑地笑了起來，「是嗎？不過你這次的預言有漏洞，你在十一年前曾告訴我，二十歲的十月，也就是下個月，我會交到人生中的第一任男友，如果我眞的交到了，代表到來的是喜事，而不是劫難，剛好打臉你現在這句話。」

彭燁意味深長地勾起唇角，擺了擺手示意她們快走，然後用力關上門。

迷路了一陣子才離開彎曲複雜的小巷，周玥委屈地碎念：「眞是的，妳到底在幹麼啊，怎麼會突然發瘋？我們可是好不容易才找到那裡，現在竟然要無功而返了。」

「周玥，妳不准再來這種鬼地方了！」閔冬瑤掙脫她的束縛，認眞地說：「那個占卜師是騙子，我爸媽就是因爲他才會離婚。」

「妳之前跟我提過的那個詐騙占卜師……難道就是他？」

「沒錯，難怪地址這麼隱密，我想就是因爲詐騙過太多人，現在在跑路了吧？」

見周玥遲遲沒有回應，閔冬瑤順著她的目光望去，看到不遠處一個倚靠在路燈旁的身影。

「怎麼了嗎？」

「妳看前面那個女人，她不是剛才彭燁師傅的客人嗎？」周玥指著前方路口，面色有些擔憂，「她看起來很不舒服，感覺快昏倒了，不知道需不需要幫忙？」

被這麼一提，閔冬瑤也認出這位剛見過面的女人，她留著一頭波浪捲髮，打扮十分精緻，從頭飾、洋裝到高跟鞋全都是精品。只見她扶著路燈桿，搖搖晃晃的樣子。

霎時，那女人忽然癱軟，被人行道旁的階梯絆倒，跌坐在地上後隨即發出一聲哀號，一臉痛苦地趴在地上。

周玥倒抽一大口氣，兩人對望一眼便同時跑向她，迅速攙扶住那微微顫抖的身軀。

「妳還好嗎？怎麼了？」

女人似乎痛得說不出話，白皙的臉蛋皺成一團，她張了張口，最後索性放棄，緊緊抓住閔冬瑤的手。

第一次遇見這種緊急狀況，閔冬瑤有些不知所措，正想尋求其他路人協助時，突然看見那米白色的裙擺滲出鮮血，以驚人的速度逐漸被染紅。

「周玥！快點叫救護車！」

跟著救護車一同抵達醫院，她倆一言不發，在急診室外等候了許久，幾乎過了大半天。

「是妳們兩位送梁蓓媛女士來急診室的吧？」一位護理師走向她們，「病患現在已經在病房休息了，她說想見見妳們。」

周玥驚訝地問：「她要見我們嗎？」

「沒錯，妳們跟我來吧。」護理師轉身領著她們搭乘電梯。

跟在護理師身後的周玥小心翼翼地問：「冬瑤，這樣代表那個女人應該沒事對吧？我看她那樣……該不會是孕婦？」

閔冬瑤心有餘悸地點了點頭，「看樣子應該是。」

「眞希望她和孩子都平安無事。」周玥擔憂地說。「不過，我沒想到妳竟然會在這裡待這麼久。」

「畢竟她的家屬也還沒抵達，我們當然要在這陪她一下啊。」

「很難得耶。」周玥用新奇的眼神盯著閔冬瑤，「妳不是最討厭多管閒事了嗎？竟然會這麼關心一個陌生人。」

閔冬瑤的動作微微一滯，遲疑地說：「她跟我媽媽好像。」

「真的嗎？那個女人看起來應該也三十初頭而已吧，妳媽媽看起來這麼年輕嗎？」

「妳忘了啊？我最後一次看見我媽，也是十年前的事了。」

周玥的神情忽然沉了下來，「喔，對喔，抱歉。」

「沒事啦，幹麼道歉？」她硬擠出一個微笑。如果只看背影，那真的與印象中的母親一模一樣，淡淡的栗褐色捲髮梳理得十分整齊，右側別著一個蝴蝶造型的水鑽髮夾，還有那件米白色小香風洋裝，也和母親穿的是同一個名牌。

「就是這裡，妳們記得別聊太久喔，病患現在很需要好好靜養。」護理師說。

「好的，謝謝。」

護理師得到答覆後便轉身離去。

閔冬瑤留意了一下特等病房的擺設，從這奢華的規模看來，這個女人果然也是來自豪門的貴婦。

「抱歉還讓妳們跑一趟，快過來坐下吧！」梁蓓媛招招手，露出溫柔的微笑，看上去已經脫離險境，「真的很謝謝妳們第一時間將我送醫，我才能保住這個孩子。」

她輕撫自己的腹部，唇角停滯在一個哀傷的弧度。

周玥坐到她身旁，關心地問道：「這麼說，妳的孩子沒事嘍？真是太好了！我們還很擔心……畢竟，真的流了好多血。」

「嗯！我眞的不知道該怎麼答謝妳們，醫生說再晚個幾分鐘，也許就保不住了。」梁蓓媛嘆了口氣，「這個孩子對我來說眞的很重要。」

「這樣聽起來，妳應該很小心吧？那怎麼會突然在馬路旁跌倒呢？」閔冬瑤忍不住將這個憋悶許久的疑惑問出口。

梁蓓媛愣了一會兒，神色幽暗地垂下頭。

周玥連忙打圓場，笑著說：「如果覺得太私人的話，也可以不回答！」

「沒事的，只是……說起來有點羞愧。」梁蓓媛有些難堪地捏了捏衣角，「妳們也看見我在彭燁師傅那兒占卜了吧？他對我說了一個預言，我想得太專心，一直到路口那兒還是難以接受，可能是因爲打擊眞的太大，才會突然沒辦法控制自己的身體，雙腿癱軟的時候又剛好被階梯絆倒，就……」

周玥小心翼翼地瞅向閔冬瑤，顯然對方正努力抑制住心中不斷翻騰的怒火。

「所以，妳差點失去孩子，竟然是因爲那個騙子？」閔冬瑤問。

「什、什麼？妳怎麼會說彭燁師傅是騙子？」梁蓓媛臉色閃過驚惶，若有所思地說：「這麼說起來，剛才我離開前，好像也聽到妳吼了他騙子……」

「反正不要太在意他說的話，世界上本來就沒有什麼預言。」閔冬瑤傾身向前，嚴肅地問：「那個騙子到底跟妳說了什麼？」

梁蓓媛猶疑幾秒，斂下眸回答：「師傅說……我今年十二月會遭逢有史以來最嚴重的感情變故，但是，我的孩子的預產期就是十二月啊，如果在這個時間點和我的丈夫……」

望著她驚慌、恐懼的模樣，過去的回憶湧上心頭，當年母親聽見預言時，也是這樣的反應。閔冬瑤的雙手在不自覺間早已緊握成拳，「妳千萬不要因爲那些胡說八道的詐術而影響自己的心情，一定不會有事的。」

「但是，我聽說彭燁師傅的占卜非常靈驗，而且直言不諱……」

「我會證明給妳看的。」

「什麼？」梁蓓媛與周玥異口同聲地驚呼。

周玥摟住好友的肩，在她的耳邊壓低嗓音說：「閔冬瑤，我看妳是瘋了，到底在說什麼傻話？做不到的事就不要亂擔保，妳能證明什麼啊？」

「那個騙子十一年前曾經預言，我將會在今年的十月交到第一任男朋友，剛好，距離現在就剩下不到一個月。」她輕輕掙脫周玥的手，語氣充滿自信，「那只要我在十月前交到男朋友，這個預言就是錯的啦。」

周玥的臉上瞬間綻放出笑容，「也就是說，如果冬瑤眞的在九月就脫單了，這就代表彭燁師傅的預言不是百分之百正確，是可以扭轉的！」

「沒錯。」閔冬瑤說。

梁蓓媛思考了一會兒，隨即擔憂地說：「妳還是別拿自己開玩笑比較好，如果害妳因此錯過眞正的良緣，那我……」

「哎，別擔心啦，反正我本來就不相信那些玄幻的東西，而且我最近正好想談談戀愛，OK的！」

「所以請妳一定要好好靜養身子，冬瑤一有什麼進展，一定會立刻告訴妳！」周玥說。

「沒錯，在這之前，妳千萬不要去想那個占卜師對妳說過的預言。」閔冬瑤對梁蓓媛愼重囑咐，就怕她的情緒又會有太大的波動。
梁蓓媛最終妥協，眼眶盈著淚水不斷道謝。

第二章　一場危險的邂逅

遇見彭燁師傅和梁蓓媛，那差點被遺忘的預言就這麼被重新翻出來，算了算日子，距離二十歲的十月一日，還剩下半個月。閔冬瑤不覺得自己有辦法在短短兩週內喜歡上一個人，但要找一個男友，兩週綽綽有餘。

要找到這種暫時性男友，最乾脆的方法就是去男人的集散地——夜店。和一個花花公子交往，任務完成後，分手時才不會太有罪惡感。

但不巧的是，她前幾天才因爲揮霍無度，把附卡帳單刷出了新高，被父親無情凍結一個禮拜。閔冬瑤實在不想自己花錢，於是決定走個節儉的路線，將目的地改成自家集團旗下的酒店。

「呦，閔冬瑤，妳到了啊！」李優在看見她後，立刻晾下眼前的客人，前來熱情迎接。

閔冬瑤比了比手勢要他壓低音量，「我再強調一遍喔，你可別告訴我爸我來這裡，我今天是逼不得已，有很重要的事情要辦。」

「當然、當然，我連一個同事都不會說！絕對會用盡生命保密！妳交代的我也都準備好了，今天妳開的所有酒都算我這裡，妳儘管點！」李優笑盈盈地拍拍她的肩，「那妳也會履行承諾吧？幫我在董事長面前說點好話……每天看主管的臉色眞的快往生了。」

「這你別擔心，我絕對會告訴我爸，你是整間酒店最勤奮、最認眞的職員，盡心盡力賣命工作、能力絕佳、廉潔奉公、超群絕倫、出類拔萃、智勇雙全……」閔冬瑤滔滔不絕念出畢生所學的成語，換了口氣繼續說：「保證你從公關升官到業績幹部，成爲整間酒店第一個入行一年就升遷的人。」

李優聽得心頭蕩漾，「啊，眞是太感謝妳了！我眞不知道自己前世是做了多少功德，何德何能在這輩子當上『霍朵集團董事長唯一千金』的高中同班同學。」

「過頭了喔。」閔冬瑤乾笑幾聲，回歸正題，「所以，你剛剛接待那麼多組客人，有沒有哪間包廂的男生長得比較好看、年紀小一點的？」

「當然有啊！A三〇二五剛剛進去了一群超誇張的男人，各個身材驚人，雖然看起來有一點兇，但應該不是什麼流氓。」李優回想起來依然感到興奮，那一群人出現在同一幅畫面，差點沒把他掰彎。

閔冬瑤雙眼一亮，壞男人什麼的她最喜歡了。

「喔對！而且他們還叫了好幾個小姐進去，要把妳弄進去簡直輕而易舉。」

她微微一愣，「等等，你這話是什麼意思？」

「當然就是把妳扮成小姐送進去啊！」

「什麼？我堂堂一個霍朵千金，直接走進去不就好了？還要變裝？」

李優翻了個白眼，「拜託，妳這樣暴露身分還得了？等等不小心傳到妳爸爸那兒就完了，而且妳這種行走的金庫隻身一人出現在這裡，稍不注意被綁走了我可賠不起。」

閔冬瑤眨了眨眼，認爲李優說的話是有幾分道理，是她自己思慮不周。

「所以，妳可千萬不要喝醉把自己是小富婆的事實說出來！知道嗎？」

她一秒變臉，乖順地點點頭，「知道了，那走吧，帶我去變裝。」

兩人開開心心走進電梯，而此時，站在牆邊的男人緩緩走出陰影，邪惡地勾起嘴角，迅速搭上電梯，回到A三〇二五包廂。

✦

鍾諾坐在包廂一角，低頭盯著手機螢幕。

包廂內充斥著濃縮了十倍的菸草味，昏暗中閃爍著點點霓虹，幾個人狂歡的歌聲從音響裡爆裂般地轟炸而出，一群男人摟抱著幾個衣著清涼的女人，舉杯暢飲。

獨自沉穩的鍾諾是畫面中唯一的靜態生物，顯得格格不入。

「哥哥，你不玩玩嗎？」一個女人貼了上來，豐腴的身體就這麼毫無顧忌地貼住他的手臂。

鍾諾平靜地睨了眼，抽開手。

女人因這冷漠的態度有些驚愣，身爲酒店的王牌公關，還沒有哪個客人對她如此淡然。她難得在酒店裡遇到這種相貌非凡、氣質異常高貴的客人，原想好好把握一番，想不到，卻慘遭無視。

一旁的魏楷給了她一個嚴厲的眼色，「識相的話就去找別人吧。」

女公關張了張口，原本還想說些什麼，但在瞥見鍾諾那凜冽的眼神後，所有氣場都萎了下去，沒多囉嗦便轉移目標。

魏楷瞅著那個陰沉的男人，嘆了口氣，「大家都嗨成這樣，你還能氣定神閒也是很厲害，你是來這裡喝酒的嗎？」

「是。」

魏楷無語地看著鍾諾，接著沒靈魂地笑了笑，「你好歹也給方湛一點面子，老大的寶貝獨子生日，每個兄弟都用盡全力陪他嗨，你看看自己多沒誠意。」

「所以我不是出席了嗎？」

魏楷不知該如何反駁，鍾諾平時可不會輕易答應來酒店。

說人人到，方湛興沖沖打開包廂大門，一進包廂就暫停音樂，一把搶過麥克風，「兄弟們，知道我剛才聽到什麼嗎？」他絲毫掩藏不住興奮，「霍朵集團的千金現在就在這間酒店裡！」

聽見關鍵詞「霍朵集團」，鍾諾終於抬起頭，靜靜聆聽。

「真的假的？只聽說過那老頭有個女兒，還真沒見過本人，連個年齡都不知道。」一旁的兄弟同樣感到驚奇。

「該不會長得跟那老頭一個樣？還是其實是個大媽？我看閔遠也不年輕了，女兒鐵定也三、四十歲了。」

方湛得意地搖搖頭，「我剛剛就看了一眼，超正，皮膚白得發光，還有那腿……又直又纖瘦，重點是看起來還是個沒見過世面的學生。」

「眞假！還有這種事？」

「那不就完全是你的菜了？上了啊。」

「美色和財富兼得欸，眞有你的。」

方湛露出自信的笑容，「用不著我出手，她自己會來我們包廂。」

這番言論引起男人們的議論，紛紛開始起鬨。

「好了，你們繼續唱吧，誰都別想跟我搶。」方湛重新播放音樂，興致高昂地搓搓手，「我呢，要來好好準備一下。」

他走向角落的空位，不懷好意地微微笑，餘光瞥見那個一向不可一世的鍾諾，竟然難得正眼盯著自己，「怎麼？你也有興趣是不是？」

鍾諾挑了挑眉，不發一語。

「也對，你很關注那個霍朵集團吧？」方湛拿起玻璃杯，注入滿滿的上等葡萄酒，「但別想搶啊，我是不會讓的。」

鍾諾冷笑一聲，看著方湛從口袋裡拿出一包不明粉末，一點不剩全倒進酒杯，他微微瞇起眼，「你想做什麼？」

「哇，眞難得，你竟然會過問我的事？」方湛笑得放蕩，「還能夠做什麼？當然是下藥啊。」

這話一出口，一直在一旁靜觀其變的魏楷也抬起頭，錯愕地問：「你瘋了吧？下藥？你該不會想強姦？還是綁架？」

「到什麼程度就臨場發揮嘍，我看那女的爲了不讓她爸知道自己來這裡，還要裝成酒店小姐呢，說不定也不敢報案，這種天大的好機會怎麼能錯過？」

鍾諾沉下臉，這男人依然荒唐得無可救藥。

「欸，你們該不會想插手吧？」方湛挑起眉，語帶威脅。

他背後的靠山可是整個幫派的大家長，這裡哪有人動得了他？

魏楷壓低聲音對著鍾諾說：「你現在還需要幫派的幫忙，最好不要爲了一個素昧平生的女人跟老大撕破臉。」

鍾諾冷冷一笑，「你想多了，我沒那麼雞婆。」

最後一個音剛落下，包廂門被打開了。五個女人走進來，熱情地招呼著，鍾諾一眼就看見最突兀的那位。

她化著與其他人風格完全迥異的韓系妝容，在一群濃妝豔抹的女人中顯得格外清新脫俗。她的五官十分精緻，清澈的眼眸中，無辜卻又帶點嬌媚，就連俗氣豔麗的清涼布料都能穿出一點氛圍感，凹凸有致的體態更是隱藏不住貴氣。

只是那張清純的笑顏，再過一會兒怕是就要流淚了。

✦

一走進包廂，閔冬瑤就懵了。這些男人……確定不是黑幫嗎？他們確實各個身材精壯，長相也普遍在平均值之上，但一群猛男喝醉狂歡的畫面，其實還挺恐怖的。

她深吸了一口氣。沒什麼好怕的，這裡還有這麼多小姐姐作伴，只要模仿她們就能融入了，很簡單。

「哥哥，你很久沒來了，人家好想你啊……」一個漂亮小姐拉長尾音，嗲聲嗲氣地招呼其中一個客人。

閔冬瑤見狀，立刻在心裡收回剛才那句話，這一點都不簡單。她摸了摸自己空蕩蕩的胸前，這服裝太裸露了，還有下半身那小小一截的布料，感覺自己只要稍稍彎腰就會走光，更別說是坐下。

但很快地她就知道，犧牲是會有回報的。

閔冬瑤進包廂不到一分鐘，就有個染著金髮的男人嘻皮笑臉朝她走來，「妳是新來的？來這邊坐吧！」

他逕自摟住閔冬瑤的肩，帶領她入座。

這個男人明顯最沒有黑幫的架式，看起來既不駭人也不陰森，就像個普通的輕浮男人，嗯，很符合她正在尋找的條件，好看、輕佻、積極主動。

判斷完畢，閔冬瑤鎖定了目標，開啟熱情模式。如果眞演不起來，那只要將每句話的「我」都替換成「人家」，鐵定有點用。

「哥哥，你怎麼知道人家是新來的？」她露出風騷的微笑，刻意拉長尾音。是有些生硬，但一切都在正軌！

對方似乎十分意外她會如此表現，愣了一下才開懷大笑，「因爲我在這裡還沒見過像妳這麼美麗動人的女人啊！妳叫什麼名字？」

閔冬瑤快吐了，但她忍了下來。油膩是好事，至少應該很好上手。

總不能報上眞名，她轉了轉眼珠子，很快回覆：「人家叫冬冬，哥哥你呢？」

「冬冬啊？哥哥我叫方湛，怎麼樣？混江湖一定聽過我的英名吧？」他拍拍胸脯，哈哈大笑了起來。

這男人怎麼不太對勁，好像有點傻，可閔冬瑤還是決定再繼續觀察看看，沒戳破他的英雄幻想。

「唉唷，人家沒有在混江湖啦！」她扭了扭身子，突發奇想，覺得似乎能再加點戲，遲疑地喊了聲：「討——厭啦……」

方湛又停頓了一下，笑得更猖狂了，「很好、很好，我喜歡！那冬冬妳幾歲了？看起來很年輕欸。」

「人家今年……嗯，二十四歲！」幫自己加個四歲，應該會比較沒有距離感。

「哇，完全看不出來！那妳猜猜哥哥我幾歲？」

閔冬瑤突然摀住嘴，驚慌又無辜地倒抽一口氣。

「怎麼了？」方湛急忙關心。

「人家好像叫錯了，你難道不是剛滿十八歲嗎？我怎麼忍不住叫哥哥呢？是不是因爲你太給人安全感了！」

方湛張了張嘴，恍然大悟般地拍起手來，笑得合不攏嘴，「好、好啊！妳這個小機靈！我都二十八了！」

閔冬瑤不太喜歡這個綽號，但因爲覺得很有成就感，演得也挺快樂的，不自覺就繼續吹捧了。

「來，這酒是整間酒店裡最貴的，哥哥賞妳。」方湛將一杯已經倒好的美酒送到她面前，自己也舉起另一杯。

「哇，謝謝哥哥！你對人家真好。」

「來來來，乾杯！」

喀噠。

有什麼東西掉落到地板，發出細微的撞擊聲。

兩人同時放下酒杯，閔冬瑤低頭看向腳邊，只見一個小小的白色物體輕輕彈到她的鞋跟，停了下來。

「抱歉，耳機掉了。」鍾諾伸手拾起，沒看他倆半眼，又回到自己的位子上。

這男人真怪，在這麼嘈雜的KTV包廂裡，戴什麼抗噪AirPods？閔冬瑤滿臉困惑。

「真是……你這傢伙掃什麼興！」方湛咒罵了幾句髒話。

不過一看見這個奇怪的男人，閔冬瑤便遲遲收不回目光，還在心裡吐了句髒話。

他，完全是她的菜。

閔冬瑤徹底愣住，那優越的骨相十分不科學，在黑暗中稜角分明，漂亮的內雙眼皮下即使有著陰沉又冷漠的眼神，卻依然好看。

要是剛才進門就看見這如此非凡的長相，她絕對用不著演戲，直接本色演出。

「來，冬冬，喝吧喝吧！」

直到方湛出聲才終於將她的注意力拉回來，閔冬瑤擠出微笑，眼下還是必須演完，努力陪酒。

她不疑有他，碰杯後啜飲了幾口。這酒很烈，辣得閔冬瑤又刺又麻，小酌幾口後就開始感到微醺。

但方湛就不同了，他只不過比她多喝了一點，沒幾分鐘就醉倒在沙發上，睡得很沉。

閔冬瑤嫌棄地瞪著他，就算只是要談一場速戰速決的戀愛，她也不想找這種遜咖。

不過……甩掉一個，現在就能專心面對另一個了。

剛才那個戴耳機的男人看上去真的很像流氓，但比起街頭地痞，他更像電影裡那種幕後的老大，那長相已經遠遠超過金字塔頂端，衣著整整齊齊，外型也十分乾淨，有種莫名幹練的氣場。

閔冬瑤拿著酒杯，一口氣移到鍾諾的身側，睜大水汪汪的眼望著他。她現在已經被酒精壯膽了，即使要上刀山、下火海，好像也都無所畏懼了。

閔冬瑤繼續看著鍾諾，那下顎線是認真的嗎？確定不是用刀磨過？她呆愣了足足五秒後才回過神。

「嗨！」她加重鼻音，嗓音嗲得讓人反胃，「哥——哥。」

見對方一點反應也沒有，她委屈地皺了皺鼻子，自己這一輩子還沒有被男人忽視過。

不過很快的，她便發現鍾諾還戴著耳機，當然聽不見她說話。

閔冬瑤馬上欣喜地將耳機拔了下來，沒想到這個這舉動觸碰了鍾諾的底線，他轉過頭，那輕輕一眼便溢出殺氣。

但閔冬瑤可沒這麼膽小，她正瘋得快樂，「喔！是AirPods！人家見過它。」

面對瘋瘋癲癲的閔冬瑤，鍾諾反倒變得很平靜，他還沒有見過哪個AirPods長得不一樣。

閔冬瑤原本預期眼前的男人可能會問點問題，或罵她神智不清，但很顯然，他沒有要開口的意思。

「它剛才滾到人家的腳邊了，有點肌膚之親，我們也算是有緣分！」閔冬瑤憐愛地望著小小的耳機，句句浮誇。

眼看自己的東西被這麼褻瀆，鍾諾果斷將耳機從她的指間拿下。

「喔！」她驚訝地摀住嘴，「哥哥，我們見過吧？」

好個胡亂認親，鍾諾換了個坐姿，眼裡藏不住對她的鄙夷。

「絕對不會錯的，哥哥你這麼好看，人家看一眼就牢牢記在心底了。」閔冬瑤搖了搖他的手臂，盡其所能地扭出一點妖嬈。

不料，鍾諾沉下臉，嚴肅地命令道：「放開。」

咚。

她聽見了什麼，好像是心臟錯位的聲音。渾厚又迷人的低音炮！低沉的一句話將共鳴盪到她心裡去了，閔冬瑤不但沒有被這語氣中濃烈的威嚇嚇著，反而為這種激情深深著迷。她按住自己的胸口，眼巴巴地望著鍾諾，「哥哥，我中槍了。」

鍾諾微微蹙眉。

「哥哥，你的聲音真的太好聽了，多說點話。」

鍾諾面無表情地向左挪，心無旁騖，繼續盯著自己的手機。

閔冬瑤趕緊追上，補上剛才空出的位置。

「哥哥，這裡這麼暗還滑手機對眼睛很不好喔。」見鍾諾像銅牆鐵壁般打不穿，閔冬瑤從口袋裡拿出手機，「人家來幫你。」

她打開手機裡的內建手電筒，亮晃晃的白光頓時照亮包廂裡陰暗的一小角。

鍾諾的手機螢幕反射出刺眼亮光，他一把用手掌蓋住光源，瞬間便切斷手電筒的亮光，角落恢復一片黑暗。

「妳到底想幹麼？」震怒的低吼聲自男人口中深沉發出。

一旁幾個小姐都難掩畏懼地盯著這個方向，想著那個新來的小姐，會不會橫著被抬出這扇門？

閔冬瑤表面驚惶，內心實則興奮得不斷尖叫。

「怎麼會有人發起怒來這麼性感？」她發自內心讚嘆，殷切地說：「人家還要做些什麼，你才會再吼人家一次？」

鍾諾的眼角微微抖了兩下，眯起眼瞪著這個瘋女人。望著她痴痴笑彎的眼、微微噘起的雙唇，他腦中只有一個想法，匕首放在外套內裡，手槍掛在腰間皮帶，是時候讓她知道，在他鍾諾面前放肆會有什麼下場。

閔冬瑤絲毫沒察覺異狀，繼續用過度抑揚頓挫的聲音說：「齁呦，哥哥你幹麼盯著人家的嘴唇看？是不是在想什麼不乾淨的事？」她浮誇地嘟起唇，對他拋了個媚眼。

「太好了，很高興哥哥你跟人家有一樣的想法！」閔冬瑤開心地拍拍手，「跟我交往，我們就可以開親了，你要親親還是舌吻都沒問題，怎麼樣？」

閔冬瑤伸手挑逗似地戳了戳鍾諾，豈料下一秒，男人猛然用力地抓住她的手腕，牢牢扣在她的胸前，傾身向前將人壓在沙發上。

這是閔冬瑤今晚第一次受到驚嚇，她突然感覺到危險的氣息。沒想到，這個男人看似沉穩又禁慾，其實急得很。

鍾諾解開外套的鈕扣，那絲滑的動作撩得她春心蕩漾。當他微微拉開工裝外套的一側，更讓閔冬瑤緊張地閉上雙眼。

只是等了半天，幻想中的激情情節並沒有發生。她遲疑地睜開眼，映入眼簾的不是什麼結實的肉體，而是外套內側那一排鋒利的銀刀，各種尺寸、刀尖角度、形狀的匕首，應有盡有。

「妳再笑一次，就自己選一把。」鍾諾淡然地說完後，隨即鬆開她的手，退回原本的位子上。

閔冬瑤懵了。他是武器販賣商嗎？怎麼會有人把一排短刀穿在身上？攜帶這麼多刀都不會不小心捅傷自己嗎？不對，這麼冷血無情的人就算被刀劃傷了，說不定也不會流出血。從那毫無溫度的眼神看來，那些刀具不是裝飾，或許上面真的沾染過無數人的鮮血，而她只要再放肆一次，那男人真有可能會割破她的喉嚨。閔冬瑤打了一個冷顫，終於冷靜下來，決定換個方式。

盯著鍾諾好一陣子，她小心翼翼控制著自己的嘴角，不讓嘴唇有任何上揚的可能，「好，那我們最後喝一杯，我就不亂了，直接談重點，行吧？」

她拿起桌上的酒瓶，倒了兩杯，等待對方回敬。「我其實有一件很簡單的事想請你幫忙，眞的很簡單，而且我保證不會像剛才一樣不正經。」

遲遲等不到反應，閔冬瑤一抬眸才發現鍾諾正用一種幽深而莫測的眼神盯著自己。他該不會眞的在評估要拿哪一把刀吧……

「不用告訴我，我不會幫忙。」

「剛才如果有冒犯，你千萬不要放在心上，其實我平常不是這種人，也不是這裡的員工……」

「我知道，所以才會毫無防備地喝來路不明的酒。」

閔冬瑤想了一想，知道他指的不是現在手上這杯剛才親手倒的酒，視線再拉遠些，答案一目了然。

是方湛給的那杯。

那傢伙此刻安詳地睡著，連鼾聲都沒打，與其說是醉倒，更像是迷懵昏了過去。

握著玻璃杯的指尖頓時滑了一下，閔冬瑤感到排山倒海而來的恐懼。

他給她下藥了。

「是你、你把兩杯酒調換的？」剛才的嬌聲細語消失無蹤，閔冬瑤的聲音這回反而有些顫抖。

撿耳機只是個幌子，就在閔冬瑤和方湛的注意力轉移到地面的一秒之間，他將兩杯酒換了個位置。這樣不僅不用與老大的寶貝兒子正面起衝突，還能將責任歸咎於方湛的酒量。

鍾諾沒有回答，只是冷冷地說：「知道危險就走吧。」不等閔冬瑤反應過來，他便起身離去。

✦

散場之際，有幾個兄弟吐得到處都是，也有幾個滿臉通紅醉倒在沙發上，但從頭到尾一動也不動的，只有方湛一個人。

「方湛啊！」

「欸，起來了！」

「完全睡死了，到底是喝多少？居然可以醉成這樣。」

「嘖，方湛這傢伙是怎樣？自己生日結果都還沒通宵就倒了。」

兄弟們合力將他抬走，魏楷盯著那張熟睡的側臉，覺得有點不對勁。他走到鍾諾身旁，壓低音量問：「好傢伙，你做了什麼事？」

「什麼事？」鍾諾抬眸，靜靜反問。

「別裝了，方湛那是怎麼回事？」

「喝多了醉倒，很稀奇嗎？」

魏楷笑了聲，「你還眞敢，連方湛都敢動，他的酒量又不差，你騙得過其他人，我這關可過不了。」

「是嗎，那就當是這樣吧。」

「怎麼樣？霍朵集團的千金如何？」他撞了撞鍾諾的胸膛，興致勃勃地問：「我看你還把人家壓在沙發上，是什麼樣的女人讓你這麼急？」

那一幕差點把魏楷嚇壞了，遠遠就看到他這個一向冷漠的哥兒們撲倒一個纖弱女子，還很擔心他們會不會在大庭廣眾之下進入下一步。

鍾諾停下腳步，轉過身瞪著他說：「什麼急？我那是警告。」

「你說笑啊？你之前警告其他貼上來的女人，不都是直接亮槍亮刀嗎？哪還有閒工夫，多此一舉做這種肢體接觸？你是不是有點在意她？畢竟那個女孩是真的挺特別的……」

「住嘴。」

魏楷一抬頭便看見鍾諾慌張的眼神，趕緊安靜下來。看來是被他說中了什麼，惱羞成怒。

第三章 摘不到的那顆星

摘不到的星星，總是最閃亮的。

閔冬瑤不知道自己是什麼被虐體質，從酒店回來後，一連幾天都不斷想起那個態度冷淡的男人。她甚至向李優打聽了對方的名字，但酒店只有訂位人的資訊，而且她也沒那個膽再回去那裡，所以對於這個神祕的男人，她還是一無所知。

閔冬瑤想，那晚的發瘋行徑也該好好停留在黑歷史中，她一個大小姐假扮成酒店小姐，對客人毛手毛腳，這話傳出去成何體統？

酒店脫單計畫告吹，她一瞬間失去原有的自信。距離十月剩下不到兩週，白天又要上課，她是要去哪裡找男人？

「嘿，早啊。」

書包突然被拉了一把，連帶將閔冬瑤的身軀硬是轉了九十度。她猛然抬起頭，看見韓浚後作勢出拳，「你找死啊！」

韓浚是她從幼稚園起就認識的好友，雖然國小、國中、高中都不曾同班過，但一直都是同校，說起來也算是青梅竹馬。

他擺出招牌咧嘴笑，四處張望了幾眼，「幹麼站在這裡？妳在等人？」

「當然啊，不然幹麼站在這裡？」

「看來妳要被放鴿子了，都快上課了。」韓浚瞥了一眼手錶，「妳在等誰？」

「當然是等你。好了，快點去教室吧，開學第一堂課遲到就完蛋了。」閔冬瑤逕自跨步向前。

韓浚迅速追了上來，語帶笑意，「想不到妳這麼有義氣主動等我，我正想打電話請妳幫我占位置，跨系選修你們外文系的課，還是需要妳罩一下。」

「啐，講得好像你整堂課只認識我。」她扯了扯唇角，低聲咕噥了幾句，「你不是認識我們系那個傅尹希嗎？找她那種學霸更好。」

「喔，說到她，我們一起去學餐買飯那天，妳是發瘋喔？聽說妳們在學餐打起來了。」

「你聽誰說的？」閔冬瑤頓時感受到遲來的羞赧，紅著臉問。

「拜託，這麼精彩的事，就算我當時去排隊沒看到，也有好幾個人特別跑來告訴我。」

韓浚湊向前，一一細數：「有人說妳賞了傅尹希巴掌，有人說妳被她狠狠潑了一身的飲料，

有人說妳把她推倒在地、撞倒餐盤，還有很多種說法，每個人的版本都不一樣。」

「什麼？竟然說我被她潑飲料？到底是哪個混蛋跟你說的？」她停下腳步，惡狠狠地歪

了歪脖子。

韓浚笑了起來，露出一口乾淨的白牙，「對吧！我就覺得妳不可能打輸，絕對是妳出手

的，去掉一些大機率是加油添醋的話，最可能的事實就是妳賞了傅尹希巴掌，又把人家推去

撞餐盤，我說得沒錯吧？」

聽見這番推理，她乾笑了幾聲，雖然沒被誤會，但被形容得像是女混混，她的心情實在

不怎麼好，「準確來說還少了一個重點，傅尹希的飲料確實灑在我身上，只是那是我自己撞開的，才不是什麼狠狠潑我，她哪有那個膽？」

「好好好，我知道擔心妳這種事完全是多餘的，沒有人欺負得了妳。」他挑了挑眉，「所以，爲什麼要這麼做？傅尹希這麼乖，哪裡惹到妳了？」

「乖？」閔冬瑤翻了個白眼，繼續往前走，「你果然是男的，看不出那種乖乖女的心機。你眞該好好感謝我，要不是我出手撞了她，改變飲料潑灑的軌跡，她本來想把手上的飲料打翻在你的襯衫外套上！再假裝是不小心的。」

韓浚愣了兩秒，目光落在自己身上的淺藍色襯衫外套，訝異地問：「怎麼可能？我們又沒有仇，她幹麼這麼做？」

「對，就是你身上這件！誰知道她想幹麼？也許她是要假裝驚慌失措地跟你道歉，再幫你把襯衫帶回家洗，也可能說飲料中的色素毀掉襯衫了，想買一件新的賠你。」

「妳是有被害妄想症嗎……誰會這麼解讀？」

「是你太遲鈍！她這麼做可以獲得兩次以上跟你搭話的機會，道歉一次，還你襯衫又一次。如果她要買一件新的還你，還可以找你一起去服飾店，說不定在路上經過餐廳，還能一起共進午餐，如果聊得盡興，自然而然就會再約第二次了。」她一一列出了所有可能性，自信滿滿地說：「你可能還會覺得只是弄髒一件襯衫沒什麼，而這麼誠摯想補償的她是一個超級善良的女孩，因此對她產生好感。」

聽見閔冬瑤這麼腦補，韓浚也是服了。

「誰叫傅尹希那傢伙有前科。」她永遠記得，韓浚和傅尹希認識的契機就是因爲傅尹希故意拿錯韓浚的課本，製造可以互動的機會。所以就算這次是她不小心誤會人家了，那也要怪她自己有不良紀錄。

約莫幾個月前，韓浚第一次到他們系上修課，雖然傅尹希當時看似安安靜靜的，但閔冬瑤透過那些一分鐘十次的小眼神，能清楚感知出她對這男人的興趣。

「所以，妳就因爲這些猜測而打了她？」韓浚沒好氣地說：「也有可能她是眞的不小心……」

「喂，你現在是在質疑女人的洞察力？」閔冬瑤的大眼睜得就差沒滾出眼眶，「我難道會判斷錯誤、冤枉人嗎？我是這麼沒社會化的人嗎？」

妳就是……韓浚當然沒膽說出口，連忙抓住她那即將揮過來的右拳，「不是啊，妳看妳這樣衝動打人，還被傅尹希的父親親眼目睹，把欺負自己女兒的兇手逮個正著，不覺得很倒楣嗎？」

那倒是意料之外的插曲，閔冬瑤那天動手打了傅尹希後，怎麼也沒料到從圍觀人群中，會走出一個約莫五十幾歲、怒氣沖沖的男人，對她怒吼了些什麼後，心疼地帶著寶貝女兒離開這場紛爭。

「那又如何？難道只有她有爸爸嗎？我也有！就算她想告我，這世界上也沒有錢解決不了的事。」

韓浚嘆了口氣，「閔冬瑤，妳眞的該好好冷靜一下，妳還沒看過高級商用英文的授課教授是誰嗎？」

「嗯？當然還沒。」

「傅教授就是傅尹希的爸爸啊，讓他看到妳出現在這堂課，妳絕對會被針對！」

閔冬瑤瞪大了眼，一臉震驚。手中的早餐提袋從一瞬間無力的指尖滑了出去，「啪噠」一聲墜落在地上。

鐘聲正好在此刻響起，韓浚彎腰替她撿起早餐，「走吧，上課了，我們進教室吧。」

「我完蛋了……」她悔恨地抓了抓頭髮，「都是你啦！」

韓浚扮了一個鬼臉，先一步溜進教室。

面對這間十分熟悉的百人階梯教室，閔冬瑤感受到空氣中瀰漫著沉重的氣氛，絲毫沒有學期初第一堂課的輕鬆感。

要不要進去？落得如此狼狽，這門檻就算只有一釐米高，也有跨不過去的問題。教授還沒到，要進教室的話，現在正是時候，換句話說，要逃跑的話——

勿失良機。

「閔冬瑤，這裡這裡！」教室座位第二排那穿著小碎花洋裝的女孩舉起手揮了揮，不少學生轉過頭瞥了幾眼，連講台旁的助教都抬眸。

她頓時定住身子，看來現在要走也來不及了。

「喔？周玥，妳有幫我占位子啊？」閔冬瑤硬是勾起了唇角笑了笑，心虛地拉開座椅。

「第一堂課當然要提早來搶位！」

這堂「高階商用英文」罕見地前排滿座，不愧是傳說中的傅教授，否則都到大學三年級了，基本上沒有人想坐前排與教授乾瞪眼。

「妳要不要先解釋一下，這袋早餐是怎麼回事？」她提起閔冬瑤座位上那袋有點爛掉的蛋餅，賊賊笑著，「剛才韓浚超級瀟灑地把這個放在妳的座位上，我都沒說話他就知道這是留給妳的位子！還有，他竟然幫妳準備早餐？齁呦，這是什麼曖昧情節？」

周玥在說這話時，音量絲毫沒有壓低。果然，閔冬瑤一眼便看見坐在第一排的傅尹希以自認不起眼的動作瞄向她們。

「他本來就很了解我，這哪有什麼？」她擺出一個嬌滴滴的手勢，邊說邊瞅向傅尹希，一臉挑釁的樣子，「眞是困擾，他是多怕我餓到？竟然買兩人份的蛋餅。」

傅尹希哀傷地別過頭，似乎被閔冬瑤成功地酸得半死，而閔冬瑤多年的死黨周玥也沒發現哪裡不對勁的樣子。

她還眞沒料到自己的演技如此出色。

周玥欣喜地握住她的手，「這麼說，妳的計畫很成功欸，要在十月前脫單，完全沒問題吧？」

「呃……」這倒是有點困難，她壓根沒有把韓浚列入脫單計畫的人選之中。

「那我們去找韓浚一組吧，要多製造點相處機會才行！」周玥還沉浸在自己的小世界。

「要分組？」一轉頭，閔冬瑤便看見前方電子投影幕顯示的四個大字——請先分組。

周玥收起剛才的喜色，無奈地回答：「剛剛助教說，傅教授會晚一點到，今天課堂要分組共同導讀一份企劃書，第二週期初考會考，所以要我們先分組，三到五個人一組。」

期初考？閔冬瑤在選課前就聽過各種精彩傳聞，這堂課堪稱全校最硬，只有傅教授搞得出這種不人道的考試。

周玥指著第一排的短髮女孩，壓低音量說：「可惜妳和傅尹希起過爭執，不能找她一組，不然她是我們系的萬年書卷獎，應該挺可靠的。」

聽到這兒，閔冬瑤頓時收起唇角的笑意，眼巴巴地說：「周玥啊……我應該會退選。」

周玥用力捏住好友的手，就怕她是沒睡醒傻了，「醒醒啊，這樣就拿不到商業學程的結業證明了，都修完初階和中階商用了，哪有人不把高階修完的？」

「我當第一個行了吧？突然覺得拿不到學分學程好像也沒多可怕。」

「閔冬瑤，妳的灑脫可不能用在這種地方，傅教授的課雖然很艱難，但是沒有那麼容易被當，之前被當的幾位學長、學姐都是因爲出言頂撞才被針對，妳就忍一忍，一學期撐一下就過了。」

「被教授針對的話，就一定會被當嗎？」抓住了關鍵詞，她抿起唇，意識到大事不妙。

「這很正常啊，傅教授是個超頑固的人，頂撞他當然會出大事。」

閔冬瑤一把扯住自己今早精心整理過的捲髮，懊惱地撓撓頭，「那我更要退選了，周玥，別阻止我。」

「妳怕什麼？百分之九十五的人都不會和傅教授起衝突，況且妳也不是會頂撞老師的人。」

「我前幾天不是打了傅尹希嗎？傅教授就是她爸啦！」

周玥終於停止說服，露出憐憫的眼神，令閔冬瑤渾身不舒爽。

「所以，我百分之百會被針對。」閔冬瑤嘆了口氣，提起書包下定決心要離開這間教室，「抱歉，原本說要一起修這堂課，妳能諒解的吧？」

「沒事啦，失去學分算什麼？至少妳贏了韓浚的心……」突然，周玥定睛瞪著前方，唇角瞬間凝滯，「喔，看來妳也沒有完全贏。」

閔冬瑤順著她的視線望去，目光正好落在不遠處的一男一女，傅尹希一臉羞澀地向韓浚搭話，邀請他同一組。而壓斷她理智線的，是韓浚似乎沒有拒絕那個小綠茶。

「眞稀奇，傅尹希竟然敢主動跟他說話，看來她被妳教訓過後有長進喔。不過，一瞬間失去三個組員人選，我眞的好慘，看來得找其他人了。」周玥張望了一會兒，突然亮起雙眼，「等等，那個人是誰？」

「嗯？哪裡？」

周玥瞇起眼瞅了半天，忽然激動地搖了搖她的手，「欸！閔冬瑤，快點看！那個肩寬是合法的嗎？很帥欸，超級帥！」

遙遠的距離使她難以看清楚對方的臉，閔冬瑤如同被邪教吸引，往上走了幾級台階，映入眼簾的人影終於清晰。

一看清楚那男人的面孔，她便發出無聲的尖叫。他……不是酒店裡那個流氓嗎！

奇怪的是，那曾經陰沉的眼神在陽光照映下閃爍著晶瑩，竟然產生了像小動物般無辜的錯覺。

閔冬瑤用力閉起眼再重新睜開，看見的依然是同一個身影，這世界上不可能有第二張臉長得和那絕世容顏一模一樣。但這怎麼可能？他是……學生？就算是學生，怎麼會出現在這所大學？怎麼會出現在這堂外文系大三的選修課上？

「怎麼樣？妳認識嗎？這間學校裡應該沒有妳不認識的帥哥吧？」周玥跟了上來，期待地等著她的答覆。

沒錯，在這所大學裡，可沒有閔冬瑤沒注意過的帥哥，她十分確定，這個酒店流氓是第一次踏入這所校園。

突然間，他抬起頭，兩人的視線就這麼對上。

閔冬瑤嚇得別開眼，轉過身背對後排座位，整顆心臟都在亂速跳動。

「妳什麼臉？妳該不會知道他是誰吧？」周玥問道。

她沒有回答，因爲確實算是認識。

「怎麼認識的？我都不知道妳認識這麼帥的男生，快快快，給我好好講講。」

怎麼認識的？想起那晚在酒店裡的荒唐行徑，閔冬瑤迅速搖搖頭大喊：「我當然不認識！」

「什麼嘛。」周玥垂下嘴角，「也是，如果妳認識他的話，應該早就對他下手了。」

不，她的確是第一次見到就對人家下手了。

一旁同系的同學忽然插話，「哇，原來連閔冬瑤都不知道他是誰。」

閔冬瑤轉過頭，發現有一群女同學們正殷切地注視著她，不知從何時開始就在聽她們說話。

「會不會是學弟？是新生的話，妳也許沒見過。」

「不是吧！他看上去一點也不像年紀比我們小的樣子，反而有點成熟，一看就是研究生的年紀。」

「那會是轉學生嗎？但明明不像同齡，應該很少人大學快畢業才轉學吧。」

「或許是重考很多年的新生？」

「不可能，重考這麼多年上我們學校也是滿慘的。」

「還是別系有人去整形了？」

她們七嘴八舌討論著這位新面孔，閔冬瑤則仍然膽戰心驚著，壓根沒有認眞聽。周玥突然插了一句話，「這麼好奇的話，妳們直接問他本人不就好了嗎？」

女孩們瞬間安靜下來，面面相覷，開始用眼神指使其他人去。

「不然，閔冬瑤妳去吧。」有位同學突然拱出她，很快便引起眾人附和，「我們之中最適合的就是妳了。」

「對呀，只有妳有豐富資歷！」

隨著越來越多人贊同這個提議，不知不覺就有人做出了結論，「那就決定了，交給妳嘍，我們相信妳！」

閔冬瑤慌了，她一去搭訕那個男人，不僅兩人認識的事會曝光，大家或許還會知道他們經歷了一個荒唐的夜晚，這怎麼行？

「等等啦，我才沒有答應。」她撥開大家積極主動的手，「我去的話，如果那個同學不小心被我迷倒了，我怕妳們會羨慕，我不想得罪嫉妒的女人……」

「哎，不會啦，妳先成功再說。」

語畢，現場突然一片寂靜，女孩們的神色突然轉爲驚慌，開始對閔冬瑤比手畫腳，眼神不時飄向她的身後，更有人直接嬌羞地背過身，拿起隨身鏡補妝。

她立刻意識到不對勁，如同故障機械般緩緩轉身。僵著身子抬起頭，閔冬瑤一眼對上對方的目光，再次感受到十萬伏特的電流衝入腦門。話題的主人公同學就站在她面前，直勾勾盯著她。

閔冬瑤絕望地閉上眼，做好謊言要被拆穿的心理準備。豈料這男人什麼尖酸刻薄的話都沒說，反而像是被逗樂般，微微一笑。

這讓她徹底懵了。他的唇角停在那個弧度，是在笑嗎？那個冷若冰霜的男人笑了？這不可能，那個目中無人的傢伙怎麼可能會這樣和藹地正視她，甚至主動走到她面前……

「嗨。」他輕輕打聲招呼，引起女孩們的陣陣驚呼。

嗨？這是在打招呼對吧？笑著打招呼。她張了張嘴，用盡全力讓自己說話不要結巴，「你、你好。」

「我叫禹棠，妳有組別了嗎？」

她不明白這是哪招，難道是某種折磨人的陰謀？

一旁的周玥見好友可能被電傻了，熱情地幫忙回應：「閔冬瑤還沒有組！」

「原來妳叫閔冬瑤啊，那要不要一組？」禹棠被她的反應逗笑，又勾起唇角。

瞪著那陌生的微笑，她的腦袋正式當機。他該不會是那種晚上會吃人，白天沒發病時就是一個正常大學生的魔鬼？在某種特定情況下，內心邪惡的靈魂才會甦醒。

意識到自己在想著中二的奇幻情節，閔冬瑤用力搖搖頭。

「喔？妳這是拒絕的意思嗎？」禹棠問。

閔冬瑤這才回魂，急忙擠出笑容，「喔，沒有沒有，要一組當然好啊。」

此刻最無奈的莫過於剛才被拋棄的周玥，可她並不感到意外。

首先，這位好友見色忘友也不是頭一遭，再來，眼前站著一個男神界的天花板，換成是她，也不會先思考再回答。

「那分組名單就交給妳填寫了，請多指教。」禹棠說。

「請……多指教？」閔冬瑤不能理解，那個臭臉時充滿性感魅力的男人去哪了？看他親切成這樣，閔冬瑤怎麼也三八不下去。

✦

最後，閔冬瑤沒有退選那堂商用英文課，因為她一時衝動答應禹棠的分組邀約，現在就算想退也沒辦法。因此她依然乖乖出席第二週的課程，而為了躲避傅教授的視線，她特別讓周玥別替她留前排的熱門座位，選擇自己坐在最後一排的位子。

值得慶幸的是，這堂課有百分之六十以上的時間都交給助教，非必要時傅教授不會特別開金口，也就大大減少與學生接觸的機會。

趁著助教說明期初考方式的時間，閔冬瑤轉頭望向靜靜坐在窗邊的禹棠，整排座位只有他們兩人，中間僅隔著一個空位和走道，只要稍稍別過頭就能瞄見對方。

果然，禹棠很快注意到那毫無收斂的目光，抬起頭瞥了一眼。

她深吸了一口氣，覺得無論如何都要有所試探。閔冬瑤回想著那晚在酒店包廂裡是怎麼表現的，複製貼上，對他拋一個媚眼。

禹棠的眼神停滯一會兒，隨即驚喜地回以一個大笑容。

他又笑了！閔冬瑤驚恐地別開視線，怎麼會有人笑起來比發怒還可怕？這分明不是那個酒店流氓。

助教發下期初考的試卷，總共有五十題，答題時間只給四十分鐘，驚悚的是其中還包含申論題。

「請同學們務必認眞作答，傅教授在期初、期中、期末三大考試安排的分數比重相當高，本次考試占比爲學期成績的百分之二十五。」助教提醒完畢後，嚴謹地按下碼表，「現在請大家開始作答，十二點準時收卷。」

前三十分鐘的作答狀態都在閔冬瑤的預料之中，她跳過不會的題目後，寫完剩下的填空題。

然而，在考試剩下十分鐘之際，傅教授本人出現了。他從容地從前門走進教室，推了推臉上的黑框眼鏡，雙手抱胸，由左而右掃視著一整片埋頭苦幹的學生。

閔冬瑤嚇得低下頭，筆芯的黑色墨水在白紙上暈出一小圈墨漬。再次抬眸時，傅教授從講台旁消失了，他走入座位區，自第一排開始隨意巡視同學們的作答狀況。

她死命壓低頭，就怕自己的任何一個角度會讓教授發現，那個當眾打他寶貝女兒的瘋女人就是她。

教授一步一步靠近後排，情急之下，閔冬瑤一把抓起桌上的試卷和文具，拿著書包蹲到桌底。

在這寬敞的百人大教室裡，只要傅教授不走到教室最後端，就永遠不會發現桌底躲著一個人。

男士皮鞋與地面發出獨特的摩擦聲，腳步聲越來越近，越來越清晰，鞋尖甚至出現在桌邊一角，隨時都會進入危險範圍。

霎時，禹棠的嗓音打破寂靜，「教授，我有問題。」

閔冬瑤看見傅教授頓住的腳步，接著令人頭皮發麻的腳步聲也隨即遠去，她這才終於鬆下一大口氣。

幸虧禹棠即時出聲，才讓傅教授改變了方向，轉而走向他。

閔冬瑤覺得，這絕對不是巧合。

沒過多久，助教的聲音透過麥克風打破了寧靜，「時間到，請停止作答，也請同學們把試卷交到前面的桌子上。」

回過神來，閔冬瑤這才注意到事態嚴重，她此刻必須擔心的，是手上這張申論題完全空白的考卷。交出這麼顯眼的一張考卷，一定會讓傅教授留下印象。

再者，填空題的部分都沒有把握能拿到一半的分數了，加上完全空白的申論題，成績絕對不會及格。

究竟是成績不及格比較容易被當，還是被傅教授認出來比較容易被當？閔冬瑤不知道，能確定的是，交出這張考卷，會一次陷入這兩個危機。她迅速閱讀申論題的題目，妄想躲在桌子底下可以偷偷混點時間，能寫多少是多少。

突然，閔冬瑤的視線範圍中出現一雙筆直的腿，就連寬褲也隱藏不住那修長的比例。儘管這位同學的上半身被她頭頂的桌子擋住，她仍能一眼推測出對方的身分，這間教室沒有第二個人有這種優越的身材比例。

閔冬瑤猛然探出頭，歇斯底里地說：「你不要停在這裡！會被前面的人注意！」

禹棠如同行走的聚光燈，他這麼大一個身影停駐在桌前，肯定會引來其他同學或助教的目光。

沒想到，他沒有要離開的意思，反而蹲下身與她平視。

從灰暗的桌底看出去，陽光灑落在他的身上，暈透的微光如同朦朧輕紗，調出了一張唯美的濾鏡，桌底狹小的空間將視線範圍壓縮成畫框，閔冬瑤彷彿身在電影院黑暗的觀眾席，觀賞著一部3D電影。

她忍不住又說了句髒話。

禹棠笑了一下，將自己的考卷遞上前。

「你、你要借我抄？」錯愕了一微秒，閔冬瑤馬上搖搖頭，「等等，不行，這可是申論題，用抄的太明顯了。」

「妳的名字是這樣寫吧？」他亮出考卷上的姓名欄，閔冬瑤三個字，工工整整地被塡在他的考卷上，「還有，系級是外文系大三沒錯吧？」

她瞪著那張考卷，一點聲音也發不出來。

「去交卷吧。」他簡單點頭示意，隨即準備起身離去。

「等等！」閔冬瑤猛然叫住他，「你讓我交你的考卷？瘋了吧？爲什麼？」

「妳看起來快完蛋了。」

「我如果眞的交出你的考卷，就是你完蛋了。」

禹棠擺了擺手，「不用謝。」

他微微勾起唇角，離開閔冬瑤的視線範圍。

望著考卷上寫著自己名字的陌生字跡，她完全摸不透這男人的大腦構造。

第四章　奇怪的男朋友

被那個男人搞得好幾天都心神不寧，閔冬瑤決定找個和禹棠同樣爲生理男性的人好好聊一聊。

下午五點，她來到學校體育館的排球場。

數學系系排的練習時間剛結束，A區排球場只剩下零星的幾位數學系學生，一批電機系的學生正陸續走進球場中。

韓浚是數學系系排的隊長，練習結束後經常會留下來清點器材，這點閔冬瑤自然是清楚的。

繞過空無一人的器材室，她接著往更衣室走去，越靠近更衣室，交談聲也越來越清晰，她豎耳仔細聽出說話的人後，愣住了。

下一秒，一道細柔的尖叫聲輕輕劃過寂靜，從那連尖叫都小心翼翼的情況看來，她更加確定聲音的主人只有一個人選。閔冬瑤迅速跑向門口，只見更衣室裡的小型鐵衣架倒在地上，發出響亮的撞擊聲，而裡頭就只有兩個人。

被撲倒的韓浚，還有趴在他身上的傅尹希。

兩人的唇僅隔一吋之差，傅尹希直接吻上韓浚的下巴。

好傢伙，果然除了不太敢和韓淩搭話以外，其他什麼都敢。

就算閔冬瑤沒有目睹這畫面的動態圖，也能猜想到剛才發生什麼事，此刻她比較想知道的，是傅尹希還要在他身上定格多久。

「天啊！韓淩……眞的很對不起！」傅尹希彷彿突然回魂，稍稍抬起頭以正視韓淩，「你有沒有受傷？」

那也要妳先爬起來，人家才有辦法看看自己有沒有受傷啊。閔冬瑤扯了扯唇角，瞇起眼，看她還能說些什麼。

「喔……我沒事。」韓淩被壓在下方，連聲音都有些被悶住。

「很抱歉，我是怕你被衣架砸到，才推了你一把……」

這分明不只是推一把，是用盡全力撲倒。閔冬瑤這人最缺乏的就是耐心，傅尹希才講兩句她就聽不下去了，她伸手敲了敲更衣室大門，聲響大得讓傅尹希猛然彈了起來。

「冬、冬瑤？」事件女主角錯愕地搗著嘴，雙頰一瞬間漲紅，「不是妳想的那樣……」

「眞沒想到這時間會看到妳，妳不是應該忙著念書嗎？」

「我、我現在是系排的球經……」她越說越小聲，「所以才會碰巧在這裡遇到韓淩。」

「喔，眞巧啊。」閔冬瑤瞪了她一眼，轉頭向韓淩說：「老樣子，巷口的滷味店，你東西收一收快點出來，我很餓。」

語畢，她跨步離去。

她與韓淩一直都是這樣熟悉的關係，偶爾一起吃午餐、晚餐，甚至是宵夜，談談近期發生了什麼，許多不會對同性友人說的話，都會不自覺向對方傾訴。

「閔冬瑤！」韓浚很快跟上，小跑步到她的身旁，「妳前幾天不是說要一六八斷食不吃晚餐嗎，怎麼？這麼快就破功啊。」

「我有話要找你聊。」

韓浚頓了一下，「什麼話需要現在特地過來找我說，商用英文課不是就會碰面了嗎？還有妳爸爸公司的珠寶新品發布會我也會出席，我爸最近關節不太好，所以我去幫點忙，妳也會去吧？」

閔冬瑤覺得他的話有點多，能夠明顯感受到韓浚急於迴避剛才的尷尬場面。

「你要不要先解釋一下，剛剛傅尹希那傢伙又出什麼招，你才會跟她一起出現在更衣室。」她可沒這麼仁慈，看得出來他不想聊這話題就不談。

「她找我塡些資料，剛好看見我在更衣室，妳到底對她有多大的偏見？」

她冷冷笑了一聲，「剛好啊？我就不信這麼多剛好，她可是親在你下巴上欸！」

想想都覺得不可思議，這跟親臉有什麼差別？

「噗……」韓浚沒忍住笑了出來，「我們兩個小時候還不是不小心親到過，更慘，是直接親在嘴上。既然是不小心，這哪有什麼嚴重的？」

笑著笑著，韓浚安靜了下來，他沒料到，接住這段話的，是一片寂靜。

閔冬瑤沉下臉，小時候第一次對這位竹馬有點越界的心動感，就是因爲那個意外的親親。

「我知道妳看不過綠茶婊的行爲，但說眞的，妳是多看不起我？我沒有那麼容易喜歡一個人啦！」他溫柔的語氣中有幾分嚴肅，「倒是妳，我看妳好像沒什麼抵抗力，商用英文那個叫禹棠的男同學對妳花言巧語幾句，妳就暈船了啊？」

「誰暈船了！」她腦羞地大聲反駁，「我在教室裡根本沒跟他說過幾句話。」

韓浚沒仔細聽她講完便繼續說：「那男的看起來不是什麼善類，一臉輕浮，笑成那樣是嘴巴抽筋嗎？」

「他沒有很愛笑……」說著說著，閔冬瑤自己也遲疑了。

「總之妳還是小心點，同樣是男人，我看得出來禹棠是渣男。」

閔冬瑤沒好氣地笑了，就跟同樣是女人，她看得出傅尹希的心機是一樣的。她噘了噘嘴，「其實我今天主要想找你聊的就是關於他啦。」

「什麼？妳不會眞的愛上他了吧？」

閔冬瑤沒有直接回答，而是將占卜師騙子的預言、酒店荒唐記，還有出現在校園裡截然不同的禹棠全說給他聽。

「你剛剛說你了解男人，那你好好來給我講一講，他到底爲什麼會突然一百八十度大轉變？」

「這不是很明白嗎？」韓浚想都沒想，自信滿滿地回答：「就是妳認錯人啦。」

閔冬瑤眞想謝謝他的淺見。她舉起拳頭，「認錯你個頭，絕對是同一個人！世界上PR值九九的頂級長相哪有那麼容易撞？那種高級臉蛋，連醫美都整不出一模一樣的！」

「好啦，我對他的個性沒興趣，倒是妳跑去酒店扮小姐是眞的嗎？眞是服了妳。」

「當然是眞的。」甚至還差點被下藥了，「沒辦法，情非得已，我必須在九月交到男朋友，現在只剩下幾天了。」

韓浚毫無收斂地大笑。

見狀，閔冬瑤突然頓住，對呀，韓浚也是個男的。

「欸，不然你幫我的忙吧，我們交往個一週——不，三天也可以。」她越說越興奮，「只要讓消息傳開，營造出是情侶的模樣就好了，很簡單的，如何如何？」

「我才不要。」韓浚一口回絕。

「為什麼不要？這有什麼難的？」閔冬瑤沒看錯，他臉紅了。

「青梅竹馬最忌諱的就是扯到愛情，妳沒聽說過嗎？」

閔冬瑤急了，「我們又不是真的，這哪有什麼！」

「反正就是不要。」

又失敗了，她心裡更煩悶了，沒靈魂地問：「欸，那個滷味……你自己吃沒問題吧？」

韓浚停下腳步，「怎麼了？」

「沒有，就是突然有點飽了。」

她剛才不是才說很餓嗎？望著匆匆離去的閔冬瑤，他苦澀地抿了抿唇。

✦

閔冬瑤氣著氣著，覺得自己似乎有點歇斯底里了。她走進超商，一口氣將架上整排燒酒都買下來。

她一直認為談戀愛是件麻煩事，看周遭友人處理、磨合各種感情問題到某個程度，反而會覺得單身是一種自由。她始終相信，到二十歲還單身，是因爲發了太多好人卡，而不是沒人要。

閔冬瑤發現，因爲自己的思想有點太開放，所以對她而言，要認眞喜歡一個人好像眞的很難。曾聽別人說過，判斷自己喜不喜歡一個人，只要想像和對方接吻的畫面就好，如果沒感到噁心，甚至有點羞澀、幸福，那就是成了。

但摸摸良心，此刻左邊櫃台就有個正在結帳的帥哥，她試圖想像與他接吻的畫面，覺得吻起來也挺興奮的。所以說，親密接觸和愛情眞的是兩回事。

或許是感受到後方的視線，男人轉頭瞅了她一眼，似乎在問：怎麼了嗎？

見對方困惑的表情，閔冬瑤連忙說：「沒事沒事，就覺得你滿帥的。」

她痴痴笑了一下，拿著燒酒準備離開，一轉頭卻馬上收起笑容，後方排隊的客人，正是那個爲她帶來煩惱的始作俑者——禹棠。

「嗨，又見面了。」他禮貌地打了招呼，臉上依然掛著那從第二次見面就沒消失過的微笑。

閔冬瑤微微地點點頭，紅著臉迅速退場。她坐在店門口的露天座位，撬開瓶蓋開始盡情暢飮。

九月就快結束了，她的自尊心和好勝心卻都不允許計畫失敗！她暴躁地扯著頭髮，下一秒，臉頰上感受到一陣冰涼。

「啊！哪個王八——」閔冬瑤縮了縮，看見來者後，所有話都吞了回去。

「王八蛋嗎？很久沒聽到這麼稚氣的小朋友髒話了。」禹棠滿足地笑著，逕自拉開她旁邊的椅子坐下，沒問過物主就開了瓶酒一起喝。

閔冬瑤懵然張著嘴，因禹棠的行爲而驚訝太多次後，她好像快習慣兩人的角色調換了。

「怎麼了？看妳快把頭髮拔光了。」他眨眨眼，「有什麼煩惱嗎？」

閔冬瑤不禁睜大眼，「就算有，難道你要跟我聊嗎？」

「當然好啊，那有什麼問題？」禹棠答應得乾脆，「我們換個舒服一點的地方聊吧，這裡人太多了。」

「嗯？要去哪裡？」

禹棠沒有回話，直接拉起閔冬瑤的手，往別處走去……

站在學校最高建築的頂樓，放眼望去是十二樓高的景觀。

橙黃與天藍暈染出絢爛的漸層，夕陽掛在天際線上，彷彿從雲霞中傾倒出白光，灑落在一整片高樓建築。每過一分鐘，色調就更暖了些。望著這極具質感的落日餘暉，的確有種順心的療癒感。

但一轉頭看見坐在身旁的禹棠，所有舒爽似乎全都成了錯覺，和這個隨身攜帶一排短刀的男人待在頂樓，閔冬瑤覺得自己極有可能一不注意就會被他推下樓。

「雖然我比較喜歡看夜景，但夕陽也很美吧。」禹棠打開第二瓶酒，暢快地喝了起來，「如何？有沒有覺得心情好點？」

「嗯，有……」有才怪。

「那就好，我還擔心不夠浪漫。」

微風輕輕拂過髮梢，她撥開亂髮，男人的臉龐映入眼簾，他笑得那般燦爛，就好像是另一個人。

積壓已久的困惑終於脫口而出，「你……到底爲什麼會突然變這麼多？」

「我嗎？」禹棠有些愣住，「是我太主動讓妳感到負擔嗎？」

閔冬瑤眨眨眼，「我是說，你之前不是還拿著刀要我滾嗎？」

他臉上的燦笑忽然凝滯，眼中盡是驚愕，「這是什麼意思？」

「你現在跟我第一次見到你時的樣子完全不一樣，眞的很奇怪。」

他的瞳孔一晃，「妳以前見過我？」

「也不是多以前，就上個禮拜在酒店的時候，難道是我認錯人了？」閔冬瑤不禁驚呼，但想想又覺得不對勁，「可你們連髮型都一模一樣，還有，左眼下都有一顆淡淡的痣，不可能有這種巧合吧？」

聽到這番話，禹棠恍然大悟，原來她和鍾諾見過面。

「啊，酒店啊？那當然是我沒錯，世界上哪有一模一樣的人？」他低頭盯著鞋尖，「我那天有點醉了，所以看起來很奇怪吧？」

閔冬瑤微微擰眉，還是難以相信對方的話，「何止是奇怪，你當時根本是那種一對上眼就會把人打成重傷的大流氓，所以一直到回家後，我還是想不通你怎麼會救我。」她一直都還沒爲調換酒杯的事道謝，因爲最近見到這男人時，她總是倉皇到腦袋空白。

「妳的煩惱該不會就是這個吧？」

「也不完全是。」

「那還有什麼？」他的眼中閃爍著滿滿的關切，「妳可以信任我，我很喜歡妳，會幫妳好好保密。」

閔冬瑤被這突如其來的直球嗆得連連咳嗽，連忙灌了一大口燒酒。

「好吧，如果妳不想說也沒關係。」

望著那清澈的眼眸，閔冬瑤不自覺有些動搖，她嘆了口氣，「我現在需要一個男朋友。」

「嗯？」禹棠抬眸，驚訝中還帶上笑意。

「這就是我的煩惱，我需要一個男朋友。」也許是酒精使她壯膽，她說得更加篤定。

「這有什麼好煩惱的？」他放下酒瓶，眞摯地說：「妳可以跟我交往。」

閔冬瑤的腦袋一瞬間清醒了，怔怔地望著這男人，他該不會是喝多了吧？

「我可沒有在開玩笑，妳完全是我喜歡的型，我對妳一見鍾情。」

她咳了兩聲，「你上禮拜不還拿刀拒絕了嗎？」

「妳有沒有想過一種可能性，也許我現在的模樣才是正常的，妳當時只是正好碰見我心情不好、不想被打擾的模樣罷了。」

閔冬瑤意識到自己從頭到尾牢牢困在對他的第一印象之中，沒想到被這麼一提點，戳中了心中那一小片盲區。

「我還有事先走了，妳好好考慮一下。」他喝下最後一滴酒，晃了晃空瓶，「謝謝請客，約會的時候還。」

瀟灑地揮了揮手，禹棠轉身朝鐵門走去。

現在是什麼情況？閔冬瑤用力搖搖頭，她認為自己不該因為這點直球打法就亂了陣腳，只為一點刺激就錯愕的話，顯得自己好像沒被追過似的。

不管情況有多麼荒唐，現在可是有個男人向自己告白，還不把握不就是真傻了？順利在九月脫單，便完成了對梁蓓媛的承諾，況且對方出眾的外貌甚至能屏蔽其他她還沒了解到的缺點，就算真的不合適，分手就沒事了吧？她也不是少女了，對初戀沒有多大的憧憬或執著。那究竟還有什麼好糾結的呢？

「你等等。」她出聲喊了禹棠。

他停下腳步，折返走到她面前，「怎麼了？」

「不用考慮了。」閔冬瑤抬眸，嚴肅地凝望著他，「我們交往吧。」

禹棠微微一愣，過了三秒後才欣喜地露出笑容，「我給妳三秒，三秒後就不能反悔了，三、二、一。」

閔冬瑤不禁失笑，他現在看起來怎麼有點可愛。

「好了，那我們就確定在一起嘍，今天是第一天。」

嗯，今天是九月二十六日，預言竟然這麼容易就被打破了，怎麼會……有莫名的空虛感呢？

她在心裡冷冷笑了一聲，彭燁的信口胡謅，讓小時候的她相信第一個男朋友會在她二十歲的十月到來，而母親更曾深深畏懼他的預言。

如果她能早點證明預言可以改變，那母親也不會走吧？

「走吧，我們下樓，要不要去吃晚餐？」禹棠對她伸出手，溫柔地說。

閔冬瑤遲疑了一下，小心翼翼搭上，一股溫熱的暖流從指尖流淌到掌心，觸感是如此確實，但在她心中卻還沒有一點真實感。

「喔，我想我們遇到麻煩了。」禹棠說。

停在樓梯間，兩人怔怔望著已經降下的鐵捲門。

閔冬瑤迅速查看手錶，現在已經過了六點，也難怪保全系統會自動上鎖，「沒事，我打通電話，應該有人能來幫我們開門。」

她打開手機，滑開聯絡人，正準備找人來救援時，禹棠卻替她關閉了手機螢幕。

「嗯？怎麼了嗎？」

他靈動的雙眸閃爍著微光，「要不要就在這裡待一個晚上？反正我們有很多燒酒可以喝，不覺得挺浪漫的嗎？」

這……浪漫嗎？閔冬瑤有些錯愕地看著他。

「現在從窗戶望出去還能看見落日，超難得的美景，如何？」

閔冬瑤瞅向樓梯間的小窗口，方正的窗架框住一小片彩霞，靜下心來欣賞的話，確實十分雅致。她點點頭，「就這麼辦吧！現在麻煩其他人回來學校幫忙似乎也不太方便。」

「太好了，那我們坐下吧。」禹棠率先坐在地面，接著拍拍自己旁邊的空位，示意她也坐下。

這畫面有點熟悉，閔冬瑤想起那晚在酒店，看到他身旁的空位時，自己還三八地自動填補上去。

這是他不同了，還是她變了？答案似乎一目了然。

漫長的時光，閔冬瑤和禹棠有說有笑，天南地北地聊天，覺得自己好像在做夢，夢裡的世界與現實相反，所以他才會變得這麼溫柔可親，前一刻還在爲脫單而苦的她，也才會突然擁有一個夢想般的帥氣男友。

一切看似都照著自己的步調走，閔冬瑤卻感受不到預期的快樂與滿足。她對眼前的這個男人是什麼感覺？好像失去了當初的那種在意，他就像一個相處起來很舒服的朋友，是一個很好的朋友。

除了友情，好像沒有其他感覺了。

✦

初晨的陽光灑下一片金黃，不過片刻，和煦的微光便轉爲刺眼的烈陽，亮晃晃地在眼皮下肆虐。

鍾諾緩緩睜開眼，對於一個平時屋裡一定要拉上所有窗簾的男人而言，這個月的維生素D在這一小時內已經爆量。

迷濛的視線中依稀能看見周圍陌生的場景，有別於平時房裡的黑白調簡約裝潢，這裡似乎是……樓梯間？既然不是在房間醒來，那自然不會是舒舒服服地躺著，但他沒料到，自己竟會倚靠在堅硬的水泥牆邊。

他渾身肌肉痠痛，右手臂陣陣痠麻，這種幾乎不曾出現過的麻痺感甚至蔓延至右半肩頸，他似乎正被某種不明重量緊緊壓著。

鍾諾動了動脖子，忽然感覺到頰邊浮過輕輕搔癢的觸感，他警戒地低下頭，果然沒錯，那是微捲的髮絲。

仔細地看清楚後，他頓時僵直住身子，一瞬間愣住了，他懷裡躺著某種東西——一個女人。整個夜裡，他是坐著摟住這個女人睡的？

那褐色長髮凌亂散落在女人的臉上，只露出一小片額頭和半截右眉。這慘不忍睹的睡姿在鍾諾腦中颳起狂風。除了摟著她睡，他不會還做了別的吧？鍾諾緩緩撥開她的長髮……這衣襟是有些敞開，微微露出白皙的鎖骨，但好險，鈕扣都還完好地扣著，看上去沒有被扯壞的跡象。

霎時，閔冬瑤忽然扭了幾下，髮絲擦過鍾諾的頸邊，蹭得他渾身難受，之後她更是猖狂地換了姿勢，伸手一把環過他的腰間，緊緊加重了力道，整顆頭埋進這男人的胸膛。

鍾諾深深皺起眉，屏息瞪著眼前荒唐的一幕。被女人放肆撒野地對待，這還是他生涯中的頭一遭。瞪著這緊緊貼在自己胸膛上的小腦袋，他嫌棄地伸出食指，用最小的接觸面積頂住她的太陽穴，推離自己的身軀。

豈料她屹立不搖，反而像是揉著什麼塡充娃娃般，撒嬌似地在他胸膛上摸了好幾把，低聲呢喃著夢話，嘴裡呼出的溫熱氣息全透過薄襯衫，落在鍾諾的肌膚上。

鍾諾的臉徹底綠了。被用這種似觸似撫的手勁肆意摩娑，他連氣都吐不順。究竟是哪裡來的野女人？他這回不管什麼禮儀手了，一把將人推開。

閔冬瑤就這麼被丟在牆角，繼續呈現披頭散髮的狼狽睡姿。

重獲自由的鍾諾站起身，拍掉身上的塵土，活動活動全身痠痛的筋骨。他拉開兩人的距離，瞅著眼前的女人，她蜷縮在牆邊睡得安詳，彷彿嬰兒般純眞。

閔冬瑤身旁沒有枕頭更沒有棉被，是常人都會起一絲憐憫，但鍾諾不是常人，他只是漠然瞥了最後一眼，頭也不回地離去。

鍾諾的臉色難看至極，他果然不該放任禹棠那傢伙醒來，只要任由性情輕佻奔放的禹棠在外面的世界待超過半天，必會留下爛攤子讓他收拾。這次依然不出所料勾搭上一個新的女人，只是他沒料到，禹棠這次的口味有點奇特。

就算極力干預禹棠的行爲，也改變不了擁有完整意識的他，這不是鍾諾能控制的，活在一副擁有多重人格的軀殼裡，這些都早已司空見慣。

找到一樓那牢牢關上的鐵捲門，鍾諾終於明白禹棠大半夜睡在樓梯間的原因，想必是和女人玩得太嗨，不愼被鎖在樓上，只好在樓梯間度過一宿。

至於他們爲什麼會在這種地方玩，他一點也不感興趣。

鍾諾不屑地扯了扯唇角，在鐵捲門旁蹲下身，對著機械操作了幾下，最後用蠻力硬是扳開某個鐵製零件，輕輕一掀便將鐵捲門拉起，前前後後只花了不到二十秒。

✦

兩個小時過去，校園裡陸陸續續出現來上課的學生，此時被遺留在樓梯間的閔冬瑤才終於被發現。

第一個發現她的是一位大一新生，她走上樓時看見一個披頭散髮、看不見臉的女性蜷縮在樓梯間，一動也不動，還以爲發生命案，差點被嚇得爲接下來的大學四年留下陰影。

這位新生驚慌失措地通知警衛後，得知消息的周玥也匆匆抵達現場。

至於她是如何得知的？一早打開校版，就有篇剛發布十分鐘的貼文，以兩百多則留言占據熱門貼文最頂端的黃金位置。

貼文的標題寫著——忠孝樓二樓樓梯間有人死了！

滑開頁面看見貼文裡的照片，周玥顧不得自己的上午是珍貴的空堂，立刻搭上計程車，讓司機飆車送她來學校。

就算照片沒拍到臉，她也絕對認得那個死者是她的好友！這間學校還有哪個學生會穿著全身的精品來上課？就只有這個豪門出身的小富婆。

心急如焚地趕到學校，周玥早已哭得一把鼻涕一把淚，她也不是沒想過，像閔冬瑤這種高調、炫富又三八的女人，會不會哪天被人盯上，沒想到這天來得這麼快，難道這就是占卜師上回預言的劫難？

一看見躺在地上的好友，她哭得更厲害了，激動呼喊著閔冬瑤的名字。

而被這一片混亂擾亂睡眠的閔冬瑤，終於揉揉眼睛爬起身。她疼得哀號一聲，嬌生慣養的她，還眞沒有哪天不是在柔軟的記憶床墊上醒來的，這一整夜睡在堅硬的地面，被寵慣了的筋骨全散光光了。

她因這嘈雜的喧囂而擰起眉，一睜眼便看見周遭圍著一大群人，完全懵了。

「妳這個女人……把我的眼淚還來！」人群中最顯眼的周玥衝上前揪住她的衣領，「妳根本沒事？那妳在這裡做什麼？」

閔冬瑤又是無辜又是錯愕，「我就是剛起床，是你們在這裡幹麼才對吧。」

「有人倒在樓梯間，校版上的人都以爲發生命案了！」她實在替自己的好友感到丟臉，「妳怎麼會在這種地方睡著？還睡得這麼熟……」

「對，我怎麼會睡在這裡……我記得昨天鐵捲門上鎖了，所以出不去。」閔冬瑤低聲咕噥，下一秒，整個人醒了過來，「周玥，剛才這裡只有我一個人嗎？」

「我來的時候只看到妳一個人，校版上也沒有提到有其他人，而且還有誰能像妳一樣這麼荒唐？」

閔冬瑤瞬間噤聲，腦中迅速回播昨晚的記憶。

周玥沒發現她的反常，繼續碎念：「鐵捲門關了妳可以打電話給我呀，再不然一通電話打給妳爸，他一眨眼就能花錢幫妳送來一打鎖匠，而且我聽警衛叔叔說，那個樓梯的鐵捲門壞了，妳怎麼可能被困在裡面？」

「鐵捲門沒壞。」閔冬瑤嚴肅地說：「昨晚我確認過，牢牢地關上了，一點也打不開。」

「我不是問妳鐵捲門有沒有壞，是它確實就壞了。」周玥示意她好好看清楚，那鐵捲門現在正軟趴趴地吊著。

「怎麼可能？」閔冬瑤不可置信地搖搖頭，這表示禹棠明明可以打開鐵捲門，卻非但沒把她叫醒，還自己一個人走了。

這是身爲一個男朋友該有的行爲嗎？就算不是男朋友，正常只要是稍微有點同情心的人，都不會將一個酒醉的女人丟在危險的公共場所。閔冬瑤現在酒醒了，腦袋也清醒了，突然有些後悔就這麼草率地確立一段關係。

✦

這次醒來的是禹棠。

他睜開眼，四周的景象已明顯與上一秒的畫面不同。純白的牆連接著被緊密拉上的灰色窗簾，牆上掛著幾幅黑白意象畫，要說哪裡會同時出現這種極具質感又強烈的簡約風格，無疑是鍾諾的房間。

這一切都讓禹棠感到困惑，鍾諾平時不會讓任何人進入自己的房間，就算是共用同一副軀殼的他也一樣。他忍不住打了一個冷顫，果然，下一秒看見桌上的東西後，他立刻毛骨悚然地跳了起來。衣櫃旁的小桌子上擺放著一張紙，還有……一把刀。

「他是瘋了吧？」

禹棠衝向前拿起紙條，只見上頭潦草地寫著：不管你是找了玩伴還是真的愛上那女的，馬上給我斷乾淨。

他沉下臉色，明白其中的意思。那天和閔冬瑤在樓梯間睡著之後，醒來的是鍾諾。禹棠能想像得到鍾諾會如何大發雷霆，依照他那冷血的性格，說不定還會對閔冬瑤說出什麼狠話。

他抱頭坐在地上，好不容易才又遇到讓他第一眼驚豔的女孩，這下怕是玩完了。他迅速拿起自己的手機查看日期，今日正好是星期三，也就是一週一次的上學日。

看了眼放在桌上的刀，他沉下臉色，明白鍾諾的用意，他放這把刀是爲了留下濃烈的告誡意味，要他今天立刻與那個拈花惹草來的女人分手。

禹棠陷入糾結，他承認自己是很喜歡閔冬瑤，但鍾諾是他這世界上最恐懼、最敬畏的人。就算他一輩子都不會面對面見到鍾諾，可他還是十分了解他，也知道鍾諾強硬起來會有多可怕。

只要鍾諾不允許，禹棠的人格連甦醒的機會都沒有。

當初答應讓他在每週三的十點去附近大學享受校園生活，已經是最大的寬容，是他自己失了分寸，越過那條界線。

禹棠揉了揉太陽穴，渾身無力。應該怎麼做？他明白這是一個命令而不是選擇。

✦

原本打算用曠課來逃避第三週的商用英文課，但爲了見到那位沒留下聯絡資訊又消失三天的男朋友，閔冬瑤依然出席了。

一走進教室，周玥便偷偷摸摸靠了過來，問道：「就快到十月了，妳到底交到男朋友了沒？」

閔冬瑤遲疑地點了點頭，「交到了。」交是交到了，只是才相處幾個小時就斷聯了。

「眞的假的！」她興奮地拍桌，恨不得站起來熱舞狂賀，「我眞爲妳感到驕傲，快說，妳是怎麼跟韓浚告白的？」

周玥的嗓門宏亮到方圓五公尺內的同學都抬起頭，氣得閔冬瑤差點出手打人。

「我才沒有跟他告白！」

「什麼！難不成是韓浚主動？」

「求妳把話聽完，我沒有跟韓浚在一起，我們就是朋友。」閔冬瑤無奈地扶著額。

「所以妳眞的在這麼短的時間內搞到一個新的嗎？不愧是妳。」周玥由衷感到敬佩，托著下巴仰望這位有出息的朋友，「對象是誰？我認識嗎？不是隨便撿來的阿貓阿狗吧？這樣我會對妳很失望喔。」

「妳先答應我不許激動，我再回答。」她按住周玥的肩膀，確認她的情緒已經達到控管後才開口：「就是那個禹棠啦，有修這堂課的那位同學……」

「啊啊啊眞的嗎！」周玥開始胡亂尖叫，激動得不斷大聲嚷嚷。

對於好友的失控，閔冬瑤沒感到太意外。

「我今天剛好要和蓓媛姐姐一起吃晚餐，妳要不要一起來？我們要馬上把這個好消息告訴她！」

「妳約了她吃飯？」

「對呀，上次我在百貨公司遇到她，她就熱情地在精品櫃挑了件洋裝送我，還說下次也有禮物要送給妳。」周玥起身轉了一圈，展示今日特別華麗的穿搭。

她身上的衣服正是霍朵集團旗下服飾專櫃的當季精品，閔冬瑤這才發現周玥難得會穿上這麼貴的名牌服飾。

「我可能沒辦法一起去，因爲我爸公司的新品珠寶發布會快到了，爲了出席宴會，這幾天晚上都有些事要準備。」

「沒事啦，我知道妳很忙，而且最近是熱戀期，應該也有很多約會行程吧！」周玥賊賊地笑著，一副她都懂的模樣。

閔冬瑤勉強陪笑，事實正好相反，一點行程也沒有。

「放心，我會幫妳轉達打破預言的事實，蓓媛姐姐一定會很開心！」周玥滿足得手舞足蹈，看見禹棠走進教室後，立刻狂拍她的肩，「你男朋友來了！我就不打擾了，再見！」

周玥離開後，閔冬瑤緩緩轉過頭，果然看見禹棠。

「冬瑤，妳那天早上還好嗎？」他擔憂地問。

「不太好。」她沒假惺惺地假裝自己沒事，瞇起眼問：「你那天早上去哪了？」

禹棠黯然低下頭，「要不要出去外面談談？」

翹課離開教室，兩人來到空無一人的廊道。

「我們加個LINE或IG吧，這幾天完全不知道你在幹麼。」閔冬瑤的目光落在他的手上，發現他連書包都沒背，只帶著一支手機，看來他今天也沒打算上課。

他難爲情地低下頭，深吸一口氣說：「應該沒必要加了。」

「你說什麼？」這語氣、內容聽起來都不太妙，她睜大眼瞪著他。

「我……」禹棠閉上雙眼，糾結全寫在臉上，「對不起，我們分手吧！」

她被這句話嚇得目瞪口呆。具體來說他們只交往了幾個小時，然後分手？眼皮微微抽動了幾下，她用力揉揉雙眼，蹙著眉問：「分手？現在？」

「嗯，眞的很抱歉，雖然聽起來很像渣男言論，但我絕對無意要玩弄妳的感情……」

「啊哈。」閔冬瑤彈了下手指，頓時明白了什麼，「玩弄感情？我就知道你會突然變得這麼和藹可親，絕對是有什麼企圖，你就是想要我吧？」

這下懵的是禹棠了，他急急忙忙想解釋，但閔冬瑤絲毫沒給他發言的機會。

「你發現自己剛好和我修同一堂課，然後就想把握機會好好報復我是吧？所以才會突然裝得這麼溫柔！什麼這才是你眞正的模樣都是屁話……我知道感情這種事很適合拿來虐人，尤其是渣男戲碼，欺騙我這種初戀少女超級有用，但你完全錯了！」她換了口氣，繼續用誇張的抑揚頓挫說：「我閔冬瑤才不是什麼平凡人，沒有那麼容易愛上一個人啦！所以想用這招傷害我？門都沒有！」

禹棠錯愕地張大嘴巴，沒想到她直進的思路無法轉彎。

正想開口，又被搶先一步插話，「我告訴你，你太心急了，愛得越深傷得越深懂不懂？曖昧期要推拉久一點才有用。」

「妳別誤會，我眞的是有隱情的，也感到很爲難，我是眞的喜歡妳，絕對不是故意要甩妳的……」

聽到「甩」這個關鍵字，又觸動了閔冬瑤的敏感神經，她歇斯底里地拉高語調，「不好意思，你是不是誤會什麼了？甩？不不不我才沒有被甩，是我甩你，知道嗎？我知道自己交往期間是有點冷淡，你察覺到這點想分手，我也可以理解啦，還有，你剛才說的那句話，千萬不要到處去亂散播。」

閔冬瑤一向對自己的面子有過多的執著，又怎麼容得下戀愛史中留下一個被甩的汙點？

「那就這樣吧，你現在要挽留我，我也不會答應了，我不像你還會給三秒鐘考慮。」閔冬瑤雙手插腰，昂頭準備離去，「我對和平分手沒興趣，所以，不要再讓我見到你。」

她很快消失在走廊盡頭，留下目瞪口呆的禹棠，久久無法平復。

這次的分手比他預想中的順利太多，畢竟，以前勾搭過的女孩們，都是一把一鼻涕一把淚地痛罵他是渣男，恨不得全世界都知道自己失戀，一起罵這個負心漢。

回想起閔冬瑤像小貓炸毛般的模樣，他無奈勾起唇角。

怎麼辦呢……總覺得更有魅力了。

第五章　熟悉的竊盜犯

閔冬瑤氣了三天。

她是沒感受到所謂失戀的痛苦，只是至今仍不敢相信，她一個被捧著長大的千金小姐，居然會有被甩的一天。雖然分手時，她是趾高氣揚地反駁了，但總歸一句，禹棠確實是在她毫無準備的情況下提了分手，她就是被甩了。

「在想什麼呢？妳再繼續扯自己的禮服，還沒到會場禮服就要先被妳弄壞了。」閔遠的祕書菀菀好心提醒了一聲。

閔冬瑤回過神，立刻鬆開指尖，「我有嗎？」

「有，這件禮服這麼貴，妳如果再惹事，小心閔總永遠不把附卡還妳了。」

沒有比這更有效的威脅了，畢竟她會答應來參加這場發布會，正是爲了討好她的爸爸。

閔遠一直希望他唯一的女兒能多關心家族事業，哪怕只是出席重要場合觀摩一下也罷，免得辛苦一輩子經營的企業就這麼拱手讓給虎視眈眈的手足，可他這女兒唯一關心的，只有集團賺來的錢。

所以當閔冬瑤因爲花太多錢而被沒收附卡時，她立刻積極打聽集團最近舉辦了哪些大型宴會，因爲參與集團活動，是最有效率的討好方式。

霍朵集團最知名的就是奢侈品產業，其中珠寶製品名聞遐邇，這回重金邀請知名珠寶設計師池鳶，合作推出新品「天使之淚」晶鑽項鍊，運用霍朵新研發的專利技術及頂尖原料所製成。強大的陣容轟動珠寶界，商品要價數千萬元，發布會消息一出就吸引大批媒體爭相採訪，各大贊助商、同行貴賓等大咖更是都會出席。

「啊，這該不會是脫線了吧？」菀菀湊近仔細檢查，歇斯底里地揪著一小根線頭，「就跟妳說挑禮服的時候選布料多一點的長裙，這種薄紗蕾絲的款式雖然貴，但感覺一扯就壞……」

閔冬瑤再次欣賞了一番這件短禮服，覺得明明就挺好的。純黑的風格別具質感，貼身收腰，外層的薄紗點綴著星空般細緻的珠光白點，自密而疏，營造了唯美的氛圍感，裡層的絲質布料完美服貼，襯出一雙筆直纖長的腿。「放心吧，就算這衣服壞了，也不會把責任算到妳身上。」

「眞的嗎！」菀菀破涕爲笑，「我就說妳特別適合這件禮服，我第一眼就看中這件了。」

「妳剛剛好像不是這麼說的。」

轎車抵達霍朵總公司，大廈前早已聚集了各家媒體車。

「妳自己進去會場可以嗎？閔總要我去後台待命。」

她用力點頭，「當然啊，我又不是小孩子。」

「那妳千萬別遲到也別惹事喔！我的薪水很寶貴……」菀菀匆匆忙忙從隨身包拿出一張通行證，「喏，進公司大門和會場都需要用到通行證，還會嚴密搜身和確認身分，妳應該沒帶什麼奇怪的東西吧？」

「當然沒有，但是，」閔冬瑤接過通行證，妥善放進包裡，「沒有人告訴我要帶身分證啊，會不會太麻煩了，還要確認身分？」她還是第一次知道一個珠寶發布會能搞得如此浩浩蕩蕩。

苑苑思考了一會兒，才恍然大悟地鬆了一大口氣，「沒事沒事，妳應該不用確認，畢竟妳那張可是跟閔總同等級的VVVVIP通行證。」

「沒事就好，那我走啦，再見。」

搭上電梯，閔冬瑤很快便抵達目的地，然而，理應聚滿人潮的十九樓一片漆黑、空無一人……

「什麼，不是這裡嗎？」她在黑暗中踱步，試圖看清楚前方，迅速拉開皮包摸索手機。但還沒成功找到手機，她就毫無防備地迎面撞上一個高大魁梧的身影，撲鼻而來的，是一股特殊的柔軟精淡香，其中還混雜著男性荷爾蒙的氣味。

因爲踩著高跟鞋的緣故，閔冬瑤重心不穩向後跌坐在地上，在強烈的衝擊下整個人甚至翻滾了一圈，皮包順勢被甩出去，裡頭的物品散落一地。

嘶——

腿間傳來陣陣冰涼感，閔冬瑤猛然低下頭，只見禮服裂了一條大縫，從裙襬向上開岔到大腿最上緣的位置。

她倒抽了一大口氣，腦袋徹底空白。苑苑千交代萬交代要她小心謹慎，這件禮服要價不菲，頂流設計師親自量身訂製的藝術價值更是無法估算。最嚴重的是，連會場都還沒抵達，衣衫便如此襤褸的她該怎麼辦？

「抱歉，妳沒事吧？」黑暗中傳來一道低沉且匆促的嗓音，那冷淡的語調……她怎麼也聽不出眞誠。

透過玻璃窗邊透入的微微亮光，閔冬瑤看見那男人還算有一點禮貌，蹲下身爲她撿起掉落在地上的物品，快速拍去上頭的灰塵。

不過，在看見長夾上的品牌LOGO後，他的動作微微一滯，隨即抬起頭，這是他今晚第一次將目光放到她身上。

那款奶茶色長夾，是閔冬瑤在卡被沒收前買的最後一項奢侈品，這個品牌雖然奢華，卻不具大眾性，若不是同樣也有接觸精品的人，絕對不會知道那小小商標價值連城，昂貴到她就算沒有附卡能刷，轉賣長夾後還能過一陣子的好日子。

她不禁感到驚奇，貴婦都不見得知道的品牌，眼前這位大男人卻明顯認得，甚至疑似明白這小小長夾的驚人價值。

下一秒，男人站直身子，高眺的身形拉遠了兩人之間的距離。將名牌包歸還給她後，他低聲問道：「妳有受傷嗎？」

她這才回過神，突然想起自己大難臨頭，理應沒有觀察別人的閒情逸致才對。因爲撞上這男人，珠寶發布會怕是去不成了，應該說，討好爸爸的計畫就要毀了。

「喔，妳的短裙……」男人終於注意到她毀損的衣物。

閔冬瑤以極度不悅的口吻說：「我現在趕時間，賠償的事之後談吧。你是這裡的員工嗎？告訴我你的姓名，還有隸屬哪個部門，我會請人聯絡你的上司。」

「不好意思，我沒辦法告訴妳。」

「什麼？你剛剛撞到我了耶。」

「我已經道歉了。」

活到這麼大歲數的一個成年人竟會如此無禮，閔冬瑤稍稍靠近一步，試圖看看他帽沿下的眞面目。

而當她對上那陰沉的眼神時，便完全愣住了。

怎麼會……是禹棠？

✦

十分鐘前——

「現在切斷會場線路。」鍾諾透過無線電下達指令，另一頭的魏楷簡單應了聲，一個乾淨俐落的動作後，鍾諾眼前的一整片燈光頓時熄滅。他迅速拿走某個物品，接著推開逃生梯，往十九樓的廁所前進。

用外套內側的銀刀撬開天花板後，他找到預先探查好的水管，將嚴密包裹僞裝過的東西投入管槽，接著戴上棒球帽，快步離去。

「喔不不不……」在車裡盯著監視器的魏楷小小倒抽一口氣，「不愧是霍朵，這麼快就發現還這麼快應變，現在有一大批保全高速出動，已經陸續堵在各個出入口了。」

「F9那個排氣管道呢？」

「很不幸的，連那個小排氣管的連接口也有人守著，他們的保全果然很清楚這棟大樓的結構，不會放過任何漏洞，所以你沒辦法從管道離開。」

鍾諾邊加快腳步邊問：「那個出口有幾個人守著？」

「我看看喔。」魏楷迅速查看監視器畫面，「五個，但是不遠處的地下室出入口大概有二十人以上，比我們預想中多了點，直接硬打是不行的，只要一有騷動，就會有一大群人上前支援。」

「都是一般保全嗎？」如果是警衛或保全，二十五個對他而言不成問題。

魏楷放大各個監視器的畫面，仔細判斷，「好傢伙，他們連便衣警察都請來了，你千萬別衝動啊，那些人可是有槍的，不要冒這種險，我們不是還有其他備案嗎？」

鍾諾心想，有是有，但實在不是一個好方法。

「我還挺期待目睹你飛簷走壁的模樣欸，就用那個吧。」魏楷所指的方法，其實是讓他從「牆外」逃脫。

要這麼做，鍾諾得先打破一扇玻璃窗，使用他們幫派收購國外技術研發的超強吸力手套，憑藉強大的耐力、平衡感、臂力及核心肌群，沿著建築外側，慢慢爬到一樓。

「反正現在天那麼黑，你悄悄落地都不會有人發現。欸，你有在聽嗎……」

砰——

突然有個嬌瘦的身軀迎面撞上鍾諾的胸膛，在強大的反作用力下，甚至被反彈到幾呎外。

鍾諾迅速扯下耳機，發現那女孩跌得特別慘，物品更是四散一地。他煩躁地嘆了口氣，剛才一路上精準又專業地閃過了警衛和監視網絡系統，怎麼會在這種本該空無一人的地方出差錯？明明情況危急，需要立刻想出對策，卻在緊要關頭殺出一個麻煩。

「抱歉，妳沒事吧？」他蹲下身迅速收拾那些掉落的物品，此刻可沒多餘的時間折騰，只願能趕緊撿完趕緊閃人。

一開始只是一些雜物，像是面紙或是鑰匙等很正常的隨身物品，但當鍾諾陸續拾起YSL的唇膏、TOM FORD的氣墊粉餅，甚至是奶茶色的名牌長夾後，他的動作微微一滯。化妝品是不太平價沒錯，但最驚人的是這個天價長夾，就連LV在它面前都是高CP值的產品。

他抬眸望向那位被撞倒的女孩，看上去不過二十歲，穿著黑色小禮服，顯然是等等要出席珠寶發布會的貴賓。

看著看著，鍾諾卻有些愣怔，他仔細瞧那雙覆著濃妝的眼，儘管在黑暗中十分模糊，那輪廓依然直直觸動了腦中某條記憶神經。

他見過這個女孩。

鍾諾一向不太記得自己見過什麼人，尤其是搭訕過自己的女性，但那晚在酒店裡像瘋子一樣亂笑亂貼還差點被下藥的女孩，倒是讓他記了三天，所以當此刻仔細盯著這雙眼時，他立刻想起來了。

有趣的是，他記得……這女孩是霍朵集團唯一的千金。

他俐落收拾好閔冬瑤的東西，並歸還給她，輕聲問：「妳有受傷嗎？」

那張臉迅速切換了各種微表情，最後停在驚慌的情緒。

鍾諾快速瞥了一眼，明白了她驚慌的原因，「喔，妳的短裙……」似乎是因爲剛才跌倒時的激烈動作，那薄紗質地的裙襬開岔到了一個尷尬的位置，雪白的肌膚一覽無遺，再多撕裂一公分，恐怕就要春光外洩。

閔冬瑤緊緊扶著損壞的裙襬，不悅地開口：「我現在趕時間，賠償的事之後談吧。你是這裡的員工嗎？告訴我你的姓名，還有隸屬哪個部門，我會請人聯絡你的上司。」

她死纏爛打的功力鍾諾也不是沒見識過，因此並不感到意外，「不好意思，我沒辦法告訴妳。」

「什麼？你剛剛撞到我了耶。」

「我已經道歉了。」

她突然靠近了一步，並湊近他，隨即如同石化般一動也不動。

鍾諾原本想要趁這個機會離開，和那些武裝戒備的保全相比，要甩掉一個女孩簡直太容易，但他沒有這麼做，因爲這女孩明顯認出他了。

「是你？」閔冬瑤瞠大雙眸，臉色十分難看。

也對，只有他才會不記得交談超過十句話的人，所以他認出來了，閔冬瑤理所當然也會知道他是誰。

「你爲什麼在這種地方？」

鍾諾沒打破沉默，他可不記得他們之間有熟到會互相過問行蹤。

「說啊，你到底在這裡幹麼？」

「妳不是趕時間嗎?」他瞇起眼，漸漸地感到不耐煩。

閔冬瑤張了張口，頓時急了，「你還敢說?都是因爲你，我的禮服完全毀了，一個女孩子穿這種開岔短裙是要怎麼見人?跨一步就會穿幫!」

鍾諾唇角微微扯動，想都沒想便脫下自己的工裝外套，迅速環繞過她的身軀，將外套綁在腰間處，完美遮蓋住撕裂開來的薄紗裙布料。全程動作俐落又快速，絲毫沒有讓閔冬瑤羞憤反抗的時間。

「抱歉，我也趕時間，先走了。」丟下一句話，他便轉身準備離去。

「給我站住!」眾多情緒結合成怒火，閔冬瑤一氣之下，伸手用力揪住他，不過男女間力氣相距甚遠，她沒成功影響對方穩健的步伐，倒是直接扯破他身上的衣物。

比禮服開岔時更清脆的撕裂聲終結了空間裡所有聲音。

閔冬瑤猛然一顫，怔怔瞪著自己手上那塊黑色布料，目光再飄移至他裸露的右胸口，就此滯留，雙眼睜得更大了。

鍾諾深深擰起眉，很快意識到她在看什麼，他的右胸口有刺青，一個簡約的幾何圖形刺青。他迅速拉上衣料，深沉地咳了一聲。

「天啊……我、我不是故意的……」閔冬瑤從小跆拳道、空手道樣樣精通，不知不覺練就這一身蠻力，「因、因爲我眞的趕時間，不然，我給你聯絡資訊，之後保證讓人還你一件一模一樣的襯衫。」

仇恨歸仇恨，討厭歸討厭，她還是知道做人的道理，急急忙忙從皮包裡翻出菀菀的名片。

「沒有必要，就算扯平了。」鍾諾略過她遞上的名片，逕自離去。

✦

閔冬瑤拍掉身上的灰塵，指尖在腰際處觸碰到陌生的布料，低下頭看見那件工裝外套，她不禁呢喃：「搞什麼，他的外套就這麼送我了？」

她沒有對禹棠動心過，當然不會有觸景傷情這種情況，但留著前男友的東西好像哪裡怪怪的？

閔冬瑤也頓時意識到，她完全不了解他，這男人不僅不在乎自己的襯衫毀損，連白白損失一件外套也不痛不癢，而且他竟然出現在霍朵珠寶發布會，這個聚會只有上流社會的有錢人才會出席。

這麼說來，他的生活圈也挺廣泛的，最初見面是和一群黑幫在酒店聚會，接下來是環境單純的學校，現在又出現在她父親的公司。

還有，那顯然不是大學生的成熟外貌，也很令她在意，仔細探究起來，閔冬瑤發現禹棠身上有很多矛盾之處。

沒讓她分析太久，皮包裡的手機便傳來震動，她趕緊接起。

「閔冬瑤，妳去哪了？我找遍會場都沒見到妳的人影，妳還沒到？」菀菀的語氣急迫，尖銳的嗓音幾乎穿透傳聲孔。

「我才想問你們在哪？發布會不是在十九樓嗎？」

「十九？原本是從十九樓入場沒錯，但因爲電路突然出現問題，公司更換了入場的位置，讓大家直接從二十樓入場。」菀菀焦急地解釋著，「我沒有告訴妳嗎？總之妳現在快點過來！」

閔冬瑤什麼都來不及抱怨，便朝著樓梯間狂奔。

匆匆忙忙抵達會場，所幸，並沒有太多人注意到她這身奇裝異服，本該隆重舉行的發布會也罕見地延遲了。

現場各家媒體人士與各界企業嘉賓都議論紛紛，穿著制服的霍朵工作人員更是各個神色慌張，爲了不知名的原因忙得焦頭爛額。

閔冬瑤努力遮掩這身突兀的穿搭，在門口徘徊了一會兒，才決定爲了附卡犧牲形象，直接進場。

入口的服務員禮貌地微微敬禮，「貴賓您好，很抱歉在這裡提醒一下，因爲一些緊急原因，現在開始進入會場就暫時不能出來了，請問您還要入場嗎？」

「爲什麼？」

服務員有些爲難，「這是上層下達的指令，我也不是很清楚。」

「喔，好的沒關係，我還是要入場。」

「那請您出示一下通行證，謝謝。」

閔冬瑤在皮包裡翻找了好一會兒，摸著摸著，卻遲遲沒有掏到霧面質地的ＰＶＣ硬卡，她的心臟瞬間漏跳了一拍，焦急翻過每一層隔層，卻什麼也沒找到。

通行證……消失了。

「不好意思，等我一下。」閔冬瑤不死心繼續翻找，幾乎快把皮包挖出一個洞。

服務員露出一個尷尬卻又不失禮貌的微笑，「您沒有通行證嗎？」

「當然有！」開什麼玩笑，她的通行證可是VVVVIP最高階款。閔冬瑤爲了幫自己找個台階下，便說：「我想了一下，還是有點介意入場就不能出來這件事，那我就不入場了。」

她拍了拍服務員的肩，並輕輕說聲辛苦了，接著頭也不回逃出他的視線。

這種感覺她很熟悉，前一陣子在百貨公司包下一整櫃當季新品，接著掏出每張信用卡都刷不了時，就是這種尷尬的場面。

沒想到這灰頭土臉的遭遇，她一個大小姐會在短時間內經歷兩次。

「妳在幹麼？」右肩被輕輕一拍，只見韓浚一臉狐疑地看著她。

「哇，你怎麼會在這裡？」

韓浚沒好氣地說：「我前幾天跟妳說話妳都沒注意聽？我說，今天晚上會來幫我爸爸的忙，他最近關節不太好，保全工作有點爲難他老人家了。」

「喔，好像有這回事。」閔冬瑤笑了笑，「那你現在是在偷懶嗎？還有時間跑來跟我聊天。」

「我可是在巡視，上層下達命令，看到可疑的人要立即回報。」韓浚對她挑挑眉，「看到有人慌慌張張奔跑，我當然要跟過來了解狀況。」

閔冬瑤反應了足足五秒才理解，「你說我可疑？拜託，驗血的話我可是這裡最純的。」

「誰叫妳的穿著這麼顯眼，要忽視也難。」他的目光停留在那件工裝外套上，輕輕蹙眉，「妳確定要這副模樣入場？先去化妝室把儀容整理好吧。」

「這恐怕已經是最佳狀態了，我剛剛發生了一點意外。」她聳聳肩，忽然靈機一動，「既然你算是工作人員，那應該也有入場的通行證吧？」

「當然。」韓浚掏出自己的工作證，卡夾裡還塞著一張通行證，「怎麼了嗎？」

「我的不知道爲什麼不見了，進不去。」

韓浚一臉難以置信地笑了，還說：「反正現在進場也沒用，發布會好像要取消了。」

閔冬瑤被嗆得連連咳嗽，「誰說的？爲什麼突然取消？」

「因爲晶鑽項鍊被偷了。」

◆

鍾諾深吸了一口霍朵總公司外的新鮮空氣，迅速抵達十九樓廁所排水管連通的出口，那個剛才投放進去的物品已經順著管線流到下水道的排水孔，正安安穩穩躺在泥巴裡。

鍾諾處理掉外層的髒汙後，將東西收好，來到約定的路口，打開車門上了魏楷的車。

「你是怎麼出來的？」魏楷嚇得連點菸的手都震了好大一下，錯開了火苗，「你剛剛突然斷線，我都快急死了，還以爲你被抓到或發生意外了，差點要叫支援，你難道不知道隨時回報是最基本的嗎？」

「快開車，先離開再說。」

「不會吧，有人在追你嗎？」魏楷急忙透過後照鏡瞥了幾眼，「沒人啊。所以你到底在搞什麼？東西拿到了嗎？」

鍾諾從口袋裡拿出剛才的東西，打開後，一抹璀璨的光芒差點讓魏楷握著方向盤的手滑了一下。

他罵了句髒話，「眞有你的！這眞的是被他們重重保全看守的晶鑽項鍊？這麼輕易就拿到了？啐，也太沒挑戰性了吧。」

鍾諾扯了扯唇角，這一點都不簡單。

「不愧是老大中意的王牌，霍朵也就如此嘛，還以爲大公司就會守得比較嚴密。」魏楷忍不住調侃，「所以，剛剛斷訊的時候，我到底錯過了什麼精彩好戲？你眞從大樓外側爬下來了？」

「我沒爬。」

「不然呢？」他都快好奇死了。

回想起剛才與閔冬瑤相遇的情景，鍾諾緩緩說：「我撞到一個女人。」

「呃，所以呢？」魏楷時常搞不明白這個男人，說話總省字數以至於沒回答到重點，「依照你的個性，不可能花時間停下來好好攙扶人家吧？」

鍾諾從另一邊的口袋裡拿出一張卡片，「所以我拿到這個。」

魏楷瞇起眼透過後照鏡，看清楚他手上的東西後，震驚地睜大眼，接著才大笑了起來。

「那金色的玩意兒該不會是我知道的那個吧？」他興奮到捨不得將目光從後照鏡移開，「傳說中的VVVVVIP金卡？那個萬能鑰匙般的存在！」

「正是。」多虧了這張通行證，當大樓全面封鎖不讓任何人離開時，他只要出示金卡並配合一下簡易的搜身，便能輕鬆離場。

在霍朵集團，沒有人敢小看那張金卡，擁有它的大多都是閔總身邊的超級高層。

「我又更佩服你了，哥。」魏楷嘻皮笑臉地對他挑挑眉，依舊忍不住驚嘆，「哇，真的太驚人了，你是撞到什麼鑲金的女人，隨身帶著這種東西，被摸走了還沒發現。」

「上次在酒店遇到的霍朵集團千金。」

魏楷笑得更猖狂了，「這是什麼平時要多救人的勵志故事？真多虧你當時有多管閒事，才會認識那個女孩。」

鍾諾沒有否認，只是沉默地盯著那張通行證。

「但是話說回來，那個霍朵千金可能就要笑不出來了，弄丟這種卡導致他們集團出大事，還在各界面前顏面掃地，她怕是要完蛋了。」魏楷趁著紅燈重新點起菸，「你說閔遠那種視錢如命的老狐狸，就算沒跟她斷了血緣關係，會不會氣到家暴？」

聽到這番話，鍾諾稍稍抬起頭。

「我之前聽說，那個閔遠就是太愛錢，才會害慘自己的老婆，現在想想，女兒又如何，妻子都狠得下心了。」瞥了眼後座的鍾諾，他繼續說：「怎麼，你該不會有一點點愧疚？」

「沒有。」他回答得冷靜，「我在乎的只有結果。」

「果然是你會說的話。」魏楷感嘆不過幾秒，又恢復那張輕浮的笑臉，「笑死了，我現在是在幹麼？俗話說得好，世界上最白費力氣的事，不就是擔心有錢人嗎？」

鍾諾嘆了口氣，那句話是在說藝人才對，但套入有錢人似乎也合理。

「總之任務都成功了，這次老大一定會賞一個大的。」魏楷努力抑制住上揚的嘴角，難怪就算這男人個性很爛，兄弟們執行任務時還是搶著跟他搭檔。能穩穩躺贏，誰還想努力呢？

「錢你也不需要，你說老大這次會不會把寶貝女兒賞給你了？」魏楷撇了撇嘴，「那個方奈也饞你很久了，說不定哪天直接把自己包成禮物送給你。說眞的，很賺，那你就會成爲幫派裡除了老大之外，唯一能治得住方湛的男人。」

「隨便，我不在意。」鍾諾淡淡應了一句。

✦

韓浚的父親韓兆是霍朵集團保全組的主管，閔冬瑤緊緊跟著他們一同前往監控室，了解狀況。

「所以，晶鑽項鍊是什麼時候失竊的？」閔冬瑤問。

韓浚邊小跑邊解釋：「就在幾分鐘前，一直到發布會開始的前一刻明明都還在，結果轉眼間就消失了。」

「幾分鐘前？那不是貴賓和各大媒體都入場了嗎？犯人當著這麼多人的面偷走的？」在這種數台攝影機和無數雙眼共同矚目的時機點遭竊，閔冬瑤敢賭霍朵的股價要跌慘了。

「當時突然跳電，晶鑽項鍊就是在那短短的時間內不見的。」他不禁驚嘆，「停電到恢復照明的期間不過二十幾秒吧？能在這種狀況下無聲無息盜走眞的很不可思議。」

抵達監控室外的辦公區域，所有穿著制服的保全人員及主管都急得焦頭爛額，各個忙著打電話聯絡和蒐集資料。

其中臉色最難看的，正是閔冬瑤那最熟悉不過的身影——閔遠。

「妳不是在會場裡嗎？」閔遠看見女兒，暫時停下手邊的工作。

閔冬瑤噘起嘴，用嬌滴滴的語氣說：「我聽韓浚說要發布的珠寶失竊了，所以過來了解一下發生什麼事。」

「是嗎？我怎麼不知道妳這麼關心公司。」身爲閔冬瑤的父親，他當然明白女兒這點小心機，「今天公司虧慘了，我心情很差，附卡不會還妳，妳別在這裡瞎攪亂。」

「不是，人家是眞的關心……」閔冬瑤越說越心虛。

「還有，妳這衣服是怎麼回事？」閔遠的視線牢牢鎖定在那件工裝外套上。

「啊，這個啊，我只是不知道外套要放哪裡，就隨手綁起來了！」

閔遠可一點也沒相信，這位親愛的女兒在服飾上花費無數，怎麼可能忍受這種奇怪的審美？「一看就是男人的外套，妳又去哪裡……」

「爸！韓浚好像在叫我，先走了喔！」閔冬瑤箭步逃離父親的視線，朝著監控室跑去。

她原以爲能一睹這奇幻的竊盜過程，豈料卻被擋在監控室外頭。她本來就很少在公司裡露面，現在又失去了翅膀般的VVVVIP金卡，完全成了無名小卒，根本沒有人知道她是誰。

因爲涉及公司機密，只有身爲主管的韓兆帶領幾個霍朵的高層進監控室查看畫面，閔冬瑤憤恨不平地在外頭乾等，然而，不過半小時，所有人就被請了出來。

「閔總，監視系統遭駭，會場內好幾台監視器的夜視功能都故障，所以犯人只利用停電那不到三十秒的時間，潛入偷走晶鑽項鍊，又消失得無影無蹤。」韓兆仔細重述畫面裡的景象，面色凝重，「從監視器裡根本看不出犯人是怎麼偷走『天使之淚』的，也沒有畫面拍到有人出現或離開會場，甚至是大樓。簡而言之，我們連犯人是男是女、有幾個人都不知道。」

儘管早已料到犯人不會笨到將自己的身影留在監視器裡，但沒想到會毫無破綻。閔遠重重嘆了口氣，語氣掩藏不住惱怒，「既然沒拍到他離場，那麼犯人一定還被困在這棟建築裡吧？現在，立刻動用所有人馬去調查，也好好約談其他可能接觸過嫌疑人的員工。」

「珠寶失竊的第一時間就已經封鎖會場並做初步檢查了，但並沒有發現任何疑點。」

「那就再搜一遍！一定要仔細找。」

韓兆再次查看部下回報的訊息，面有難色，「恕我直言，再次進行搜身恐怕不太好，那些貴賓都大有來頭，現在將他們軟禁在會場裡已經很失禮了，繼續調查一定會引起軒然大波，還是之後交由警方處理吧。」

「不，錯過現在的黃金時機也許就難辦了，之所以沒發現可疑人物，表示犯人肯定變裝了，一定要把握時機趕緊找到！」閔遠的態度十分強硬，這次吃癟完全燃起他的老脾氣，「就算是一點點線索也好，仔細問一定能有些蛛絲馬跡。」

閔遠在業界一向有著嚴厲的形象，這回難得親自指揮，韓兆也沒辦法繼續多說什麼。

此時，韓浚穿過人群，小心翼翼地說：「今天一早，十九樓和逃生梯的電路就臨時出現問題，這很奇怪吧？」

所有人同時看向他，尤其是閔遠迅速抬起頭，「十九樓停電了？爲什麼沒有人跟我回報這件事？」

「這個……因爲太緊急了，所以上層那邊就直接要我們照著備案執行。」

「所以，說不定犯人並沒有留在會場裡，根本已經趁亂逃走了。」韓兆聽了兒子的話，靈機一動，「封鎖後能夠安然離開大樓的，只有持有金卡的人！」

眾人紛紛贊同這個推測，更有保全提出，「你的意思是，犯人要不是閔總身邊的親信，就是偷了他們身上的金卡？」

「沒錯，只有這種可能性了。」

「失策了，這該死的福利。」閔遠低語咒罵了聲，隨即抬起頭命令：「你們現在、立刻去調查誰身上沒有通行證！」

當大夥兒爲終於找到眉目而破涕爲笑時，只有一個人瞠大雙眸，一點也笑不出來。

閔冬瑤一邊顫抖，一邊瞪著自己的名牌包，彷彿天要塌下來似的。犯人是因爲偷了VVVVVIP金卡才得以離開大樓？好巧不巧，她的通行證正好丟了，那不就代表他們現在要找的正是她本人嗎？

閔冬瑤也不笨，要說自己的皮包什麼時候離開視線了，就只有那一瞬間。她目不轉睛瞪著此刻圍在自己身上的黑色工裝外套，腦中盤旋的畫面停滯在那個與她相撞的男人身上，一陣寒意從腰間沿著背脊一瞬間涼了上來。

「閔冬瑤，我記得……妳的通行證是不是不見了？」韓淩站在她的身後，突然出聲，壓低嗓音問。

閔冬瑤一轉過頭便是淚眼汪汪，「對，該怎麼辦……」她無辜地眨了眨眼，此刻只能依靠這位朋友的救援了。

豈料韓浚的表情瞬間亮了，驚喜地向眾人宣布：「找到了！是她的通行證不見了！」

現場頓時陷入靜默，所有人都屏氣凝神盯著她。

臭、直、男！這位親愛的竹馬不知道她今天出席珠寶發布會的目的，興奮地將她一把推入火坑。

「妳的金卡不見了？」閔遠盛怒地低吼，一步一步靠近閔冬瑤，「什麼時候的事？在哪裡不見的？」

望著父親太陽穴上不斷顫動的青筋，閔冬瑤已經確定自己要窮困潦倒地過下半輩子了。

霎時，小小的腦袋靈光乍現，她興沖沖跑向前抱住閔遠的手，「爹地，偷走我通行證的那個人就是犯人嗎？」

「那還用說！剛才大家都說得這麼明白了！」閔遠氣得連眼角都微微抽搐，千防萬防，防不過自己的笨女兒，「妳少跟我撒嬌，我這次絕對家法伺候！」

她睜大水汪汪的眼，纖長的睫毛扇呀扇，「我有看到犯人！我跟他相撞了！」

閔遠突然如同石化般定格，隨即又哭又笑地發出幾個聲音，「妳跟我來。」他一把拉住女兒的手腕，將她帶到空無一人的樓梯間。

「幹麼？」閔冬瑤仍還沒從戲裡出來，嗲聲嗲氣地問。

閔遠喘著氣，方才的怒火全都消逝無蹤，「妳眞的見到偷走項鍊的犯人了？」

「當然！」她抿起唇，正氣凜然地說：「抵達會場之前，我在十九樓和一個男人相撞，包包裡的東西全都灑出來，一定是那時候不見的！」

「然後呢，那個人長什麼樣子？」

「他的身高看起來有一百九十公分，眼神讓人毛骨悚然，」閔冬瑤誇張地比手畫腳，「我就覺得他看上去不是什麼正常人，沒想到竟然是偷走珠寶的犯人！」

閔遠忽然笑了起來，欣喜地握住閔冬瑤的肩膀，「妳立大功了。」

他立刻拿起手機，打算聯絡相關人員，「妳有清楚看見對方的長相吧？看來根本不需要搜身了。」

閔冬瑤用力點點頭，「當然！我看得很清楚，完全刻在腦子裡了！」

「很好！妳今天很累了吧？趕快回家好好休息一下，明天我叫專業的人來，妳描述犯人的長相，讓他們畫肖像。」

依照這個情勢，閔遠就算答應要給她買一座島都不是問題，她抓住機會，眼巴巴地指著自己身上這件禮服，「這件裙子因爲跟他相撞所以壞了，那我可以不用賠對吧……」

「說什麼傻話，這是當然的，再撞壞十件我都給妳買！」

再撞十遍，那他女兒恐怕也重傷了。閔冬瑤接著又遲疑地說：「那附卡……」

「我給妳十張，妳儘管刷。」

閔冬瑤樂得心花怒放，差點撲上前擁抱父親，沒想到能因禍得福，一下解決了所有煩惱。她雀躍地撫了撫這件黑色工裝外套，打算好好供奉起來。

第六章　恐懼與好奇之間的拉扯

延續晚上的好心情，閔冬瑤回家換下這身損毀的禮服，在深夜前往熱炒店與周玥見面。

「難得喔，妳今天竟然沒有遲到。」

「今天心情特別好。」她拿起桌上的燒酒瓶，為自己倒了滿滿一杯。

周玥看她這樣子不禁有些不安，她這好友興奮起來一定會出大事，「發生什麼事了？我聽說妳爸爸的公司剛剛好像出事了。」

閔冬瑤點點頭，「對，出事了，出了很好的大事！」

「不是欸，晶鑽項鍊失竊，這件事鬧得沸沸揚揚，從剛剛開始新聞就報不停，聽說犯人還沒找到。」周玥沒好氣地說。

「不對不對。」閔冬瑤用力搖頭，「我知道犯人是誰，我見到他了。」

周玥不再把玩玻璃杯，抬起頭望著她，「妳見到偷走天使之淚的犯人了？」

「沒錯！我可是把他的臉記得一清二楚。」

這話讓周玥大吃一驚，「那妳還好嗎！沒被滅口吧？」

「妳說呢？我現在看起來像鬼魂嗎？」

周玥看了看閔冬瑤，的確是好得不行，但她那過度自信的狀態令人咋舌。

「沒什麼好怕的，我跟妳說，我和那個人相撞，然後還把他的衣服扯破這麼一大片……」閔冬瑤比了一個誇張的大小，「如何？聽起來是不是有點帥？」

她咯咯笑了起來，仔細想想，今天確實做了一件了不起的事。

周玥沒有一起笑，反之，她的臉色黯下，問道：「要不要我陪妳住幾天？或是找個保鑣也好。」

閔冬瑤夾了滿滿的炒肉到盤裡，一派輕鬆地說：「哎，沒事啦，那個人我認識。」

周玥滿臉困惑，現在是霍朵集團的敗家女和竊盜犯私通了？

「妳也認識，就是那個禹棠。」

周玥噴出一大口燒酒，「怎麼可能？妳不會為了報復前男友，想借用家族企業的力量栽贓他吧？」

「原來我在妳心中是這種人。」閔冬瑤委屈巴巴地嘟起嘴，「我才是受害者好嗎，他之所以能溜走，就是因為跟我相撞的時候偷走我的VVVVIP金卡通行證！」

看著好友大起大落的情緒，周玥知道閔冬瑤醉了。她嘆了口氣，「好了，我看妳今天酒量有點失常，我送妳回家，妳好好睡一覺吧。」

「才不要，我還有超——級多肉還沒吃完。」閔冬瑤塞了整嘴的肉片。

「走了，妳應該照照鏡子，看一下自己現在有多醉，隨時都可能會惹事。」那麼屆時丟臉的也是在一旁幫忙善後的自己。

周玥送她回家時，已經過了凌晨兩點。

閔冬瑤上了大學後，便搬出那個打掃煮飯都有人伺候的家，自己一個人住在學校附近的高級住宅區。

抵達閔冬瑤位在五樓的家後，周玥熟練地輸入密碼，並按了指紋，「妳自己眞的可以嗎？那我要走了喔。」

「可以的，謝謝啦，玥玥。」

閔冬瑤在發酒瘋的時候時常會叫她玥玥，看著那胡亂揮舞的手，周玥不禁失笑，「嗯，掰啦。」

待好友的腳步聲遠去，閔冬瑤將皮包隨手一扔，脫下在外頭沾染菸酒味的外衣，伸了伸懶腰，準備衝向沙發好好睡一覺。

撲上沙發的前一刻，她頓住了，有別於往常，天鵝絨沙發微微凹陷，米白色的絨布上印著一個淡淡的腳印。

她緩緩挪動自己的右腳，對上那個腳印，手上的汗毛頓時豎了起來，那腳印的尺寸超出她的腳一大截，怎麼看都是男人的腳印。閔冬瑤用力眨了眨眼，確認那並非是酒精所導致的幻影。

會出入這間房子的男性只有韓淩，然而此刻客廳沙發上，卻出現了一個尺寸明顯與他不同的男人腳印。

她突然想起剛才周玥嚴肅的神情，還有話中的擔憂。

「要不要我陪妳住幾天？或是找個保鑣也好。」

周玥會立刻出現這種危機意識，好像也有點合理，就算自己和禹棠有過幾個小時的戀人緣分，但閔冬瑤能二話不說將他拱出來，就表示禹棠也有可能爲了隱瞞罪行而找上門來。

閔冬瑤此刻就像一個膽小鬼剛看完鬼片般，一絲一毫的不尋常都能激起她的腎上腺素。她定格在原地，努力保持理性，思考著自己該衝出門，還是先拿點武器防身。

震耳欲聾的雷聲轟隆隆驟起，屋外下起陣雨，又大又急的雨聲塡滿了靜謐，讓她無從感知周遭變化，心中更不安了。

冷風颼颼地灌入室內，顫起陣陣疙瘩，閔冬瑤嚇得回過頭，隨即看見第二道閃電，白光照亮了屋內，轉瞬即逝。

那一刻，她的世界靜止了。在剛才光亮的微秒之間，落地窗半拉上的簾幕，出現了一道黑影。

一道身形高眺的黑影。有一個人……躲在窗簾後。

無論簾幕後躲的是誰，都不是該出現在這間屋子的人。因此，閔冬瑤決定迎戰，她抓起流理台上的水果刀，一步一步靠近落地窗。

簾幕因爲窗外的涼風微微拂動，仔細一瞧，的確能看出布料輕輕打在什麼物體上，隱隱約約勾勒出一道令人驚惶的輪廓。

距離落地窗只剩一步之際，她無聲地深吸一口氣，準備賭上一切往簾幕捅下這一刀。

突然，一股強大的力道禁錮她的手腕，閔冬瑤握著刀的右手被強勁有力的大掌牢牢握住，剎那間，窗簾被微微拉開，一張沉著的臉龐映入眼簾。

她的指尖頓時無力，「噹啷」一聲，水果刀脫離掌握，掉落至地面發出清脆的聲響。鍾諾固定住她的手，緩緩從簾幕後走出來，驚人的身高與肩寬遮蔽了窗外微弱的光，吞噬閔冬瑤眼前僅存的光明。她就像被拎起的布娃娃，失去了自由。

失策了，她一定是醉到腦袋不清醒，才會妄想一把水果刀能夠贏過一排銀刀。閔冬瑤重新打起精神，左手猛然朝著鍾諾的腹部衝上一拳，然而，對方卻無動於衷，連一釐米的移動也沒有，她那纖纖玉手彷彿揍在一面牆上般。

「你……」話還沒說出口，她便痛得蜷縮起那白白受苦的拳頭，不明白對方黑色的衣服下是穿著防彈背心，還是那是人類的肉體，她只知道，再這麼任他擺布，這裡恐怕就要發生命案了。

由於閔冬瑤的右手被鍾諾緊緊牽制住，因此只剩單手能攻擊，即使如此，她依然靠著練了許久的空手道，瘋狂打在對方身上，甚至華麗地轉了一圈，抬腿朝那張臉踢去。

鍾諾俐落閃過，再也沒閒情逸致陪她耗，單臂環過她的身軀，從外套內側抽出一把小刀，架在閔冬瑤的側頸邊。

屋內瞬間恢復死寂。

閔冬瑤屏住呼吸，頓時一吋也不敢移動。她被牢牢扣在鍾諾身前，頸邊刀鋒的冰涼的觸感是那般鮮明，以毫釐之差靠在頸動脈旁，她的命就這麼被懸掛在半空中。

就和兩人第一次見面時一樣，危險的氛圍再度燃起。

「嘿，你、你先不要激動……」連呼吸聲都微微顫動，她的心臟狂跳，甚至清晰地打在背後的鍾諾身上。

遲遲等不到回應，閔冬瑤只能惶恐地瞪著前方那一片黑暗，她不知道，身後的男人下一秒會不會一刀劃開她的脖頸。

「我們有話好說，你……先放開我。」她使勁抬高下顎，幾乎緊緊貼在他的胸膛上，只爲遠離那危險的凶器。

今天才剛踏上財富巔峰，未來有享不盡的榮華富貴，她不能就這麼莫名其妙死去……

豈料那把頸邊的刀逼得更近了，閔冬瑤頓時立正站挺，一點也不敢動。

「我現在問的每一個問題，妳都必須誠實回答。」鍾諾終於開口，低沉的嗓音幾乎融合於氣息之中，震盪著危險的磁性波形。

閔冬瑤如同抓住汪洋中的浮木般，一口答應，「沒、沒問題，你儘管問！」

「這件外套口袋裡的東西，在哪裡？」

她的眼神飄向鍾諾的衣袖，那件工裝外套此時已經回到原主人的身上，顯然他早已自己搜過一遍了。

「回答。」刀鋒又倚近了一點，陷入肌膚劃出一道口子，鮮血滲了出來，溫熱的黏膩感滑過脖頸，這男人是來眞的。

「我……」她被這突如其來的疼痛嚇得一縮，感受到前所未有的恐懼，下意識撒謊道：「我、我沒看見。」

很顯然，他並沒有相信，「我要妳回答的是，在哪裡。」鍾諾加重語氣，他的氣勢讓她渾身瑟縮了一下。

「我眞的沒有看見！那外套裡有什麼東西嗎？我帶回來後就放進櫃子了，不然你說說看裡面放了什麼，我幫你搞一個一模一樣的還你。」

「妳……」鍾諾猛然將人壓在牆邊，更將她頸上的傷撕扯出一陣劇痛，「東西在哪？」

她一瞬間連步伐都穩不住，踉蹌了一下。

「說！」

閔冬瑤閉上雙眼，事到如今，只好放大招了。她「哇」的一聲，突然瘋瘋癲癲地哭了起來。

再次睜開眼眸，睫毛已沾上了淚水，楚楚可憐，「看你這麼凶殘的樣子，所以是眞的？那個晶鑽項鍊眞的是你偷的？」

「是。」鍾諾果斷回答，絲毫沒有要隱瞞的意思。

這讓她足足愣了五秒才繼續哭，「所以你會向我告白，該不會是因爲我是霍朵集團的千金大小姐，爲了摸走我的VVVVIP通行證……」

鍾諾安靜了下來。她……在說什麼？告白？

「你有想過我的感受嗎？我說不在意都是騙人的，感情哪有說斷就斷那麼簡單，我每天都在想你……」閔冬瑤趁著換氣的時間微微睜開一隻眼，確認對方還在聽後，哭得更大聲，「我這麼喜歡你，你想要晶鑽項鍊還是想要一顆星星，跟我說一聲我馬上就給你送來一打了，何必利用我……」

鍾諾瞬間想起了之前睡在樓梯間的事，難道她就是那個披頭散髮睡死的瘋婆子？那個他逼迫禹棠立刻斷乾淨的女孩？禹棠看上的是她？

閔冬瑤從頭到尾都沒搞清楚過他是誰，在她眼裡，長這副模樣的男人就叫做禹棠，而這個人是她的前男友。那還眞是出大事了，他剛才親口承認了偷竊，而他並不知道禹棠究竟洩漏了多少關於他們的事。

「但是這些我都可以選擇遺忘，只要你心裡還有我。」她淚眼汪汪地凝望著他，一臉痴情，「你忍心拿著刀架著一個這麼喜歡你的女孩嗎？我們過去的感情到底算什麼？」

他靜靜瞅著眼前的女孩，腦海浮現了另一條路。

「禹棠，你眞的……」

「安靜。」

閔冬瑤乖巧地閉上嘴，微微噘起嘴裝可憐，痴痴望著鍾諾的眼神越加迷濛。

鍾諾篤定外套口袋裡的東西就在她那兒，雖然不明白她究竟是抱著什麼心態將它藏起來，但這麼耗下去也不是辦法。好，他可以暫且退一步。

「禹棠，我有點不舒服……」閔冬瑤吐出一絲微弱的氣息，男人壓得她幾乎喘不過氣，傷口的鮮血更是沒有停止過。她本來就瀕臨醉倒邊緣，這回再也使不上力，暈了過去。她軟綿綿地癱倒在鍾諾的胸膛上，終於鬆開了剛才因爲痛苦而不斷緊皺的眉頭，安詳地睡在他身上。

雪白色的衣衫被血染出一片深紅，手腕也被他掐得發紅，這是鍾諾第一次覺得自己是不是太殘忍了點。

黑暗的空間加上酒醉的暈眩，連傷口的疼痛也參上一腳。閔冬瑤徹底迷失了對時間的觀念。

不知是過了一、兩個鐘頭，還是夜晚已經快要結束，當落地窗被關上的聲音終於傳入耳中，她才輕輕撐開眼皮。

有別於昨晚的漆黑，低飽和度的晨曦如同薄霧般微微透進屋內，讓她縮了縮脖子。她瞇著眼環顧了一會兒四周，確定剛才落地窗那兒傳來的動靜就是那男人離開的證據。

警報解除！裝暈了這麼久，總算暫時逃過一劫。閔冬瑤猛然彈起身，這粗魯的大動作扯得她脖頸的傷一陣劇痛。

她下意識伸手觸碰那道口子，卻摸到了粗糙的觸感。她立刻衝向一旁的全身鏡，只見白皙的脖頸上貼著一塊滲著血的白色紗布，再往下看，衣領有一整片深紅色的血跡。

閔冬瑤完全愣住了，剛才閉著眼的同時，她感受到那個男人對著她的傷口做了些動作，一度以爲他是想趁機執行什麼酷刑，疼得她差點就要暴露自己根本還有意識。

沒想到，他是在包紮。

這紗布包得細膩，就算是她清醒著爲自己包紮，也無法做得這麼好。

昨晚一副要殺了自己的男人，這是擔心她失血過多替她包紮了？看來美人計永遠有用，她只是稍微用比較妖嬈的模式演了一下苦肉計，禹棠就這麼被說動了。

她暗自竊喜，愉悅地笑了起來。眞正放不下這段感情的其實是他吧？自己只是稍微示愛了一下，想必他的小心臟也被這麼楚楚動人的模樣戳到了。

「眞是受不了我的魅力。」閔冬瑤喜孜孜亂笑了一會兒，抬眸看見鏡中有點傻的自己才回過神。

也有可能根本不是如此，她打了個哆嗦，像他那種身上帶著一排短刀、有膽量讓霍朵集團吃癟的人，會留她一條生路的原因只有一個——他根本沒相信她的說詞。

只要沒問出外套口袋裡那東西的下落，他就會再次出現，閔冬瑤心頭一顫，迅速爬起身，拿起手機輸入菀菀的電話號碼。

「喂？冬瑤，這個時間妳怎麼會打給我？現在才凌晨六點，我可還沒開始上班喔。」

「菀菀，公司休息室昨天晚上的垃圾丟了嗎？」

菀菀想了幾秒才回答：「應該都收去集中處理了吧，公司每天早上和下午都會有清潔員工打掃。怎麼了嗎？」

「妳幫我找一下休息室門口垃圾桶的那包垃圾，我一個小時後去跟妳拿。」閔冬瑤急切地說。

「什麼？妳要一包垃圾做什麼？」

「就跟我昨天吃什麼也不會跟妳說是一樣的道理，反正妳幫我找一下嘛，我會讓我爸給妳加薪！」她現在可是霍朵集團的財富支配者了。

「喔、喔，好，有錢的話，那也是沒問題……」

「嗯，那謝謝妳了，再見。」掛斷電話，她的心臟瘋狂跳動。

閔冬瑤當然知道外套口袋裡有東西，昨天晚上離開公司前，她翻到圍在自己身上的工裝外套口袋裡，有一疊像是廢紙的東西，發票、收據諸如此類的雜物，所以就順手丟到休息室的垃圾桶了。

沒想到禹棠會急著要找回那些廢紙，那她更是說什麼也要把東西找回來一探究竟了。

盥洗完畢後，閔冬瑤趕在上課前去了一趟自家公司，遠遠便看見菀菀拖著一大包黑色大垃圾袋，氣喘吁吁小跑而來。

「呼，我快累死了。」菀菀擦去額間的汗水，重重放下垃圾袋，「妳知道我找多久嗎？整間公司一整天有幾百包垃圾，我差點都要追到焚化爐了。」

「謝啦！」閔冬瑤二話不說拆開垃圾袋，憋著氣開始翻找。

「妳有什麼東西不見了嗎？」菀菀彷彿看見瘋子般錯愕，「還有，脖子包成這樣是怎麼回事？」

閔冬瑤特別換上更厚的紗布，好讓多點人安慰，「之後再說，我現在有大事要忙。」她記得在把那疊廢紙丟掉前，垃圾桶裡有一個紅色可樂罐，因此她很快便鎖定目標，仔細翻找那個紅色可樂罐。

越挖開裡層，塵封已久的臭味便越濃郁，她幾乎憋到快斷氣，才沒吐出來。

歷經千辛萬苦後，她終於找到可樂罐，還有旁邊那一疊小紙片。

看清楚上面寫了什麼後，閔冬瑤不禁有些喪氣，不過都只是一些發票和收據而已，一點驚喜也沒有。

「什麼嘛，妳該不會是發票中獎然後不小心丟掉了吧？」菀菀瞇起眼，「那是中多少錢？才會讓妳這個大小姐親自摸垃圾……」

閔冬瑤沒理會她，而是繼續讀著上頭的文字和數字，猜想這會不會是某種暗號。

直到摸到一張厚厚的卡片，她才終於停止那無意義的解讀。

廢紙中夾著一張有點厚度的卡片，那看上去……是駕照。

閔冬瑤不理解，她都知道禹棠的名字了，他也不避諱讓她知道自己就是竊盜犯，那沒理由擔心這張駕照上會透露個人資訊啊。

菀菀偷偷一瞥，看見她從垃圾袋裡撿出來的東西，笑著說：「喔，妳把駕照誤丟了也是很誇張。我都不知道妳已經有駕照了呢，果然妳在我的印象中還是個孩子。」

她閃過菀菀的視線，看見駕照上頭的姓名欄，寫著的不是禹棠。

而是陌生的三個字——藍久熙。

「藍久熙……」她低聲複誦一遍，簡直不敢相信自己看見了什麼。

駕照上的大頭照明明就是禹棠的臉，寫的卻是一個陌生的姓名，無論造假的是姓名還是證件，都能確定一件事——

他肯定隱瞞了些什麼。

✦

鍾諾沒有讓禹棠的人格出來，他在禹棠的衣櫃裡挑了一件最不鮮豔的休閒服，代替他去上商用英文課。

雖然共用一副身體，但他們不會有對方醒著時的記憶，鍾諾並不清楚禹棠和閔冬瑤是如何認識、交往的，當然，不用想也知道絕對是禹棠主動勾搭。

至於如何認識，只要查一下這所大學的商用英文課名單，很容易就能知道答案。

鍾諾對他們的愛情故事沒有興趣，他之所以要裝扮成禹棠只有一個原因——拿回那張遺留在工裝外套口袋裡的駕照。

萬萬沒想到他難得仁慈地給那女孩一件外套，竟會留下此等後患。

鍾諾早已料到，經過他拿刀威脅的暴行後，閔冬瑤絕對會將那張駕照帶在身上，以防又被闖空門。

那這麼一來，他就該感謝禹棠拈花惹草的行爲了。硬著來不行，只能放軟了。

✦

閔冬瑤看見禹棠出現在教室，想起昨晚被他用刀抵著脖子的險境，整個人都緊繃起來了。他今天並沒有如往常般坐在最後一排靠窗的位子，而是選擇坐在與窗邊正好完全相反的門邊。

剛下課，大夥兒都還沒散，鍾諾便直直走向她的位子。

閔冬瑤連氣都不敢吐，別過頭假裝沒看見人，專心收拾桌上的筆記，接著她便感覺到身後的腳步聲停止了，那個人正站在她身後。

怎麼辦……要轉頭嗎？現在溜還來得及嗎？

沒讓她糾結太久，手指敲擊木桌的聲音便打斷了她的內心小劇場。

叩叩。

鍾諾在桌面上敲了兩下，同時也引起了其他同學的注意。

「你、你找我嗎？」閔冬瑤慌忙抬起頭。

「對。」

她擠出一個微笑，「怎麼了？」

「我們去吃飯。」

「你要找我去吃飯？」閔冬瑤慌了。

「嗯，有問題嗎？」

有！問題可大了，「不是，我是說，你怎麼會找我……」

鍾諾挑起眉，「妳不是很喜歡我嗎？」

「什麼？」她被嗆得連連咳嗽，可以想像同學們會流露什麼驚詫的神情。

昨晚那些話他記得可清楚了，「妳自己說，不在意都是騙人的，每天都在想我，其他都可以選擇遺忘，只要我心裡還有妳……」

閔冬瑤用一陣高分貝的咳嗽聲打斷了他。這番話引起身旁的朋友起鬨，羞得她連頭都抬不起來。

「可是……有其他人早你一步約我吃飯了，這樣我有點困擾。」她裝腔作勢地扶了扶額，擺出一副十分煩惱的模樣。

鍾諾靜靜看著她演，「推掉。」

「啊？」閔冬瑤假裝被這威嚴嚇了一跳，爲了挽回尊嚴，只好說：「既然你這麼想跟我吃飯，那好吧，我跟他改個時間。你先去外面等我吧，我馬上就到。」

「妳只有一分鐘。」

她在充滿驚訝、羨慕的注視中迅速整理書包，對著同學們一派輕鬆地說：「他最近一直纏著我，可能是有點喜歡上我了。」

一群女孩傻眼地望著她，不忍心戳破。

「我會好好表態，婉拒他的情意，妳們別太擔心。」她笑咪咪地擺了擺手，匆匆忙忙逃離眾人的側目。

閔冬瑤沒想到，他是開車來學校的。戰戰兢兢地坐上副駕駛座，她如同石化般，一點也不敢動。她曾經對這個男人有點心動沒錯，但經過這些天的相處，尤其親自感受到他驚人的暴行後，她再不正常也不會繼續欣賞這種罪犯，此刻，她只想要安安穩穩地活過這頓飯。

「你……爲什麼要約我吃飯？」她小心翼翼地問。

「我記得是妳自己說想我的。」

閔冬瑤的手臂上顫起一整片雞皮疙瘩，想起自己的人設，只能硬著頭皮配合，「嗯對，人家很——想你……」

鍾諾餘光瞥見這小姑娘說完後自己暗暗打了個哆嗦，他倒想看看她的極限到哪。

「可是你昨天還拿刀架著我，我實在有點害怕。」閔冬瑤嘟起嘴咕噥了幾句，指了指自己頸邊的大紗布，「你看，我傷得好嚴重。」

下一秒，鍾諾傾身朝她靠近，輕輕翻開她的高領，並抬起下顎察看傷勢。那溫熱的指尖輕觸到閔冬瑤的肌膚時，她整個人連同心臟縮了一下。

他以爲這女孩的瑟縮是因爲疼，指尖的動作一滯。

「很痛。」閔冬瑤把握住這波氣氛，眨了眨眼撒嬌，「人家需要呼呼。」

呼呼？「要怎麼做？」呼呼這個詞，對於鋼鐵直男而言有點太陌生，他拿起手機，簡單搜尋了一下。

閔冬瑤沒察覺他正在查資料，自顧自笑咪咪地說：「你可以摸摸我的頭，然後再安慰我一下……」

鍾諾一手撐著椅背，俯身向前，那幾乎靠近她唇邊的臉龐突然停滯，在她的頸邊輕輕吹了一口氣。

微微的熱氣落在肌膚上，酥麻的碰觸將脖頸搔得輕癢難耐。有什麼東西如同羽毛般落入心湖，揚起圈圈漣漪。

那一瞬間，閔冬瑤亂了陣腳，「你、你在做什麼？」

「動詞，輕吹傷者的疼痛處，以達到撫慰傷者的目的。例如小孩子跌倒了，母親趕緊安慰，輕吹孩子的傷處，以達到安撫小孩的目的。」他一口氣念完手機裡的文字，蹙著眉抬頭，「不過，這只是民間偏方，讓患處接觸口腔細菌只會增加細菌感染發炎的風險。」

好一個木頭，硬是把剛剛掉入心湖的東西挖了回來，閔冬瑤在心裡嘆了一口氣。

抵達市中心的著名高級建築，她發現鍾諾訂的竟然是位於八十五樓的高樓景觀餐廳。

「我們要在這種超高檔的餐廳吃飯？」誰知道他會不會把人帶到八十五樓後，製造一個失足墜樓，好完成昨天沒滅完的口。

「嗯，怎麼了嗎？」閔冬瑤是千金大小姐，在他的認知中，這種高級料理對她而言應該是家常便飯才對。

「你要知道，最後一頓晚餐總是特別豐盛。」她眼巴巴地捏了捏他的衣袖，「你不會是想讓我吃飽後，再把我載去埋了吧？」

鍾諾挑起眉，「妳是做了什麼虧心事？知道我要把妳埋了。」

她反射性瞄向自己的口袋，那張駕照突然變得沉甸甸的。

「才沒有！」閔冬瑤嗲聲嗲氣地反駁，「還不是你昨天太可怕了，我還以爲自己眞的要死了。」

「昨天的事，我很抱歉。」

她猛然抬起頭，沒料到這男人會低下姿態誠摯道歉。

「但如果妳沒有一直耍花招的話，我原本沒打算眞的動刀。」鍾諾淡淡地說：「眞要說起責任，妳自己也有一半過失。」

哇……閔冬瑤張了張嘴，最後悻悻然閉上，反正也說不過他神奇的思維。

兩人走進電梯，後方正好跟上一大群旅遊團的客人，一股腦兒擠進狹窄的空間。閔冬瑤緊緊貼在電梯的角落，而不斷湧入的人群更將鍾諾順勢送到她面前。

他絲毫不覺得羞赧，右手搭在她身後的扶桿上，俯身將閔冬瑤圈在自己的掌控之中。

待在這窒息的小空間裡，閔冬瑤甚至能感受到他呼吸時湧出的熱氣，突然有點暈了，

「那個……你是不是有點靠太近了？」

「電梯就這麼小。」鍾諾淡淡地說：「而且，這對妳而言是好事才對。」

這話頓時提醒閔冬瑤人設要崩了，她趕緊換一張臉，勾起唇角說：「當然是好事，人家只是在提醒你，要小心一點。」

「小心什麼？」

「唉唷，你確定要讓人家在這麼多人面前說出來？」

閔冬瑤終於顧慮到這些無處可逃的遊客，整台電梯裡的人都屏息不敢打擾這對小情侶。

「嗯，妳說。」只要自己不尷尬，尷尬的就是別人。

「就是……」閔冬瑤伸出小手，大膽觸碰他的胸膛，隔著襯衫輕輕畫著圓圈，趁機補上了在交往期間沒能碰、分手後才眼纏的胸肌體驗。指尖這幾下還拿捏了力道，又是輕搔又是加點勁地戳，肆意挑逗。

「你靠得這麼近，我會忍不住想親你。」她踮起腳尖在他耳邊低語。

吐落最後一口氣流，閔冬瑤退回牆邊，深沉地勾起唇角，十分滿意自己的表現，那不安分的食指滑過衣料，在鈕扣旁停滯。

豈料鍾諾一把禁錮她的手腕，阻止了那放肆的手指，轉而用力地將她拉向自己，緊緊把對方扣在自己面前，兩人連最後的一點點小縫隙都沒了。

又是這熟悉的危險氣息，閔冬瑤嚇得倒抽一口氣，睜大眼瞪著這男人，從那幽深的眼神中，一點也猜不出他下一秒會做出什麼事。

鍾諾另一手環過她的腰際，緩緩低下頭，一吋一吋靠近那微微張開的唇。

她緊貼著後牆，屏息瞪著那逐漸在眼前失焦的輪廓，此刻她眞的慌了，好個玩火自焚，他不會眞要吻上來吧？那現在……是要把眼睛閉上嗎？

在她用力閉上眼的那刻，電梯門打開了。

那群遊客如同要逃離什麼似的，迅速湧入四十九樓，提早離開電梯，好爲這對沒有矜持的小情侶留下獨處空間，他們可沒人知道一〇一大樓裡還有汽車旅館。

閔冬瑤終於想到自己可以呼吸，迅速喘了一大口氣，而鍾諾也退開了。

「你……不繼續了嗎？」

他淡淡回應：「繼續幹麼？」

「你不是要吻我嗎？」她別開視線，拍了拍滾燙的雙頰。

「沒有。」

「什麼嘛，嚇我一跳。」閔冬瑤浮誇地捶著胸口，「我沒想到你也想吻我，而且還這麼心急。」

鍾諾瞥了眼顯示器，怎麼才到五十四樓。

「討厭啦，剛剛人還這麼多，你看我臉都紅了，你就稍微忍一下下，那些人就會走了，怎麼連搭電梯的幾秒鐘都忍不住呢……」她靠上前，仰起頭露出略帶嫵媚的眼神，「該不會是不小心找回那種對我心動的感覺了吧？」

他扯了扯唇角，果斷回答：「沒有。」

「你不用不敢承認沒關係，我可以理解你忍不住想吻我，但我們現在是前任的關係，有點太禁忌了，我不行。」閔冬瑤一臉認真地說，「除非，你想要跟我復合？」

「妳誤會了。」

她往前跨了一大步，幾乎把人逼到電梯門口，「怎麼會誤會！你都想吻我了，畢竟接吻這種事……是友情的話很奇怪，但是愛情的話不是罪！」

「我說妳誤會的是，我沒有要吻妳。」

「啊？」閔冬瑤有生以來第一次遭受這種恥辱，「你都把我逼到牆角，還在我身上摸來摸去了，這樣還說沒有想接吻？不然剛剛是我在做春夢嗎？」

「嗯，口水擦一擦。」他將手伸進外套口袋裡，拿出一個熟悉的東西，「我是爲了把這個拿回來。」

那張駕照在鍾諾手上挑釁般地晃了兩下，反射出一抹燦爛的光輝。

「什麼！那東西不是應該在……」閔冬瑤的聲音漸弱，隨即錯愕地摸了摸自己空蕩蕩的口袋。

「妳好像忘了我是竊盜犯這件事。」他挑起眉，「提醒妳下次不要把東西放在屁股後面的口袋，不然會不小心摸到。」

啊啊啊——所以剛才那在她腰際至臀部間摩娑的動作不是什麼激情愛撫，是這男人在拿那張駕照。

她張大嘴無聲尖叫，氣得原地轉了一圈，撲上前要搶回那張駕照。「你這個臭流氓！」

鍾諾輕鬆地舉起手，利用身高優勢讓閔冬瑤撲了空，她的臉狠狠撞在他的胸膛上，他甚至十分紳士地扶住差點跌倒的她，這讓閔冬瑤更氣了。

終於抵達八十五樓，電梯門緩緩開啟。

鍾諾順勢將閔冬瑤一把送出電梯，如同傳球般推給一臉錯愕的服務生。

「妳最好安分點，我們不會再見面了。」他簡單地揮了兩下手後，按下關門鈕，「用餐愉快。」

電梯門關上，閔冬瑤衝上前時只撞上了堅硬的金屬。

「小姐，您還好嗎？」服務生上前攙扶，關心道。

她咬牙切齒地從嘴裡迸出三個字，「我、沒、事。」

「好、好，那用餐的話，這邊請。」

她終於壓抑不住怒氣，氣呼呼地說：「老娘看起來有心情吃飯嗎！這種景觀餐廳誰會隻身一人來？」

留下無辜的服務生，閔冬瑤轉身離去。

✦

一起吃飯只是個幌子。

所以說，不祥的預感永遠都不會出錯，從他一夕之間改變態度的那刻，閔冬瑤就應該要有心理準備。

八十五樓景觀餐廳也是個幌子，選擇高樓層的餐廳，不就是爲了有多點時間搭電梯，好摸走她口袋裡的駕照。

連那些讓她不想承認的、心跳加速的肢體接觸，也是幌子，他就是個流氓！

就算再怎麼生氣，閔冬瑤爲了自己未來的財富，還是依約抵達了霍朵總公司的董事長辦公室。

閔遠請來國內最頂尖的畫像師，準備好好看看嫌疑犯最眞實的模樣，究竟是哪個膽大包天的傢伙敢和他作對，竊取池鳶老師的珠寶新品「天使之淚」。

「冬瑤，等一下妳要好好描述犯人長什麼樣子，妳應該還記得吧？」

記得？何止記得，她差點要把那張臉刻進骨子裡了，「當然，我一定會仔細說出對方的長相。」

「那就好，希望能趕在下週池鳶的珠寶展覽會前，抓到犯人。」閔遠感慨道：「我爲了表達歉意，另外舉辦了池鳶老師的設計作品展覽，會展示上次發布會沒能公開的獨家設計款式，那都是她嘔心瀝血的結晶，如果還能把失竊的晶鑽項鍊找回來，她之後應該會更願意繼續與我們簽約吧。」

閔冬瑤敷衍地點了點頭，對那些事業一點興趣也沒有。

「好了，我們開始吧。」畫像師準備好電繪板，「妳可以說說印象中嫌疑人的樣子，從簡單的部分開始。」

想起剛才被利用的遭遇，閔冬瑤一瞬間精神都來了。

「他非常高，身高應該快要一百九十公分，」腦袋中浮現那男人在電梯裡的壁咚，當時她正好能平視那輪廓恰到好處的胸肌。

「然後，有很結實的肌肉，肩膀很寬，絕對有六十公分！」昨晚被他拿刀抵住脖頸時，她整個人緊緊貼在對方的胸膛上，那肩寬廣闊得如太平洋似的。

畫像師愣了一會兒，咳了兩聲，「那……五官的部分呢？我們著重畫臉。」

「喔，臉啊？」閔冬瑤突然回魂，「五官的話，嘴唇的大小適中，唇峰也很好看，是很完美的那種唇形。」

她想認眞描述，但講著講著卻像在讚嘆，這令她格外氣憤。

「嗯，還有呢？」

「鼻子非常高挺，山根和鼻梁都很好看。」

再讓她這麼描述下去，屆時畫像師畫出來的肖像，估計會和好幾位男藝人撞臉。閔遠看不下去，出聲提醒：「妳別光說好看好看，要講得具體一點，或是他比較特別的地方，才方便通緝啊。」

「通緝？」閔冬瑤驚訝地問。

「當然啊，這肖像一出來，我絕對動用所有關係，發布在各個地方，讓越多人看到越好，找到的人一定重金獎勵。」

閔冬瑤從來沒有小看過父親的財力，他說重金懸賞，就代表懸賞的金額絕對會大到在全國掀起旋風。她趕緊追問：「重金懸賞，然後呢？你要幹麼？」

「那還用說，絕對是動用私刑，即使賄賂獄警也要讓他在監獄裡痛不欲生。」只要扯上錢和尊嚴，閔遠就會變得格外冷血，這件事在圈子裡也廣為流傳，「敢跟我作對，竊盜罪太便宜他了，我會讓我們公司的法律團隊好好幫他多安插幾個罪名，保證他下半輩子都要在牢房裡被我的人馬霸凌。」

閔冬瑤愣住了，她知道父親這麼一大段話濃縮成一句話就是——那男人死定了。她突然覺得，禹棠只是偷了一個東西……還有拿刀在她的頸子上劃了一道口子，似乎沒有嚴重到要在監獄裡待一輩子。況且霍朵集團這麼大，少一條項鍊根本和斷了一根頭髮沒多大差別。他還曾經出手相救，讓她免於被下藥，那她留一點點血似乎也無妨。還有，他們眞的還算有一點點情分，就一點點。

他是唯一一個讓閔冬瑤感受到，原來被一個人這麼靠近，心臟可以跳成那種速度的人。讓這男人消失在這社會上？這可不行。

「妳怎麼在發呆？該不會忘記對方的長相了吧？」閔遠伸手在女兒眼前揮了揮。

「喔！我才沒有。」她抽離思緒，重新振作起來，「要說出有識別度的特徵是吧？」

畫像師點了點頭，「嗯，這樣比較便於指認。」

「那個嫌疑犯最讓人印象深刻的就是朝天鼻了。」閔冬瑤將自己的鼻子誇張地推成豬鼻子的模樣，「像這樣，你可以清楚看見他的鼻毛。」

「朝……天鼻？」畫像師遲疑了一下，「妳不是說他的鼻子很好看嗎？」

「我說的是鼻梁和山根，鼻翼、鼻頭就不行了，鼻孔外翻得很嚴重。」

畫像師腦子有些當機，有好看的山根，但鼻孔外翻，那這鼻子豈不是喇叭的形狀？這麼多年的職業生涯，他還是第一次遇見這種鼻型，果然必須讚嘆人類基因的偉大。

「然後是眼睛，雙眼皮超深——不對，是三眼皮，像三天沒睡覺。」閔冬瑤想起禹棠那好看的內雙眼皮，罪惡感頓時沉甸甸地壓在胸口，「還有，眉毛稀疏到看不見，臉型是方方正正的國字臉，額頭上還有凸起來的那種黑痣。」

事實上，禹棠有著一對濃眉，而且他是巴掌臉，眼下有顆精緻的小痣。

畫像師皺了皺眉，「真的長這樣嗎？怎麼好像……有點醜。」

「是啊，超像的！」閔冬瑤瞅了眼成品，虛偽地拍手驚呼，「人有時候還是可以貌相的，但師傅您還是不可以這樣批評別人，他的父母會難過。」

「他父母該難過的，是沒有教好自己的兒子。膽敢得罪我，餘生休想離開監獄一步，也沒人會替他照顧年邁的父母！」閔遠滿意地看著肖像，眼中盡是熊熊燃燒的火焰。

她分不出那火焰是怒火還是想報仇的鬥志，只覺得這樣的父親有點恐怖，如果有一天發現她說的都是謊話，也許會比此刻可怕個十倍。

✦

閔冬瑤一整個禮拜都沒怎麼好過。

當她回家冷靜下來好好思考後，就開始扯著頭髮，質疑自己究竟做了什麼蠢事。

那男人到底算什麼？

當初就該老實地把他的長相說出來，也省得現在陷入濃烈的罪惡感。還有，那幾天發生這麼多印象深刻的事，被拿刀抵住脖子也好，差點接吻也好，被碰到屁股也好，但她最在乎的竟是最後一幕。

「妳最好安分點，我們不會再見面了。」

他將她拋棄在八十五樓景觀餐廳的那天，留下了這麼一句話。

他們不會再見面了嗎？那……以後的商用英文課都不會再見到他了嗎？

獨自坐在階梯教室的倒數第二排位置，她再次轉過頭確認最後一排的窗邊，依然沒有看見那個熟悉的身影。

禹棠眞的沒來呢，上星期明明頻繁地見到他，現在卻突然消失了整整一週，她竟然感到有一點點失落。

沒讓閔冬瑤惆悵太久，傅教授的聲音便將她的魂拉了回來。見他難得一上課就拿起麥克風站上講台，她連忙戴上早已準備好的口罩，低下頭以免被發現。

「第二週的課堂上讓大家寫了一份考卷，這幾天我已經和助教一起仔細批改完畢了。」傅教授簡單整理手上的一疊考卷，「我開這門課已經超過五年，每一年都會舉辦期初考，題目也都差不多，相信你們都知道，對剛修課的你們而言，這題目難度是挺高的，幾乎什麼樣的分數我都見過了，但是，倒是第一次見到滿分。」

同學們紛紛發出驚呼，不約而同望向傅尹希。

她是外文系的學霸、萬年書卷獎，更是傅教授的親女兒，考出破紀錄的滿分也是合情合理的。

傅教授察覺到大家的視線，繼續接著說：「不過，滿分的不是尹希，就連我如此優秀的女兒也沒能達到這個分數，你們班卻有人達到了。」

閔冬瑤暗自翻了個白眼，難道全世界就屬你女兒最聰明嗎？

「閔冬瑤同學，可以請妳舉手嗎？」

閔……冬瑤？她的心跳停滯了三秒，重新思考了一遍，自己就叫閔冬瑤，傅教授叫的就是她的名字。

「閔冬瑤同學沒來嗎？我很想看看考滿分的同學是誰呢。」

怎麼會？她雖然不是特別笨，但對以花錢為樂的她而言，成績一直都是浮雲，從小學一年級後就沒有再考過一百分了。

她低著頭，自認神不知鬼不覺地蹲俯到地上，準備開溜。

「喔，冬瑤，妳怎麼趴在地上？」傅尹希微弱的聲音打破寂靜。

閔冬瑤在心裡罵了句髒話。傅尹希的聲音出現在完美的時間點上，她離順利出逃就差一步。

「閔冬瑤，請妳站起來。」

她緩緩起身，鞠躬道歉：「教授，不好意思，我剛才只是在撿東西，所以一時間沒反應過來。」

傅教授看她畏畏縮縮的樣子，跨步走上前，「能請妳把口罩拿下來嗎？」

那怎麼行？這麼一來他就會發現欺負自己女兒的罪人就在這裡！

「抱歉教授，我感冒很嚴重，可能不太方便。」閔冬瑤浮誇地用力咳嗽。

但就算閔冬瑤戴著口罩，也遮不住那雙獨特的眼眸，傅教授只是走下講台靠近了點，很快便認出這個女孩。

人果然更能記住仇人。

「是妳？」

他的語氣立刻沉下，彷彿一聲低吼就能撕碎一個學生的未來，閔冬瑤根本不敢抬起頭直視他。

傅教授冷笑了一聲，「我看過妳的歷年成績，考滿分真的很了不起呢。」

閔冬瑤當然知道自己絕對不可能考出滿分，她考卷背面的申論題可是完全空白呢！不是墊底就該偷笑了。

「但是考滿分除了了不起，還有另外一種可能。」他特別稍作停頓，「連你們班最優秀的尹希都只考八十二分，妳卻考一百分，不排除有作弊的可能性。」

「你說什麼?」那日禹棠雖然將自己的考卷給了她，但她最後還是交了原本那張慘不忍睹的試卷。

難道那傢伙動了手腳，在她交卷後又將考卷調換過來?就算眞調換了，她可不相信那樣一個大流氓可以考出連傅尹希都達不到的一百分，這完全不合理。

「我的班上可不允許作弊，當然，學校也絕對不會無視這種偏差行爲，處分的部分我不會寬容，妳等著被記過和退學吧。」

閔冬瑤抬起頭，擰著眉說：「你倒是說說看，有什麼證據證明我作弊?」

一不小心露出本性，班上同學全擔憂地望著她，敢和傅教授對嗆的人，現在都已流落街頭了。

「證據?好啊，妳想繼續辯解是吧?」他氣得滿臉通紅，肥厚的雙下巴微微顫動，「等我找出妳作弊的證據，就不是退學這麼簡單了，妳休想繼續讀大學!」

突然間，她瞥見傅尹希那微微勾起的嘴角，明白了這是她的復仇手段。

可閔冬瑤也不是好惹的，頂多這門課被當而已，她倒想看看，這對父女若眞想跟她鬥，是她的靠山霍朵集團厲害，還是區區一個小教授厲害。她高傲地昂起頭，「那就請教授一定要好好找，如果最後發現是你誣陷我，你也會有點麻煩。」

空氣陷入一片寂靜，在場沒有人看過這種自殺方式。

「妳……」傅教授太陽穴上的青筋奮力地在肥肉中跳動，被氣得語無倫次，「你們大家都走，這堂課我不上了，如果要怪誰剝奪你們的受教權，就是這傢伙。」

語畢，他大搖大擺離開教室。

看過太多薪水小偷教授，還是第一次見到這麼專業的，臨走前竟然還把罪名安在她的身上。

傅尹希來到她的座位前，關切地說：「冬瑤，我爸爸脾氣有點差，希望妳能諒解他。」

閔冬瑤瞇起眼，不敢相信她的演技更勝一籌。

「我覺得妳還是找時間跟他道歉比較好，畢竟現在科技很發達，他只要向其他教授要到妳之前的考卷，比對一下筆跡，很快就會找到證據了。」

閔冬瑤笑了起來，「原來如此，就是妳吧？調包考卷的人。」

「什麼？妳在說什麼？妳誤會了。」傅尹希故作無辜地說：「我那天只是看見有一張考卷掉在地上，還寫著妳的名字，怕妳會沒成績所以就幫妳交上去了……」

所以說，那張一百分的考卷眞的是禹棠的。

閔冬瑤交了自己的考卷後，便沒有再去管禹棠那張寫著自己名字的考卷，更沒發現它不見了。

「難道那張考卷不是妳的嗎？」傅尹希驚慌失措地摀住嘴巴，「對不起，冬瑤，但是那上面寫著妳的名字，我以爲……」

「閉嘴，不要用娃娃音跟我講話。」閔冬瑤終於忍無可忍，「如果眞的只是這樣，那教授最好會沒發現我有兩張考卷。」

傅尹希睜大眼，訝異地問：「妳有兩張考卷嗎？」

「妳別再裝了，很噁心。」她嫌棄地瞪了一眼，「我告訴妳，不要以爲妳爸爸是教授就可以爲所欲爲，妳如果繼續耍心機，信不信我讓霍朵對付妳家！」

「妳有本事就試試看。」傅尹希聳聳肩，表示不在乎。

那張終於露出本性的臉頓時點燃了閔冬瑤的怒火，她一把扯住傅尹希的衣襟，將人壓到桌前。

豈料什麼話都還沒來得及說，傅尹希便驚慌地呼喊了起來，「冬瑤，妳不要激動！眞的和我無關……」她的態度突然放軟，十分委屈地流下眼淚。

當韓浚和周玥一同走到她們身邊時，閔冬瑤才知道傅尹希爲什麼忽然之間收起獠牙，好一個裝可憐。

「閔冬瑤！妳們是怎麼了？」韓浚看見流淚的傅尹希，錯愕不已。

「你看不出來嗎？一個在假哭，一個在教訓她。」周玥沒好氣地說。

果然是眞朋友，她感激地望著周玥。

傅尹希低聲啜泣，「韓浚，我沒有……」

「韓浚，你不是要跟我們一起吃飯嗎？」閔冬瑤打斷她，「走了。」

周玥馬上明白閔冬瑤的意思，推著韓浚的背將人帶走。

「韓浚……」傅尹希哭著說。

背對著傅尹希的閔冬瑤齜牙咧嘴地對韓浚說：「你敢回頭就絕交。」

即使聽見了閔冬瑤的警告，韓浚依然有些過意不去，稍稍轉頭瞥了一眼，確認傅尹希沒哭到斷氣。

「你回頭了，絕交。」閔冬瑤雙手交叉抱胸，加快腳步。

周玥和韓浚交換了一個無奈的眼神，迅速跟上。

韓浚急著想解釋：「不是，妳⋯⋯」

「不要問我跟那女人有關的問題。」閔冬瑤氣呼呼地說：「還有，我們絕交了，你不准跟我講話。」

他乾笑兩聲，轉頭向周玥釋出求救信號。

周玥自信地點點頭，搭上閔冬瑤的肩，「那我呢？我可以跟妳講話吧？」

「嗯，妳當然可以。」她一秒變臉，甜甜地回應：「怎麼了寶貝？」

周玥回頭看向韓浚。

見狀，他趕緊說：「妳幫我跟她說，我一點也不關心她們剛才發生了什麼事。」

「好，韓浚說，他一點也不關心妳們剛才發生什麼事。」

「嗯？韓浚是哪位？」閔冬瑤毫無形象地挖了挖耳朵。

周玥笑了出來，轉頭問韓浚，「然後呢？」

「我只是想問她，她現在還跟禹棠在一起嗎？」

「就這樣？一次多說點，我傳話可是很累的。」周玥說。

他撓了撓後腦勺，「我之前就說過那傢伙一臉就是渣男樣，絕對不是什麼正常人，上次她問過我他的事後，我有特別留意了一下，發現了一個不得了的消息，一直想找機會告訴她。」

這回又說一個太長，周玥的記憶力完全跟不上，她抓狂地說：「哎，你們自己聊吧，老娘累了。」

「妳就幫幫我嘛，她又不理我……」

「你調查了什麼？」閔冬瑤猛然望向他，態度一下子從無視轉換成關切。

韓浚愣了幾秒，「妳不是要跟我絕交嗎？」

「不絕交了，你好好給我講一講。」她放慢腳步與韓浚並行，占了一個好位置打算仔細聆聽。

「喔……就是我朋友在學務處工讀，然後在確認你們系的新生資料時，發現根本就沒有禹棠這個人。」

閔冬瑤沒感到太意外，畢竟他能說不來上課就不來，考卷不交也無妨，肯定只是沒有選課的旁聽生。

周玥倒是十分激動，「難怪，他看起來就不像十九歲，說是二十九歲還比較合理。」

「所以呢？你只調查到這樣？」

「當然不只如此。」韓浚自豪地抬起頭，「我有點好奇，所以就拜託這位朋友偷偷幫我查查看其他系級，結果查了全校學生、教職員的資料，也沒有禹棠的名字。」

閔冬瑤忽然靈機一動，問道：「那學生之中有沒有叫『藍久熙』的人？」那張他一直想拿回去的駕照上，就寫著這個名字。就目前的線索看來，「藍久熙」最有可能是他的真實姓名。

「藍久熙？我是沒聽過這個名字，但我可以幫妳問問。」

「等等，現在的重點是，禹棠不是這間學校的學生？那他來上傳教授的課要幹麼？」周玥有些不安。

韓浚調侃道：「所以我才說閔冬瑤妳小心點，連對方是誰都不知道，還能暈船暈得亂七八糟。」

要是平時，閔冬瑤絕對會一拳揍向韓浚，但這回他都擺好閃躲姿勢了，卻沒等到對方揮來的拳。

周玥抓緊她的手，「冬瑤，他的目的該不會是妳吧？畢竟妳說上次霍朵的珠寶……」

「欸。」閔冬瑤給了她一個眼神，示意她先迴避這個話題，畢竟，韓浚可是霍朵保全組大隊長的兒子呢，這個正義魔人上次才出賣她。

所幸韓浚並沒有發現任何不對勁，說得十分起勁，「提到霍朵的珠寶，妳昨天有出席池鳶老師的珠寶展覽嗎？」

「當然沒有。」她記得父親上週說過，是為了致歉舉辦的。

「池鳶老師獨家未公開的作品『天使之吻』又遭竊了，聽說犯案手法又是一樣得神不知鬼不覺，他們懷疑犯人和上回是同一個，妳知道這件事嗎？」

一聽見關鍵詞，閔冬瑤便急切地問：「你說犯人是同一個？」那不正是她那位失聯的前男友嗎！

「是啊，你爸爸這次眞的氣壞了。」韓浚聳了聳肩，「他竊取的如果是定價最貴的就算了，偏偏偷了一個獨家設計、全世界只有一個的展覽作品，直接抹煞池鳶老師的心血。」

她越來越摸不透禹棠了，他看上去明明不笨，要錢的話，有這麼多更値錢的東西能偷，怎麼會如此不知死活，敢惹閔遠第二次？

「他們現在懷疑那位犯人肯定是池鳶老師的粉絲，要不然沒理由偷價值較低的天使之吻。」韓浚說著說著有些感嘆，「但他這麼做，傷害最大的非池鳶老師莫屬了，那些可都是她努力的結晶啊。」

第七章　截然不同的兩個靈魂

閔冬瑤時常在隔天沒有早八的深夜裡，獨自到附近的大公園散步，享受這種無人打擾的感覺，邊漫步邊聽Podcast。

這附近的環境十分單純，到了夜晚總是毫無聲響，能夠讓腦袋難得地放空，好好思考。

播完一集節目，她拔掉耳機。剛才都聽了些什麼，還眞的一點印象也沒有，聽著聽著就不自覺分心了。這種事常有，閔冬瑤不是一個適合聽Podcast的人，一集節目十分鐘，她大約有七分鐘都在發呆。

她平時要是開始發呆，就眞的能完全出神，一點外在因素都撼動不了那出走的靈魂。而今日與其說是發呆，更準確而言是分心了。

只要一不專注讓腦袋空白了，那男人的臉龐就會立刻塡滿。這不是好兆頭。

「一定是因爲他太奇怪了，我這是被好奇心煩得心裡七上八下。」閔冬瑤喃喃自語，彷彿說出來就能催眠自己似的，「就和看推理小說時，如果被迫中斷，也會迫不及待想繼續看後續，嗯，一定是這樣。」

她煩悶地揉亂頭髮，轉而望向天空，抬起頭的瞬間，感受頸部傳來的微微疼痛。刀傷已經快癒合了，但偶爾動作太大時，還是會撕裂到傷口。

想起驚魂動魄的那晚，閔冬瑤更堅信自己瘋了。那男人甚至曾經拿刀抵住她，還不是威脅而已，是眞動刀了，她這種從小被保護得無微不至的小公主理應感到懼怕才對，可她卻沒有，反而在這種深夜裡不斷想起他。她該不會是患上斯德哥爾摩綜合症了吧？

這個想法從腦袋裡迸出後，閔冬瑤自己也覺得荒唐，她乾笑了幾聲，無奈地搖搖頭。

突然，一陣連續的煞車聲打破夜裡的靜謐，聲音不大，聽這音量，她判斷是從隔壁小巷傳來的。

她好奇地朝聲源走去，好看清楚這難得的騷動，從公園側門的角度望去，剛剛好能夠窺見附近小巷和路口的街景。一輛重型機車進入閔冬瑤的視線範圍，車主穿著一身全黑皮衣，從那飄逸的長髮和黑暗也抵擋不住的好身材看來，是一個女人。

很帥。

閔冬瑤是第一次親眼看見騎重機的女騎士，那專業的車技和帥氣的風姿讓她絲毫移不開視線。她發現對方騎得很急，時而察看後照鏡，甚至轉頭確認，彷彿正被什麼人追趕著，十分急迫的樣子。

看著她前進的方向，閔冬瑤在心裡爲她默哀一秒。

這一帶已經是市區的邊界，有許多蜿蜒的小徑，那名重機騎士正朝著一處死巷衝去。

果不其然，下一秒小巷裡傳出一陣刺耳的煞車聲，女騎士在看見死路後緊急甩尾。

但還沒讓閔冬瑤好好讚嘆她優秀的車技，悲劇便發生了。

後方緊跟的一輛黑色轎車的駕駛沒有這種反應力，毫無緩衝直直撞了上去。

砰。

就算遠在幾十公尺外的巷口，閔冬瑤依然嚇得彈起身。

那名女騎士倒在血泊中，只剩一絲氣息，一動也不動。

不知是否是因爲夜深，附近並沒有其他動靜，閔冬瑤意識到……此刻要打電話叫救護車的角色就是她了。

沒等閔冬瑤從口袋裡摸到手機，一名男子便自肇事轎車的駕駛座走了出來。路燈十分微弱，但稍稍照映到那張臉的瞬間，她便立刻認出對方。

是那個在酒店認識的輕浮小哥！一個要對自己下藥的混帳，閔冬瑤就算失憶也會對這張臉有所反應，她甚至記得他叫方湛，二十八歲。

既然肇事駕駛是方湛，她更要積極打電話報警，好好報之前的仇了。

霎時，倒在地上的女騎士動了一下，她背對著方湛，在手機螢幕上按了幾下後，又奄奄一息地垂下手。

方湛發現她的舉動，上前狠狠踢開手機，一腳踩壞機體後，低聲咒罵一串髒話。

他蹲在動彈不得的女騎士身旁，在她的身上翻找著什麼，接著拿出兩大包白色粉末。

看來這不是簡單的車禍，閔冬瑤繃緊神經，悄悄躲到路燈後，立刻報警。

報完警後，她聽見方湛正對那女人咆哮著，「方奈啊，就憑妳也想抓我的把柄？我上次就說過了吧，要是有下次，我絕對不會顧及什麼可笑的姐弟之情。」

方奈掙扎了幾下，痛苦地喘著氣。

他冷冷笑了一聲，靠近方奈繼續說：「妳以爲我不知道妳在想什麼嗎？光是不斷想拉攏鍾諾就夠明顯了，因爲那討人厭的傢伙最得爸爸青睞，妳想藉著和他結婚來鞏固自己的地位，好繼承幫派吧？」

「但很可惜這個計畫不太行，因爲那傢伙實在是太目中無人了，所以妳轉換方向想把我毀掉，妳僞裝成我，拿走三包毒品，準備把毒品交易的事告訴爸爸，好讓我失去繼承幫派的資格是吧？可惜又失敗了。」方湛笑著笑著，突然沉下面色，捏住她的下巴，「說！另一包毒在哪裡？」

方奈吐著微弱的氣息，笑了起來。

方湛又飆了髒話，「也罷，反正我也不是不知道妳剛才見了誰，那個小姑娘是叫王薔對吧？估計我只要嚴刑拷問個一天，她應該就會受不了了。」

這話惹得方奈更激動，含淚怒目瞪視著他，不斷掙扎。

「妳放心，我不會讓妳目睹她的慘狀，因爲妳應該也活不過明天了。」他發出幾聲奸笑，甩開她的臉，「眞可惜，下禮拜爸爸的祝壽大宴，妳沒辦法好好奉承了，妳放心，我會買下霍朵酒店的所有貴酒，把妳那份也孝敬完。」

方奈發出幾聲憤怒的低吼，豁出去般地努力撐著身子，從腰間抽出一把刀，重重劃過方湛的腿，接著伴隨一聲痛苦的哀號，倒回地面失去了意識。

「呃啊——」方湛低聲嘶吼，壓著傷口退到自己的轎車旁，捲起褲管察看傷勢。

他掀開布料的刹那，閔冬瑤差點發出乾嘔，雖然和女騎士的重傷沒辦法比，但從那血淋淋的傷口看來，那女人劃了很深的一刀。

「嘖，眞後悔剛剛沒順便踩油門加速，幹麼留妳一口氣。」他緊緊皺眉，痛得連身軀都站不直，「反正這個路段也沒有監視器，妳看起來和自撞沒兩樣，就讓妳在這裡自生自滅吧，我就要看在這種沒人的路口，要到幾點才會有人發現妳的屍體。」

話才剛說完，不遠處的車燈便亮晃晃地壓在他身上。他咒罵了幾聲，一跛一跛退回車裡準備逃跑。

但對方動作更快，俐落飄移堵在方湛的車頭前，開門便急急忙忙對他大吼：「你到底做了什麼事？」

閔冬瑤睁大眼，她認得這個男人！她記得他那天也出現在包廂裡，是那群黑衣流氓中的其中一個。

「什麼啊，我還以爲是什麼路人，原來是你喔？魏楷。」方湛鬆了口氣，張望了一會兒說：「只有你對吧？你敢把現在看到的事講出去，你就死定了，知道吧？」

「死定的是你這傢伙。」魏楷沒有流露出方湛預期中的懼色，「因爲這裡不是只有我，鍾諾也來了。」

後座的車門正好「砰」的一聲關上，閔冬瑤好奇地抬眸，想看看這不只一次出現在談話中的鍾諾是何方神聖。

她用力挺起身子，整個人幾乎快跌出路燈的遮蔽，伸長脖子就爲看得更仔細。

那男人戴著帽子，沉著臉跨步走向他們，這熟悉的高皉身材，和那張盛世的俊容……

「天啊——」她倒抽了一口氣，那……不是禹棠嗎？

十五分鐘前——

鍾諾坐在魏楷的車裡，頂著不斷襲來的睡意，努力保持清醒。

魏楷從後照鏡看到這奇景，調侃道：「第一次看見你打瞌睡，怎麼看起來有點可愛。」

「閉嘴。」

「哎，開個玩笑也不行，你很無趣欸。」他撇了撇嘴，「想睡就睡啊，反正開車的是我。」

當然不能睡，如果不小心睡著後醒來的是禹棠，那可怎麼辦。他打開手機，藉此驅散睡意，螢幕一亮起，通知欄只有一條簡訊。

兩小時前，來自方奈。

「鍾諾，我找到跟方湛交易毒品的對象了，現在正準備要去替他領貨，如果事情眞的成了，你再好好考慮一下交往的事吧，如何？」

訊息的最後還附上了一個欣喜的眨眼表情貼。

鍾諾關掉螢幕，面無表情地盯著窗外。這已經不是方奈第一次向他表白了，她一直是一個十分爽朗的女人，從幾個月前就開始各種直球示愛。

起初，他以爲方奈只是爲了繼承權才靠近他。老大方盛就只有兩個孩子，方奈和方湛，將來的幫派管理權勢必是交到其中一人手上。

無奈兒子方湛昏庸無道，只知玩樂，要能力沒能力，要腦袋也沒腦袋，女兒雖然文武雙全，但最大的遺憾就是性別。

因此，方盛遲遲不敢將繼承人選定爲方奈，幫派裡有太多強悍的男人，大部分都是和方湛共患難數年的死黨、哥兒們，儘管他們對方奈出色的能力信服，卻沒有任何忠貞的革命情感。

方盛擔心女兒沒有那種氣場能鎮壓幫派裡的人，總有一天會被反叛。

方奈知道爸爸的顧慮，所以想藉由鍾諾補足這一部份。

鍾諾雖然是很晚才加入的新成員，但一加入就被封爲幫派裡的王牌，同時受到許多人的敬畏。

他在格鬥用武這方面無疑是個天才，一般人就算從小苦練，也練不出這種非凡的能力。包括方盛也對他讚譽有加，特別准許他能只參與少數行程，不必定期聚會。

如果她能與鍾諾攜手合作，那自然是解決了方盛最大的憂慮。

所以當方奈開始積極靠近鍾諾時，他很快便猜到其中的意圖。

可後來方奈表白碰壁，明顯改變計畫後，卻依然對他關愛有加，示愛的舉動更是從來沒有停止過，他就算再木頭，也知道她的情意遠遠超過利用。

方奈是一個十分完美的女人，鍾諾甚至曾經對她有過一絲好感，但他不能戀愛。

手機螢幕再度亮起，這次不是訊息，是視訊電話。

鍾諾瞅著螢幕上來自方奈的視訊電話，並沒有立刻按下接聽。

怎麼回事？她從來沒有打過視訊。

「你手機在響欸，不接一下嗎？」魏楷聽見震動聲，忍不住開口。

他按下接聽，豈料映入眼簾的，是歪歪斜斜的畫面。方奈痛苦地趴在地上，鮮血從安全帽裡流淌而下，連影像都微微顫動著。

「鍾、鍾諾……」她吃力地發出微弱的氣音，雙眉緊緊皺在一起。

魏楷就算沒親眼看見畫面，透過這不尋常的聲音也意識到出事了，他焦急地問：「搞什麼？那是方奈嗎？她怎麼了……」

「噓。」鍾諾制止他大聲嚷嚷，專注盯著螢幕裡的街景。手機裡隨即傳來方湛粗魯的咒罵聲，接著鏡頭被不明物體重重砸碎，電話也隨之斷線。

「到底怎麼了？」魏楷緊急在路邊停車，驚惶地問：「那是方湛的聲音吧？他該不會綁架自己的姐姐吧？」

「車禍，看起來應該是方湛撞的。」

魏楷倒抽一大口氣，「她現在還好嗎？要趕快報警吧？但是……方奈在哪裡出車禍？有傳定位給你嗎？」

「都會公園南側的死巷路段，從剛剛畫面的景觀看來，應該是那裡。」鍾諾迅速念出地址，「快，現在趕過去。」

「我知道了！」

鍾諾再看了一眼那封兩個小時前的簡訊，心裡莫名沉甸甸的。

魏楷飆車的同時，鍾諾也打了電話聯絡警局，不過當警方接通電話時，對方草草回答：「公園南側門附近的死巷？剛才已經有個女的報案過了，救護車也出發了，你們先幫忙照看一下傷者的狀況。」

「看來車禍現場應該有目擊者。」魏楷稍稍安心了些，「這樣應該就不用擔心方湛那傢伙會趁機置自己的姐姐於死地。」

不過當他們抵達現場時，卻沒有看到目擊者，只見方湛負傷，一臉憤怒。

「我的天，她該不會死了吧？」遠遠看見地上躺著一個人，一動也不動，魏楷急了，顧不得發出刺耳的煞車聲，甩尾堵住了方湛的車。他立刻衝下車，對著方湛怒吼：「你到底做了什麼事？」

「什麼啊，我還以爲是什麼路人，原來是你喔？魏楷。」他不屑地扯了扯唇角，威脅道：「只有你對吧？你敢把現在看到的事講出去，你就死定了，知道吧？」

「死定的是你這傢伙。」魏楷怒瞪著他。

鍾諾拿了一把槍，神色陰沉地走下車。

「因爲這裡不是只有我，鍾諾也來了。」說完後，立刻讓出位置好讓鍾諾有空間瞄準。方湛在看見那指著自己的槍口後，臉色頓時鐵青，結結巴巴地說：「你、你瘋了吧？你敢對我開槍？」

「我就問一句，人是你撞的嗎？」

「是的話又怎樣，這是我們的事……」

喀噠。

手槍上膛的聲響打斷方湛的話，他顧不得腿上還有方奈留下的刀傷，一跛一跛向後退。

「鍾諾你眞的瘋了吧？你要是敢眞的開槍，我爸絕對不會放過你！」方湛的後背撞上死巷的牆角，神色充滿恐懼。

鍾諾冷冷地說：「老大如果知道眞相，也會同意我這麼做。」

「你這傢伙……」他急得不斷冒冷汗，突然靈機一動，邪魅地勾起嘴角，「你應該知道……你是不可以開槍的吧？我手上還有你的把柄。」

鍾諾愣了一秒，舉槍的動作微微一滯。

「如果你不想要我去找他……或是他們，就最好給我放下你手裡的槍。」眼看這招似乎奏效了，方湛繼續威脅道：「我知道他們住在哪裡，喔，我的好哥兒們阿威也知道，我爲了以防萬一，特別把情報告訴他了，所以你如果對我做了什麼事，阿威也會替我解決他們。」

這話讓魏楷聽得一頭霧水，看見自己一向最崇拜的鍾諾大哥竟然遲疑了，他錯愕地問：「什麼意思？鍾諾，你不是沒有家人嗎？」

是沒有家人，但他們更棘手。

「我保證不會干擾你的生活，但你最好當作今天沒來過這裡，方奈就是自撞的，知道吧？不然，他們就危險了。」情勢轉變，方湛忽然位居上風，邪笑了起來，「反正這裡也沒有其他人看見這場事故的發生，又會有誰知道眞相呢？」

他的笑容忽然凝滯，瞠大眼瞪著不遠處的路燈，準確來說，是路燈下的人影，有一個女人躲在燈桿後，直勾勾盯著他。

鍾諾看著方湛那雙眼由震驚、驚慌、沉怒到溢出殺氣的轉變，回過頭順著他的視線望去。

閔冬瑤？

雖然視線非常模糊，加上她披頭散髮的，五官也看不清楚，但鍾諾這回卻一眼便認出她。她為什麼會在這種地方？

「被看見了？」方湛發瘋似地扯著頭髮，就差這麼一步，卻殺出一個意外，完美的計畫在這一刻就這麼毀了，「等著，我絕對會用盡方法處理掉那個人！」

看見那個女人轉身全速狂奔，他隨即挽起衣袖要跟上去，下一秒，鍾諾伸腳稍稍擋了一下他的路，方湛慘跌在地。

他抱著受傷的腿一邊哀號，一邊爆粗口，「你到底想幹麼？」

「你現在跛成這樣，也想抓到人？」鍾諾的睥睨中帶著濃烈的警告。

「那只是個普通女人，看起來弱不禁風的，我怎麼可能抓不到？再不然開槍就能解決，你少來礙事！」

方湛這麼一說，鍾諾便確信他沒認出閔冬瑤，一口攬下這件事，「我去。」

「什麼？」方湛停止咆哮，瞇起眼問：「你什麼時候變這麼好心了？還會替我做事？」

「條件是你不許再提到他們。」

方湛仍然沒有相信他，「我怎麼知道你會不會偷偷把人放了？」

「哎，你這腦袋到底都裝了什麼？」魏楷看不下去，出聲幫腔，「鍾諾什麼時候比你心軟過了？你看過他放過誰嗎？」

遠處傳來救護車的鳴笛聲，方湛頓時慌了，迅速應道：「好，你最好把事辦好，如果我出事了，記住啊，我手上有你的把柄。」

他連滾帶爬回到車上，焦急閃避即將抵達的員警及醫護人員，一溜煙便消失在街角。

「你真的要去處理掉剛才那個無辜的路人？」魏楷有些惶恐，「在我們之前報警的那個人明顯就是她，要不是她，救護車也不會現在就趕到……」

鍾諾回到車上拿取自己的隨身物品，「你也聽到了，他手上有我的把柄。」

「眞的那麼嚴重嗎？這一點都不像你的作風，那個好心的目擊者如果眞的就這麼死去，那……」

「我的作風是什麼你應該最了解。」他備妥裝備，抬眸望向魏楷，「我從來不會同情任何人，我在乎的只有自己的目的。」

被那陰森的眼神深深震懾住，魏楷乖乖閉上嘴。他這位兄弟是個很好的共事夥伴，但並不是一個很好的人。

「你跟著救護車去醫院，好好掌握方奈的狀況。」

✦

閔冬瑤在寂靜的巷弄間急速狂奔，心臟劇烈跳動得彷彿隨時會脫離身體。

怎麼辦？剛才和方湛對到眼了。當對方的目光落到自己身上時，她感覺到靈魂離開了五秒，那睜大的眼神有藏不住的殺意，天知道他會不會開著車出現在下一個路口，像對待方奈那樣撞死她。

閔冬瑤快哭了，她爲什麼要多管閒事待在那裡偷聽？現在她成了唯一的目擊者，知道了太多事。

她跑得太焦急，一不注意踉蹌跌倒，手肘在粗糙的柏油路上摔出一片血淋淋的擦傷。

「嘶……」閔冬瑤吸了吸鼻子，無心理會陣陣刺痛，仍然用盡全力衝刺。

好不容易回到居住的大廈，她立刻按電梯上樓。

安靜的電梯裡，只有她大口大口喘氣的聲音，就算已經停止奔跑，她依然累得站不直身子。閔冬瑤這輩子從來沒有用跑一百公尺的速度跑這麼長的距離過，這種運動強度讓她幾近窒息。

一直到離開電梯，看見空蕩蕩的廊道後，她才終於稍微鬆了口氣。

沒有人跟過來。

現在最該做的事，絕對是好好把自己鎖在家裡，趕緊向父親求救，她相信閔遠兩個小時內絕對能安排一群保鑣過來。

閔冬瑤急躁地轉開門鎖，用力扭開門把。

然而，映入眼簾的不是溫馨的家，而是鍾諾，他站在屋內，面無表情地盯著她。

啊啊——

閔冬瑤張大嘴巴，但聲帶緊緊鎖住，叫不出聲。

「你、你為什麼……會在我家？」她問了一個愚蠢的問題。

他也不是第一次不請自來了，上次有辦法神不知鬼不覺地進來，代表他根本沒把這五道門鎖加上指紋防盜系統放在眼裡。

閔冬瑤轉身想逃，但手腕被緊緊握住，下一秒，鍾諾強烈的手勁把這瘦弱的小姑娘拽進門內，順勢關上門，將人壓在牆邊。

她重重撞在牆上，發出了一聲悶哼。

「你……」她伸手擋在自己面前，深怕這男人靠近，「我沒事，牆壁也沒事，你不用扶我。」

鍾諾沒理會她，也沒有停下逼近的腳步。

「你、你別靠近我！你到底是怎麼進來的，爲什麼會在我家裡？」

他在她面前停下，挑起眉問：「妳覺得呢？」

想起剛才與方湛對視的那瞬間，她打了個冷顫。

「我、我怎麼會知道……啊！我知道了。」這個空間裡只有他們兩人，那代表她就有一個該好好扮演的角色，她突然打起精神，裝作什麼事也沒發生，笑咪咪地說：「你是不是知道我很想你，所以直接跑來我家找我了？」

「不是。」

「喔，不是啊……」她乾笑了幾聲，「還是其實是你自己想我了？」

鍾諾扯了扯唇角，直接切入正題，「妳剛才去哪了？」

「喔天啊，」閔冬瑤浮誇地摀住嘴，「這就是傳說中的佔有慾嗎？太帥了！」

鍾諾扶了扶額，沉下臉，「聽著，不要跟這件事沾上邊，剛才不管妳看到了什麼，都不許報警或洩漏出去。」

她無辜地眨了眨眼，「嗯？你在說什麼？我什麼都沒看到啊，還是你是說不小心看到胸肌的部分，剛才你把人家抓進來的時候，襯衫是有點拉扯到，我有不小心看到一點點……」

「妳覺得我在跟妳開完笑嗎？」鍾諾的語氣中流露幾分威嚇。

「我像是在開玩笑嗎？」她擰起眉，故作不滿地問：「你覺得我對你表達的愛意像是玩笑嗎？」

他一把抓住閔冬瑤的脖子，憤怒地說：「住嘴。」

「好、好，你先冷靜，如果有冒犯，那我很抱歉。」閔冬瑤立刻舉起雙手投降，將眉毛擠成八字，「我只是太久沒見到你了，不小心太積極，因爲我怕你又不告而別……畢竟，你上次說我們不會再見面了。」

「嗯，今晚過後就眞的不會再見面了。」鍾諾加重手勁，緊緊扣住她的脖頸。

閔冬瑤愣怔了，語氣甚至微微發顫，「你、你該不會想殺我？你眞的忍心這樣對待自己的前女友嗎？」

「夠了。」他怒吼了聲。只要聽到這女孩毫無矜持地對禹棠表達愛意，就讓他莫名煩躁，「我不是禹棠。」

她不再掙扎，怔怔望著那雙明明十分熟悉的眼眸，「不然……你是誰？」

記憶回溯到剛才方湛和魏楷都提及了好幾次的名字——鍾諾，閔冬瑤頓時起了疙瘩，「不可能，不可能有人長得一模一樣，連痣的位置都一樣，雙胞胎也不可能有這種巧合。」

「嗯，我們不是雙胞胎，是多重人格。」

太多震驚和疑惑堵塞在口中，閔冬瑤一點話也說不出來。

鍾諾對於她的反應沒感到意外，畢竟任何人聽見時都是一樣的錯愕。

「酒店的那個是我，偷竊的是我，拿刀劃傷妳的是我，還有上次帶妳去景觀餐廳的那個也是我，其他都是禹棠。簡單點，妳可以解讀成，對妳好的都是禹棠，凶殘的都是我。」他靜靜地說：「所以，我從來沒有跟妳交往過。」

「這……」閔冬瑤按住太陽穴，一時間無法接受這龐大的訊息量。

她知道多重人格是一種精神疾病，許多人總是拿這個詞彙來開玩笑，形容那種情緒大起大落的人。電視上演過的多重人格病患，也都是原本十分正常，在接受什麼重大刺激時會突然變一個人，切換到另一個人格。

但眼前這男人並不是如此啊，這與她認知中的解離性身分疾患不同。

其實閔冬瑤不只一次覺得他奇怪了，他真的就像兩個人般，擁有截然不同的性格，可禹棠和鍾諾明明看起來都很正常……完全不像生病的人。

她明白這是刻板印象、是偏見，但就是沒辦法在短時間內理解這個事實。

「既然妳都知道眞相了，我再告訴妳個消息，我看妳好像很糾結被拋棄這件事。」鍾諾放開閔冬瑤，稍微退開了點，靠到一旁的牆邊，「是我要禹棠分手的，畢竟這身體不是他一個人的，所以你們不可能交往，妳也盡快死心吧。」

其實他倆當初在一起，純粹就是爲了證明預言是假的，根本也不是因爲喜歡。所以，她當然不太在乎不能和禹棠談戀愛這件事，更在意的是另一件事，「你的意思是，我沒有被甩，表示禹棠其實不是渣男？」

那就好啦，她在乎的只有感情史中被甩的汙點，現在能順利地清除了。

「嗯，準確來說，他確實不是渣男。」鍾諾微微擰起眉，「我從來就沒有說過禹棠是男的。」

「禹棠不是男的？」閔冬瑤輕輕笑了兩聲，接著又肆無忌憚地笑了起來，「不是男的不然你要說他是女的嗎？」

笑著笑著，她的唇角凝滯了。鍾諾爲什麼要用這麼認眞的神情盯著她？

「不是吧，他怎麼可能是女的？他這麼高又這麼帥，聲音也……」閔冬瑤緩緩閉上嘴，越說也只是越用力打臉自己。

「怎麼不可能。」他淡淡地說：「人格是獨立的意識，性別、性格、年齡都可能不同，禹棠就是一個十八歲的女孩。」

她要崩潰了，是同性就算了，還是個妹妹……閔冬瑤在內心無限吶喊，爲什麼越是回憶那些和禹棠的經歷，就越覺得將禹棠的性別換成女性其實也合理？

那種溫柔、親切，還有偶爾純眞又有點開朗可愛的模樣……她甚至比周玥還更像女性友人！

但閔冬瑤還是怎麼也無法接受這個現實，「這到底怎麼可能……」

突然間，閔冬瑤又想到另一件事，鍾諾爲什麼要告訴她這麼多？她猛然抬起頭，意識到事情的不對勁。

他會出現在這裡，不就是因爲她看到、聽到太多不該知道的祕密嗎？那自己此刻又接收到這麼多訊息，豈不是必死無疑了？他倆要是把關係切割乾淨了，鍾諾就沒理由留一條活路給她了。

閔冬瑤機警地切換角色模式，含著淚說：「就算眞的是這樣，你也該讓我再見見禹棠吧？總不能說要我們不聯繫就不聯繫，就像你剛剛說的，這身體又不是你一個人的。」

「沒有必要。」鍾諾靜靜看著她演，事不關己地說：「妳們能有多深的感情？妳根本不了解她。」

「嗯，這倒是眞的，我一點都不了解。」話說完，閔冬瑤便抬起頭，看見鍾諾皺著眉盯著自己。

「那為什麼會在一起？」

「因為這張臉眞的很帥，身材也很好，然後那種危險的魄力又莫名很吸引人……」閔冬瑤就此打住，抬頭瞄了他一眼。

「如果只是因為外貌，聽起來妳不是眞的喜歡她。」

她挑起眉，「喔？那我喜歡的好像是你。」

閔冬瑤發誓，她看見鍾諾緊繃的神情在那瞬間動搖了。她剛才說的話有一部分是眞誠的，她在意的，確實是鍾諾。在酒店無視她的是鍾諾，將她壓制在牆邊的也是鍾諾，甚至連那個在電梯裡差點吻上她的，還是鍾諾。

閔冬瑤相信自己絕對不可能會喜歡上一個無惡不作的大流氓，但光看那些舉動，確實是讓她有點心動。

鍾諾的手機震動聲打斷了她的思緒，只見他快速讀完訊息後，神情似乎放鬆了不少。

「怎麼了嗎？」她小心翼翼地問。

「魏楷傳來消息，方奈搶救後恢復生命跡象，如果能脫離昏迷就沒事了。」

閔冬瑤不禁微微一笑，「呼，那就好。」

「那就好？」鍾諾低沉的嗓音微微揚起，瞇著的雙眼第一次流露出接近笑意的情緒。但那不是笑，是看見獵物落網時的興致。

「妳認識魏楷和方奈？不是說什麼都沒看見嗎？」

閔冬瑤在內心尖叫，數落自己的愚蠢，他這種冷漠無情的人怎麼可能親切到跟她分享簡訊內容？她難堪地乾笑了兩聲，「我、我當然不認識，但聽起來像是有人被搶救成功，當然是好事……」

「答應我，不要多管閒事把剛才目擊的事洩漏出去。」鍾諾收起剛才那一點點笑意，頓時嚴肅了起來。

她繼續擠著笑容，「我不是說了嗎，我沒……」

「妳答應，我就離開這裡。」

見他那忽然深沉的神情，閔冬瑤愣住了，錯愕地問：「你出現在這裡不是要滅口的？而是要放過我？」

「嗯。」

「眞的？」她簡直不敢相信自己的耳朵。

鍾諾沒好氣地扯了扯唇角，他一向沒耐心多作解釋。

「爲什麼？」閔冬瑤覺得他突然變得善良，怪恐怖的，「爲什麼要放過我？方湛不是有你的把柄嗎？如果你沒順他的意，完蛋的就是你了吧？」

鍾諾面無表情地抬眸，「我相信妳。」

閔冬瑤感覺心臟被輕輕戳了一下，「你憑什麼相信我？我有這麼大一個霍朵當靠山，隨便一句話就能把你們通通抓去關。」

鍾諾挑起眉，「妳上次不也沒把我是犯人的眞相說出去？」

聽見他的話，閔冬瑤心想，好傢伙，是被慣壞了？

「我看到霍朵發出的通緝肖像了，醜得不行。」他冷冷笑了一聲，「原來我在妳眼中長那副模樣。」

閔冬瑤雙頰瞬間漲紅，「你別得意，我現在知道你是鍾諾不是禹棠了，下次說不定就直接把你的照片交上去了。」

「是嗎？」

她昂起頭，「當然，不然我還有什麼理由包庇你？」

鍾諾緩緩靠近她，輕輕拖起她的臉，「妳說呢？」

閔冬瑤十分不爭氣地暫停了呼吸，她沒有拐彎抹角，直接回答：「那可能是因爲，我不小心心動了。」

她不明白鍾諾那停滯住的動作是什麼意思，他只是照常用那十分幽深的眼神盯著她。

鍾諾緩緩退開，將欲擒故縱的伎倆玩得精熟。他別開視線，目光落在她手肘上的擦傷。

一注意到他的眼神，閔冬瑤水汪汪的雙眼便眨了兩下，「剛才跌倒了，你要幫我擦藥嗎？」

鍾諾扯了扯唇角，沒有回答。

「我自己這樣又擦不到。」她用力對手臂又扭又折，想證明自己眞的有困難，卻反而拉扯到傷口，痛得縮了一下，「眞的，你看我更疼了，你忍心看我一個獨居女子痛到隔天上課才能找朋友幫我擦藥嗎？那樣傷口都要發炎了。」

「藥箱拿來。」鍾諾面無表情地說。

閔冬瑤破涕爲笑，又蹦又跳地從櫃子裡拿出醫藥箱，開開心心遞給他。

鍾諾輕輕握住她的手腕，用生理食鹽水清理了一下傷口，再塗上薄薄一層白藥水。

閔冬瑤望著他那專注的側臉，不知不覺看得出神。

被這麼放肆盯著，鍾諾微微皺眉，「幹麼？」

「你不知道嗎？女生會這樣一直盯著男人看，不是那個男人臉上沾到什麼東西，就是有點好感。」她笑咪咪地說。

「我臉上沾到什麼東西了嗎？」

閔冬瑤沒好氣地回答：「對啦，沾到我的唇印了。」

鍾諾定格了兩秒，伸手摸了摸臉頰，剛才是靠近了點，但他記得並沒有碰到。

「喔？原來你潛意識裡想要我親在那裡啊。」她笑彎了眼，嘟起唇向他撲了過去，不過意外的是，鍾諾並沒有閃躲。

閔冬瑤遲疑地停下動作，「你不躲嗎？」

「反正妳也不夠高。」鍾諾稍稍挺直身子，拉開了兩人間的距離。

「你……」

他挑起眉，「好了，藥也擦好了，我先走了。」

閔冬瑤叫住他，「等等，那我可以相信你嗎？」

「那就要看是哪部份了。」

她望著那雙眼，得到莫名其妙的肯定答覆，深吸一口氣後說：「請你們保護好那個叫王薔的女人，方湛的最後一包毒品好像在她那裡，他會去找她。」

鍾諾停下動作，神色更加陰沉。

「我相信你和方湛那種大壞蛋是不同類的人，所以才會告訴你。」

他沉下臉，「從現在開始妳必須忘掉這些名字，知道嗎？」

「全部都忘掉啊？連你都要刪除嗎？我不想。」她噘起嘴。

「我沒叫妳忘記我。」

閔冬瑤在剎那間愣住了，眼中盡是感動。他終於被打動了嗎？

「我還會要利用妳。」

她在心裡嘆了一口氣，好吧，並沒有。

第八章　碰撞的星火

那天之後，閔冬瑤又完全失去鍾諾的消息了。

當她開始想著他時，就會不斷質疑自己是眞的對鍾諾感到心動嗎？他身上有刀有槍、混黑幫，甚至犯罪偷竊，這樣的人眞的是能夠喜歡的嗎？

之前會對他痴痴示愛、扮演苦情追求者，是爲了博取同情心，好免於一死，現在可以切斷關係了，豈料她自己又出不了戲。

心煩的事不僅如此，一夕之間心裡在意的那個名字從禹棠變成鍾諾，閔冬瑤總覺得哪裡怪怪的。

爲什麼鍾諾這麼一個大男人，軀殼裡竟然還有一個少女……想想就覺得詭異。

「喂，妳到底在發什麼呆？」周玥伸手在她眼前揮了揮。

閔冬瑤猛然回神，「我嗎？我哪有在發呆。」

「有啊，妳看看妳今天戰力怎麼這麼弱？才挑了一件洋裝。」

周玥和這位小富婆到百貨公司逛街這麼多回了，每次都是買到直接寄回家，這倒是第一次用得著購物袋，她不太習慣這種感覺。

「喔，對欸……那這整排全部包下來吧。」閔冬瑤指著眼前的一排當季新品，「啊，這件綠色的不要，其他全包。」

「好的，那請您稍等一下。」店員欣喜地前去準備結帳。

周玥深感傻眼，待店員遠去後，低聲問：「妳是哪根筋不對？這種熟女風洋裝妳怎麼會喜歡？姐姐妳才二十歲，不要把自己扮成阿桑。」

「這叫嘗試新風格，懂？」穿這種熟女服飾，和鍾諾站在一起時，比較不會有太大的年齡差。

意識到自己在想什麼後，閔冬瑤打了個冷顫。

「第一次看到有人花幾十萬嘗試新風格。」周玥調侃了幾句，「說，妳有什麼心事？」

「是妳先問的喔，那我就講了。」她晶亮的眼骨碌碌轉著，「妳有沒有認識過患有多重人格障礙的人？」

周玥思考了一會兒，「妳是說有兩種不同的個性，會切換成不同人格的那種人嗎？」

「對對對，而且兩個人格還差很多。」

「那不就是在說妳嗎？」周玥大笑了起來，「對付傅尹希的時候超帥氣，平常講話又很正常，生氣的時候很激動，撒嬌時又超級三八。」

「謝謝妳的舉例。」閔冬瑤狠狠送了一記拳頭，「妳告訴我誰不是這樣，我還知道妳難過的時候會大哭，肚子餓的時候會哀號。」

「哎唷好啦，我當然沒遇過啊，那又不是很常見的疾病，怎麼了？妳被診斷出來喔？」

「不是！」閔冬瑤翻了個大白眼，「是我認識的一個朋友。」

周玥瞇起眼，質疑道：「妳知道問問題時，說是朋友發生的事，有百分之九十九都是在講自己嗎？」

「哇！妳是想氣死我嗎？」她作勢再出拳，嘆了口氣，「好啦，那我換個說法，是我有點在意的一個人。」

「好傢伙！妳又有新對象了？Respect！」

閔冬瑤不知道該怎麼反駁，是新對象沒錯，但身體和前任是同一個。

周玥突然恢復正經，「可是啊，我覺得妳最好不要陷得太深，像禹棠那樣交往幾天還可以，如果想要認眞談戀愛，這感覺不是個好選擇。」

「爲什麼？」

「妳想想看，妳只了解他的其中一個人格，如果另一個人格其實很殘暴，或是有暴力傾向，那妳會有生命危險欸。」

閔冬瑤乾笑了幾聲，正巧，她看上的就是比較不正常的那一個人格。

「還有更重要的是，如果你們在吵架，或是妳不小心戳到他的痛楚，召喚出另一個人格，那怎麼好好溝通？」

這點她倒是沒有想過，電視雖然這麼演過，但鍾諾和禹棠從來不曾突然切換成對方，不像她認知裡的多重人格案例。

「那個……不好意思，」店員面有難色地打斷兩人的談話，「剛才您包下的那一整排衣服裡，有一件碎花洋裝目前只剩一件M號的，剛剛我去結帳的時候，發現有另一位客人比您早一點點買下那件，所以……」

這位店員幾乎是一百度鞠躬，頻頻道歉。

「妳說有其他客人比我早買了？」

「是的，因為負責幫她結帳的店員也需要一點時間刷條碼，所以才會造成這種差錯，真的很抱歉……」

閔冬瑤並不是多想要買到那件衣服，畢竟就一塊布而已，但如果那衣服是被搶走的，就是另外一回事了，這可是攸關尊嚴。

「我是你們店裡的最高等級會員，你們難道不會優先售給買更多的客人嗎？」閔冬瑤的聲音裡有些不悅，絕不能就這麼算了。

店員膽怯地說：「可、可是對方也是同等會員，而且論數量的話……她包下的是所有的秋季款式，是這一整區的衣服。」

望著店員指的區域，足足比她包下的這一排多了一倍以上，閔冬瑤的臉色徹底鐵青。

「好，要這樣是吧。」她撥了撥頭髮，包下秋季款式算什麼？「春夏秋冬的所有款式全部給我包下來。」

「啊？這……」

周玥一把拉住她的手，「閔冬瑤！妳是在幹麼？把整間店買下來要多少錢妳知道嗎？」

「多少錢？」閔冬瑤裝模作樣地挑了挑眉，拿出萬能的信用卡，「會比這張卡貴嗎？」

周玥搖搖頭，她這位好友發作時的確是挺討人厭的，這到底是什麼無意義的勝負慾？

「抱歉，我們店裡沒有多帶優先的消費規則，是按照結帳順序決定的……」店員一看見閔冬瑤那殺氣騰騰的眼神，連忙客氣地改口道：「當然，凡事都可能有例外，我會去問問看店長……」

店員如同逃離什麼噩夢般，迅速前去尋求同事的協助。

閔冬瑤繞到櫃檯那頭，她倒是要好好看看，到底是誰敢和她搶。沒想到看見櫃檯前方的唯一一位客人時，她完全愣住了。

「蓓媛姐姐！」周玥立刻認出對方，興奮地跑上前。

梁蓓媛回過頭看見她倆後，有些驚喜地露出笑容，十分親切地走向她們。

「太巧了，周玥和冬瑤，妳們也在這裡啊？」她的動作忽然停滯，「等等，所以想買那件洋裝的客人就是妳們嗎？」

兩人難堪地相視而笑，這下可尷尬了，這情境看上去……閔冬瑤完全是奧客。

「我直接給妳吧！上次就說要送妳們禮物了，還沒來得及補給妳。」梁蓓媛匆忙地從一大堆購物袋中找到那件紫色薰衣草碎花洋裝，「來，這種碎花洋裝還是最適合妳們大學生了。」

閔冬瑤趕緊推了回去，「不用啦！其實我已經買很多了，太多也提不回去。」

「沒事的，妳就收下吧！反正我現在肚子大成這樣，要穿這種收腰洋裝也要等明年了，買了也只是浪費。」

閔冬瑤這才注意到，梁蓓媛的肚子比起上次見面時，又更大了些，距離預產期也只剩兩個月。

「哇，姐姐妳就快要和寶寶相見了，應該很幸福吧？」周玥真心且喜悅地說。

「是呀，家裡有新生兒即將誕生時，總是會其樂融融，我們甚至提早買了很多件童裝！」

周玥笑得燦爛，「哇，你們肯定都很期待他來到這個世界上吧！」

「對，我先生比我更激動。」梁蓓媛輕輕撫了撫自己的腹部，「說到這個孩子，冬瑤，我聽周玥說，妳果然在十月前交到男朋友了啊？恭喜妳！」

閔冬瑤再度與周玥交換了一個眼神，擠出笑容說：「是啊，我就說吧，妳完全可以放心，那個騙子占卜師根本就是在胡言亂語，我九月就交男朋友了……」

說著說著，閔冬瑤頓時哽住。男……朋友？

禹棠可是一個十八歲的少女！這麼說，她算是男朋友嗎？仔細回想彭燁的預言，他說，她將會在二十歲那年的十月，交到第一任男朋友。而自己為了證明這個預言是假的，便立志在九月就交到第一個男朋友。

那如果這位男朋友，是一個住在男人體內的少女人格，這樣算有打破嗎……

準確而言，禹棠是不是該稱為女朋友？閔冬瑤要崩潰了。

「冬瑤，怎麼了嗎？妳的表情有點恐怖。」梁蓓媛面露擔憂地問。

「喔，我沒事。」閔冬瑤努力保持微笑，連眼神都不敢和她對上，「總之，妳不要再想那個預言了，那絕對不是真的，嗯，不是真的。」

比起安慰梁蓓媛，她更像是在自我說服。

預言真的是假的嗎？現在看來，她似乎沒成功打破。

閔冬瑤深深陷入自己的愚鈍之中。

今天是十月十八日，正處於彭燁預言中的十月危險期。

要證明預言是假的還有另一個方法，那便是整個十月控制住自己的荷爾蒙。

只要她不要在十月和任何人交往，那也算是打破了預言。閔冬瑤傻傻笑了起來，那根本太簡單了。

都有本事單身二十年，在這短短半個月，要交到男朋友比維持單身難多了。

就算……潛意識裡還是有點想見到鍾諾，但她絕對可以忍得住。

✦

「喂？李優，我到了。」閔冬瑤站在霍朵酒店的門口，這次她不是偷偷摸摸來了，而是光明正大地與李優相約在這裡。

不過五秒，他便出現在大門前，匆匆忙忙跑向她，「哎唷，我的好朋友，妳最近過得還好嗎？」

閔冬瑤的目光落在他制服上的金色小名牌，誇了起來，「哎唷，不錯嘛，主管的名牌很適合你。」

「這還不都是托妳的福。」李優挽起她的手，「快進來吧，找妳來就是爲了答謝妳，我今天要好好請妳吃一頓飯，全部都算我的！」

「我還想說這麼突然約是不是有什麼急事，原來只是要請我吃飯喔？」

「當然不只是這樣啊。」他賊賊笑著，「待會兒妳就知道了。」

李優拉著她到訂好的包廂，開門前特地停下來，指著隔壁的包廂，壓低嗓音說：「那間包廂啊，裡面的人就是妳心心念念的A三〇二五。」

A三〇二五？閔冬瑤沉思了一會兒才恍然大悟，他說的就是上回扮成酒店小姐混進去的那間包廂！

「妳不是很想知道那間包廂的客人是誰嗎？那天回家後還要我幫你打聽人家的名字。」李優得意地挑起眉，「雖然那時候我沒辦法查到他們其他人的名字，但從那之後，我可是一直很仔細幫妳關注喔，這次一看到訂位系統出現一模一樣的名字，馬上就把妳找來了！」

「所以，你找我來是因爲那群人今天訂了包廂？」閔冬瑤錯愕地張大嘴。

「怎麼樣？Surprise！」他興奮地大笑，「因爲我不知道妳在意的是裡面的哪一個男人，所以特地幫妳安排在他們隔壁的包廂，這樣應該很容易再見到面吧？」

閔冬瑤完全傻了，沒想到李優這傢伙會惦記這麼久，她早就已經不需要打聽鍾諾了。相反的，此刻這個時間點，她甚至不太希望見到他。

「瞧妳高興到都說不出話了，不要太感謝我啊。」李優笑得合不攏嘴，「當然，妳如果想報答我也可以，哈哈哈哈哈……」

這傢伙……閔冬瑤一點也笑不出來。

「哎，有個男人從那間包廂裡出來了，妳要找的是不是那個人？」

順著他的視線看過去，閔冬瑤正好對上一雙眼。

喔不，是方湛。

看見那張臉和那雙眼，她猛然一縮，那晚的記憶瞬間湧上腦海，亂糟糟地擠成一團。

「眞可惜，下禮拜爸爸的祝壽大宴，妳沒辦法好好奉承了，妳放心，我會買下霍朵酒店的所有貴酒，把妳那份也孝敬完。」

他上禮拜這麼挑釁方奈，還提到要在霍朵酒店爲幫派老大慶祝生日，難道他口中的祝壽大宴，剛好就是在今日舉辦？那她豈不是把自己送入虎口了？

閔冬瑤無法克制地開始發抖，不斷迴避方湛的視線。

該怎麼辦？他們那晚對到眼了，閔冬瑤一輩子都不可能忘記方湛當時的眼神。此刻她應該是個已經被鍾諾滅口的目擊者，而不該大搖大擺地出現在他眼前。

「哇，閔冬瑤！他朝妳走來了耶，他是不是也認得妳啊？」李優撞了撞她的手臂，「妳的春天要到了，這次記得要好好跟對方要一下聯絡資訊啊。」

「你……」

「喔！他來了，我把空間留給你們，先閃人啦！Good luck！」李優眨了眨眼，比當事人還興奮，「對了對了，如果覺得走廊不方便，這間包廂你們可以放心用，不會有人進來打擾，做什麼都沒問題，我把東西都準備好了。」

不等閔冬瑤開口，他迅速消失在廊道盡頭。

李優一走，閔冬瑤的世界頓時停滯了，她的背後有一陣涼意。

「呦，冬冬，好久不見！」方湛親切地打招呼，令閔冬瑤感到毛骨悚然。

「嗨、嗨……」閔冬瑤遲疑地轉過身，連頭都不敢抬。

「上次都沒好好聊到，我回去後一直很懊悔，這次聽到要來霍朵聚會，我還期待了一下，不知道我們有沒有緣分見第二次面！」

聽到這兒，閔冬瑤抬起頭。第二次？不是應該是第三次了嗎？

回想起那日的情景，當時夜深人靜、現場一片漆黑，她又是素顏又是披頭散髮，正常人的視力應該是看不清五官的。

所以，方湛當然有可能根本沒認出那個目擊者就是她啊！

她瞬間鬆了一大口氣，解除警報。

「妳怎麼不說話？冬冬。」方湛關心道。

閔冬瑤深吸一口氣，露出一個燦爛的大笑容，「哥哥，竟然是你！人家太驚訝了，沒想到還能見到你！」

方湛愣了一秒，自豪地大笑，那渾厚的笑聲充滿了整個廊道。「果然是我的冬冬！妳也想哥哥嗎？」

誰是你的……閔冬瑤忍住反胃，繼續痴笑，「當然呀，哥哥你怎麼都沒有再來光顧，人家一直掛念著你。」

「我都不知道妳這麼想我，我沒來光顧，妳很難過嗎？」

「當然啊。」她浮誇地點點頭，噘起小嘴，「人家還以為你是不是忘記冬冬了，每天都茶不思飯不想，你看人家都瘦了。」

方湛被誇得渾身輕飄飄的，望著她的眼神充滿了慾望，順手摸上她的腰際，甚至撫了幾下，「我看看，哎呀，我們冬冬眞的變瘦了，哥哥會心疼的。」

閔冬瑤猛然一顫，努力不閃開那隻鹹豬手，「哥、哥哥，人家現在還在上班，要先去工作了。」

「工作？妳的工作就是服侍我呀，我也是這裡的客人。」方湛的手掌越加放肆，不斷向下摩娑。

她嚇得繃緊全身，「主管安排我去其他包廂……」

「妳的主管在哪？我會告訴他今天要把妳買下來。」

閔冬瑤感到憤怒，就算是一般的陪酒小姐，也不該被他這麼侮辱。但爲了不穿幫，她還是強忍著，擠出親切的笑臉說：「不然哥哥你先去忙，人家下班再找你。」

「不，我現在就要妳。」

現在就要？是要什麼？閔冬瑤臉都綠了。

「方湛。」鍾諾突然出現在廊道上，陰沉的眼神絲毫沒掩飾住不悅。

「你沒看到老子在忙嗎？插什麼話？」他氣得破口大罵。

「要說祝詞了，你這個當兒子的不用參加嗎？」

方湛頓了一下，糾結三秒後不耐煩地吐了口痰，絕對是討好父親更重要。他轉過頭對閔冬瑤哄道：「哥哥我有重要的事要先去忙一下，冬冬妳要在這裡等我喔。」

「當然。」現在最開心的莫過於脫離險境的閔冬瑤了，她用力點點頭，「人家會在這裡等，哥哥你要快點回來喔！」

「一定的，我等不急要把妳吃掉。」說完，方湛還寵溺地捏了捏她的鼻尖。

閔冬瑤想拿酒精噴自己的臉，但她依然假裝欣喜，又是拋媚眼又是嘟嘴，目送他離開。

待方湛完全關上A三〇二五的包廂大門，閔冬瑤才卸下營業笑容，小心翼翼瞥向鍾諾。

鍾諾的臉色十分難看，他打開李優準備的空包廂，粗魯地將人用力抓進包廂內。

「鍾諾？你搞什麼？」

「砰」的一聲，包廂門重重關上，並且被迅速上鎖。

「幹麼鎖門？你想幹麼？」閔冬瑤愣怔，連聲音都有些變調。

「妳說呢？」他沉怒地瞪著她，「妳對所有男人都這麼輕浮隨便的嗎？」

輕浮？隨便？現在是在對她說教嗎？閔冬瑤瞬間啞口無言。

「眼睛彎成那樣是怕別人不知道妳在笑嗎？他說要把妳吃掉妳還送飛吻？妳很想和他上床嗎？」

沉默了半晌，她才悠悠開口：「我輕浮也好，隨便也好，你都沒理由質問吧？」

鍾諾微微一愣，收起這有些失態的模樣，稍稍拉開了兩人之間的距離。

「啊哈，我知道了，你該不會是以爲我只會調戲你吧？」閔冬瑤用力拍手，「所以你現在是在吃醋？」

「吃醋？妳想多了。」他扯了扯唇角，「我是沒想到妳可以笨到完全察覺不到危險。」

「哪有什麼危險？方湛他根本沒發現那天的目擊者是我。」

鍾諾冷笑一聲，「他之前都對妳下藥了，妳覺得自己這次還能逃過？妳沒感覺到他的手放在哪裡嗎？」

「論危險，哪有人比你更危險？他只是把手放在我的腰上，你好幾次把我壓在牆上，連我的屁股都摸過了。」她臉不紅氣不喘地說。

鍾諾靜靜盯著她，眼裡不斷溢出冷颼颼的寒氣，「所以妳覺得無所謂嗎？」

「什、什麼無所謂？」閔冬瑤慫了，他現在是在嚴肅什麼？

「這些肢體接觸都是無所謂的嗎？」

鍾諾收起憤怒的情緒，那冷冷的眼神反而更讓人畏懼。他一步一步逼近閔冬瑤，將她圈禁在桌邊，動彈不得。

「你要做什麼……」閔冬瑤想找個支點撐住，沒想到往後退之後，只躺到了空氣，最後核心支撐不住了，只好不再後退，接受這曖昧不明的距離。

太靠近了，有點危險。

「就算是這樣，也無所謂？」鍾諾低沉的嗓音有些迷離，吐出的氣流輕輕癢癢落在她的唇邊。

「這、這樣是哪樣？」閔冬瑤一問就後悔了，因爲這男人似乎打算直接用行動回答。

鍾諾眸中的情緒湧動，強硬扣住她的後腦杓，俯身吻了上去。

閔冬瑤徹底懵了。柔軟的觸感強勢覆上那刻，腦袋暈呼呼地停止運轉，全身癱軟在鍾諾的掌控之中。

每一次呼吸都是強烈的男性氣息，兩種溫度與低喘交織在一起，漸漸變得相同。

當鍾諾用唇瓣撬開她的唇，更深入攫取讓她幾近窒息時，閔冬瑤終於回過神。

他們在接吻！他們怎麼會是可以激吻的關係！

閔冬瑤用力抗拒那霸道壓上來的身軀，一掙扎手腕就被緊緊扣住，「啪」的一聲，撞上牆邊的燈光開關。

雖然包廂的燈光本來就昏暗，但還是頓時爲這片黑暗帶來了些許明亮。

一看清兩人正以什麼曖昧的姿勢靠在一起，閔冬瑤的雙頰頓時漲紅。

鍾諾終於放開她，扯了扯緊繃的領帶。

兩人一將目光別開彼此，就看見一旁被燈光照亮的大理石桌，上頭擺了一整排讓人心臟一沉的東西。

手銬、眼罩、保險套，應有盡有。

空氣安靜極了。閔冬瑤無聲尖叫，終於明白李優離開前那些話的意思。

「如果覺得走廊不方便，這間包廂你們可以放心用，不會有人進來打擾，做什麼都沒問題，我把東西都準備好了。」

東西都準備好了……她到底交了什麼朋友！想不到李優看似正經，其實口味挺重的。

不，她錯了，究竟怎麼會有李優正經的錯覺？閔冬瑤摀住臉，燈亮得也不是時機，怎麼會在這種情慾正被燃起之際看到這些東西？

她對自己的矜持有自信，但隔壁那男人看起來就有種狂野之氣。

閔冬瑤緩緩轉過頭瞄向鍾諾，豈料他正面無表情瞅著自己，嚇得她立刻撇過頭。

「解釋一下。」鍾諾啞著嗓說。

「嗯？解釋什麼……」她自知死期將至，能苟活多久是多久。

「這些東西是怎麼回事？」

閔冬瑤皺起臉，乾笑著問：「怎麼，你要用嗎？不會用到就當作沒看見吧，反正我們每天經過那麼多路邊雜草，也沒有一次停下來問它爲什麼在那裡。」

鍾諾挑起眉，「妳覺得雜草和這些東西是一樣的嗎？」

是不一樣，嗯，差多了。閔冬瑤無助地閉上眼。

「反正都是無關緊要的東西，難不成你其實很有興趣？」她開始亂笑，試圖用玩笑模糊焦點，輕佻地揮了揮手，「討厭啦，你到底對我有什麼想法？都強吻我了，還想更進一步。」

「妳以爲我不敢嗎？」

閔冬瑤的唇角凝滯，震驚地抬眸。怎麼回事？依據以前的經驗，她可是十分篤定這男人一定會冷冷反駁。

「我告訴妳，如果沒辦法承擔後果，就不要隨便對人這麼輕浮。」

望著那深沉的眼神，閔冬瑤不禁脫口而出：「可是我覺得這後果挺好的。」這種極具攻擊性的模樣，她恨不得多來一點。

鍾諾挑起眉，不確定她知不知道自己在說什麼。

她低聲咕噥：「是挺好的，就是有一點點太快了。」刺激是刺激，但還是有恐怖的成分。

霎時，包廂大門被敲了兩下，李優打開門後，呆呆地愣在原地，「喔？我沒打擾到你們吧？」

閔冬瑤一邊比手畫腳，一邊壓低嗓音對他怒吼：「你來這裡幹麼？」

「我是想說，不知道妳會不會不夠用，好心來補個貨……」李優無辜地從口袋裡拿出一盒新的保險套。

她嚇得整個人都彈起來了，瞥了一眼鍾諾後，衝向前摀住李優那可怕的嘴。「你跟我出來，我有帳要跟你好好算一算。」

「算帳？我做錯什麼了嗎？該不會是沙發不夠舒適……」李優錯愕地問，轉而質問一旁的鍾諾，「我知道了，是你闖的禍嗎？你太粗魯了嗎？還是……」

「拜託你閉嘴。」

閔冬瑤崩潰地把人拖出去，一直到關上門，鍾諾還聽得見李優無辜的吶喊聲。

「還是手銬不好用嗎？那可是我的珍寶欸——」

「安靜！」

拌嘴聲漸漸消失，鍾諾皺著眉嘆了口氣，她今天到底打算幹麼？

那些成人用品，還有方湛在她腰間撫摸的那一幕，又添了一筆想像，在他腦中怎麼也揮之不去。

✦

這幾天，閔冬瑤的嘴唇總是乾裂破皮。不是缺乏水分，更不是火氣太大，是她自己手賤一直去摸嘴唇。

誰讓她只要想起那天被鍾諾強吻，就會忍不住摸向自己的唇呢？偏偏她又每隔十分鐘就想起一次。

平時都是她調戲鍾諾，從沒見過鍾諾對她的示愛回以任何嫌棄以外的情緒，想不到主動吻上來的竟然會是他。

但是……閔冬瑤自己也曾得出這個結論——肢體接觸和感情是兩回事。

就算接了吻又如何?也可能只是單純警告她，或是一時情慾高漲，這都是有可能的。

他可是流氓，還是長得很帥的那種，感覺就玩過很多女人。她用力拍拍自己的臉頰，強迫自己清醒。明知道接吻可能不是出於喜歡，怎麼回想起來還是會心跳加速?

「欸咿，妳又在鬱卒什麼了?」菀菀酸溜溜地調侃，「眞不知道妳這種養尊處優的小公主能有什麼煩惱。」

「感情啊，妳懂不懂。」閔冬瑤懟了回去，「妳都快三十了，還沒結婚對吧?難怪無法理解。」

「哎，妳才不懂，我在等待有錢富豪到來的那一天，嫁入豪門那刻，我要立刻辭掉這個血汗祕書工作。所以啊，不是豪門我可是不嫁的，談戀愛幹麼?只是多一個人跟我分錢。」

閔冬瑤搖了搖頭，果然是憑實力單身。

「哎唷可惜了，妳不是男的，不然應該很好下手。」菀菀嗚咽了幾聲。

「別瞎扯了，我要是男的也不會娶妳，當妳的ATM。」閔冬瑤換了話題，興致勃勃地問：「欸菀菀，妳覺得接吻就一定是多少有點感情嗎?」

「這個我熟，是不是妳的朋友不小心被一個男人吻了，所以在猜測對方的意思?」

閔冬瑤困惑地歪頭，「不是啊，是我。」

「嘖，我是怕妳不好意思講，幫妳設定好問答公式了。」

「這有什麼好害臊的?老娘我就是被強吻了。」她自豪地昂起頭，「怎麼樣，我挺有魅力的吧？」

菀菀撇了撇嘴，「好好好，所以呢？我看妳這麼得意，看起來不像因為這事煩惱。」

「我很煩惱啊。」閔冬瑤傻笑著說，「他是不是對我有意思？」

「如果是一般人問我，我會說是，但對象是妳的話，那可就不一定了。」

「妳什麼意思？」看她說得頭頭是道，閔冬瑤撐起身子仔細聽。

菀菀輕笑，「因為妳是霍朵的千金啊！我如果是男人，就算討厭妳，為了錢也會吻妳的。」

儘管閔冬瑤認為這番言論十分荒唐，她還是愣住了。

「好了，妳快去閔總的辦公室吧，他們準備要讓妳看監視器指認嫌疑犯了。」

因為遲遲抓不到兩度竊取池鳶作品的人，所以閔遠決定調閱所有監視器畫面，並找來了身為唯一目擊者的女兒，看能不能讓她指認出有印象的身影。

對喔，閔冬瑤差點忘了，鍾諾可是完全不避諱讓她知道，他正在利用她這位霍朵千金。

繞了一大圈，她還是不知道那個吻到底有沒有感情成分。她將氣出在菀菀桌上的文件夾，不料沒控制好力道，一整疊資料撒在地上。

菀菀瞇起眼問：「妳是存心要跟我作對嗎？」

「抱歉啦，我會幫妳整理好。」閔冬瑤趕緊蹲下身撿拾那一疊疊文件，拿起其中一份牛皮紙袋時，她匆匆一瞥，隱約看見了資料上的小字，迅速將目光移了回來。

一整排文字中，有一行特別顯眼。

負責人——藍久熙。

這不是鍾諾極力想拿回去的那張駕照上印著的名字嗎？

她猛然抽出那張紙，仔細閱讀了一遍。

「菀菀、菀菀！」閔冬瑤衝到她面前，激動地指著這個名字，「藍久熙是誰？妳認識他嗎？」

「藍久熙？」她抬頭瞪著天花板，思考片刻後用力拍手，「喔，藍天公司的董事長啊？我當然知道啊！怎麼了嗎？」

藍天公司？

閔冬瑤快速在自己貧瘠的腦袋中搜索這個名詞，突然懊悔自己沒好好聽爸爸的話，多參與一點家族事業。

「藍天是做藝術產業的，最近剛好跟我們有幾個展覽合作，所以發來不少公文。」

「我要怎麼見到藍久熙？」閔冬瑤直接切入重點，「他會出席珠寶展嗎？」

「當然不會啊！」菀菀一副理所當然的模樣，「據說就連閔總都只有在簽約時見過他一次而已，藍久熙是個嚴重的社恐，不擅長與人交際，所有事務都是託付下屬和外界傳達、聯繫的。」

她不禁擰起眉，「這樣還有辦法當董事長？」

「大家多少都可以理解啦，畢竟很多天才都有點奇怪。」

閔冬瑤捏揉紙張的動作一滯，「他是天才？」

「對啊，他年紀輕輕就白手起家，還能這麼成功經營自己的公司，就是因爲能力太好了。」菀菀感嘆道：「智商高真好，連我們閔總這麼聰明的人，都要打拚幾十年才穩固江山，他不過三十出頭就事業有成，看來是真的非常聰明。」

這讓閔冬瑤更加好奇了，在心裡盤算著歪主意，「菀菀，妳現在手上有沒有什麼要送去他們公司的資料？」

菀菀疑惑地翻了翻桌上的文件，「妳手上那份就是，怎麼了？」

「我代替妳送去吧。」閔冬瑤立刻將牛皮紙袋封好。

「什麼？可是……」

「放心吧，我讓妳賺錢輕鬆點不好嗎？」

她拿了資料後就匆忙離去，留下菀菀在後頭大叫：「妳去哪兒？現在該去看監視器的畫面欸……」

然而，要和藍天公司的董事長見上一面實在不容易。

即使是要送公文，也只能在櫃檯留下文件，讓藍天公司的員工轉交，就算搬出霍朵的大名，也只能預約與祕書會面，日程甚至已經排到了一週後。

櫃檯員工聽見閔冬瑤要見董事長時，都是一模一樣的訝異和疑惑，業界沒有人不知道藍久熙從來不會客。

無計可施之下，閔冬瑤決定來陰的，她憑藉霍朵訪客的身分進入公司，偷偷潛入地下室停車場。

閔冬瑤躲在柱子後，打算親自等藍久熙下班，誰料這一等，竟然等到了晚上九點。

她明明全神貫注盯著電梯門，每一個下班前去開車的看起來都只是一般員工，沒看見疑似是董事長的身影。

等到地下停車場的車位都幾乎都空了，電梯附近只剩下一台保時捷時，閔冬瑤幾乎能篤定那就是藍久熙的車，而車主遲遲不下來的原因只有一個。

他絕對是個工作狂，或是根本住在公司裡了。

她直接埋伏在車後的小死角，坐下來放空打發時間。

終於，就在閔冬瑤的肚子叫到快受不了時，電梯門開了。

首先出現在視線中的，是那雙穿著西裝褲的大長腿，接著是熟悉的高眺身影，最後，連五官都清晰了。

不可思議，那是鍾諾。

閔冬瑤從沒見過鍾諾穿著一身莊重的鐵灰色西裝，他總是穿皮衣或工裝外套，而禹棠就更不用說了，她的穿搭風格完全融入校園，以大學衫配上寬褲爲主，顏色更是鮮豔不已。

還有那總是蓋著額頭的瀏海這回被梳開，有種更加成熟的氣質。

那個男人的神情也有別於鍾諾，眉頭並沒有陰沉的殺氣，他的眉毛十分自然地平放著，和善了許多，偶爾微微低垂，流露出淡淡的哀傷。

看過駕照上印著藍久熙的名字，再知道鍾諾有多重人格，閔冬瑤就隱隱猜到了，藍久熙是另一個人格。

不只有禹棠，這個身體還有另一個人共有著。一想到這兒，她的心中五味雜陳，莫名的有些惆悵。

藍久熙一走進停車場便用遙控器解鎖車門，閔冬瑤趁他還沒走近，悄然溜進保時捷的後座，蹲俯到車裡。

他一坐上駕駛座，便仰起頭閉目沉思了大約十秒之久。

閔冬瑤猜他大概很累，若是他現在直接睡著，她也不會感到意外。她直覺這是最佳時機，猛然從後座冒出頭，「那個……」

藍久熙大叫了一聲，震驚到雙眼瞠圓，他嚇了很大一跳，直接從椅背上彈了起來，重重撞上車頂，「妳、妳……是什麼人？」

閔冬瑤愣住了，她第一次聽見那個和鍾諾一模一樣的嗓音，發出如此高亢的音調。還有，那熟悉的臉竟然一點都不認識她。

「妳……妳想幹麼？爲什麼會在我的車裡？妳現在不離開的話，我、我會叫警衛來。」藍久熙抱有強烈的警戒心，眼中盡是驚恐，盡可能向後退和她保持一定的距離。

「你先聽我說，我只是想問你幾個問題！」

「如、如果是公事的話，麻煩妳到櫃檯預約向祕書諮詢，不、不然我眞的會報警。」藍久熙急急忙忙掏出手機，作勢要聯絡警衛。

閔冬瑤沒看錯，他的手甚至在發抖。怕藍久熙眞的打電話報警，她撲上前搶走手機，關閉電源。

這突如其來激進的舉動讓他嚇壞了，幾乎縮到車內最邊緣的角落。

「手機我就暫時替你保管了，你不要想亂報警。」

「妳、妳已經犯法了妳知道嗎？意圖爲自己或第三人不法之所有，以強暴、脅迫、藥劑、催眠術或他法，至使不能抗拒，而取他人之物或使其交付者，爲強盜罪，處五年以上有期徒刑。」

閔冬瑤心想，這算什麼？天知道他這副身體早已犯了竊盜罪、傷害罪等不勝枚舉的罪刑。

藍久熙伸手向前，試圖拿回手機，「妳現在還給我的話，我可以不向妳追究責任……」豈料他伸手的剎那，指甲無意間劃破了閔冬瑤的手背，他猛然收手，面露擔憂，「天啊，眞的很對不起！我不是故意害妳受傷的，妳還好嗎？」

閔冬瑤怔怔望著他，瞬間一點聲音也發不出來，過了一會兒才說：「我搶了你的手機，你還跟我道歉？」

藍久熙愣了一下，理所當然地說：「嗯、嗯，這是兩回事不是嗎？雖然妳可能有犯錯，但這不能是我害妳受傷的理由。」

未免太善良了……這樣和善的一個男人，是不是不知道他這個身體在深夜裡會帶著一排刀，甚至混幫派？

這一切都太過衝擊，要不是親眼目睹，她眞的很難相信一個身體內住著三個靈魂。

「還給你吧。」她將手機遞還回去，「我好像不知道自己到底想問什麼了。」

「什麼？」

閔冬瑤打開車門，「抱歉剛剛嚇到你了，那我先走嘍，再見。」

她獨自走上平地，在夜裡漫步。太奇怪了，這種感覺眞的太奇怪了。

第九章　失控的兩顆心

因爲閔冬瑤突然跑去藍天公司埋伏，準備查看監視器的閔遠一行人被放了鴿子，閔遠爲此大發雷霆。

閔冬瑤爲了安撫父親的情緒，只好答應霍朵高層的要求，參與下一場珠寶展覽會。霍朵的高層們商討後，猜測竊盜犯會在下週的珠寶展覽會上再次下手，所以決定讓閔冬瑤親自到現場，一看到嫌疑人立刻通知大家，在他竊走珠寶前就先行逮人。

她會答應這種計策，當然不是爲了幫助父親抓到犯人，而是這麼一來，絕對會再和鍾諾見上一面。

繼上次在酒店見面後，那男人又失聯了。閔冬瑤沒有他的聯絡方式，更不知道他會在何處出沒。

所以和鍾諾見面的唯一的辦法，就只有利用父親鍥而不捨要舉辦的珠寶展覽會。

上回舉辦珠寶展是爲了向池鳶道歉，而這回閔遠的主要目的是誘捕竊盜犯，他們將珠寶設置在機關重重的小房間裡，密室內空無一人，免得給犯人機會混入人群。

閔冬瑤跟著一大群保全、警衛守在密室外的開放會場，靜靜等待珠寶被偷走的那刻。

韓浚站在她身旁，趁著空檔問：「欸，妳眞的不打算來上傳教授的課了嗎？」

「當然不，況且他看到我缺席應該會很開心吧。」

「就算妳沒出席，教授還是會特別點妳的名字，然後數落一番。」他直截了當地說，「但話說回來，妳是我們的組員欸，我當初可是爲了跟妳同組，拒絕傅尹希的邀約，哪有人說翹課就翹課的？消失一個禹棠就算了，居然連妳都不來，我們組現在就剩兩個人。」

閔冬瑤作勢出拳，「周玥都沒抱怨了，你是在叫什麼？」

「妳還眞好意思。」

「我怎麼會不好意思？算了，比起看見那對惹人厭的父女，聽你抱怨眞的不算什麼。」

韓淩思考了一會兒，小心翼翼地說：「我可以理解妳討厭傅教授，但眞的不懂妳到底爲什麼這麼討厭傅尹希，她其實也挺可憐的，家教好像很嚴格，我前幾天還看見她衣服沒遮蔽到的部分有瘀傷。」

「瘀傷？」閔冬瑤的唇角微微一滯，隨即撇了撇嘴，「哼，活該。」

「妳果然不知道啊？我和周玥觀察得可認眞了，我以爲她會告訴妳。」

「人家周玥都知道什麼話沒必要告訴我，就你盡說些垃圾話。」她吐吐舌頭，出拳打在他身上。

韓淩伸手揉了揉她的腦袋回擊，比起說是摸頭，閔冬瑤更覺得自己是被打了。

「哎，不要摸我的頭，你會把我的好運摸走。」她一躍而起試圖反摸回去，不料身高不夠，下巴撞上韓淩的肩膀。

閔冬瑤嗚咽了一聲，扶著自己的臉，瞬間溫馴了下來。

韓淩一看見她的臉，毫不客氣地大笑，「妳現在超滑稽，要不要去照照鏡子？」

「什麼意思，我怎麼了？」她緊緊捧住自己的下顎，「該不會是骨頭歪了吧？難怪我覺得很痛。」

「嘖，輕輕一撞就歪，妳眞以爲自己是公主啊。」他搖搖頭，「妳的口紅糊了，現在嘴巴有兩倍大。」

閔冬瑤驚恐地罵了聲髒話，「你給我等著，我去補妝這段時間，犯人如果出現，責任算在你頭上喔。」

韓浚聳聳肩表示不在乎，反正他根本不相信她能幫上什麼忙。

閔冬瑤帶著唇膏，匆匆忙忙進入逃生通道，朝廁所奔去。

突然，會場的消防警鈴大作，連待在廁所裡的閔冬瑤都能聽得一清二楚。

她顧不得口紅還沒補，迅速跑向大廳。

大批參觀遊客以爲發生火災意外，紛紛向門口逃竄，手扶梯被擠得水泄不通，全是驚慌的人潮。

這種會場怎麼會發生火災，除非有人生火燒柴，她知道這絕對是鍾諾搞的鬼。

閔冬瑤站在二樓俯瞰擁擠的一樓，茫茫人海中，一眼看見那個她想了一整週的男人。她不知道自己是練就了什麼辨識能力，就算連臉都看不清，依然十分篤定那個身影就是鍾諾。

擠開重重人海，閔冬瑤費盡千辛萬苦才走到一樓大廳的人群中。她記得剛才鍾諾是在手扶梯旁的位置，不過是稍稍留意了腳邊的步伐沒緊盯著他，鍾諾就失去了蹤跡。

四面八方全是恐慌的人們，有人打了她的頭，有人踹了她的腿，耳邊的尖叫聲更是淹沒所有感官。

入口處的警衛接到上層命令，封閉所有出入口，這強硬的舉動更是掀翻所有人的理智。閔冬瑤夾在憤怒的人群中，被撞來撞去，一不小心失去重心跌倒在地上。陷入眾人的視線死角使得情況更加危急，她抱著自己的頭，此刻再大的尖叫聲也沒有人會注意。

霎時，有人握住了她的手腕，隨即而來的是來自背後的力道，她的身軀就這麼被撐了起來。

那結實的手臂緊緊護住閔冬瑤的肩，將她帶離擁擠的人潮。

「妳走吧，不要插手這件事。」

聽見耳邊的低語，閔冬瑤終於回過神，抬頭望入鍾諾的眼眸。見他準備離去，她一把回握住他的手，不斷左顧右盼，確認沒有其他人盯著他們後，趁亂打開一旁的儲藏室大門，將鍾諾拖了進去。

關上門，屋外的嘈雜紛擾完全被隔絕。

閔冬瑤氣喘吁吁地彎下腰，待氣息平順下來後才正視鍾諾。「你到底在這裡做什麼？」

鍾諾靜靜地說：「妳應該知道才對。」

她問了一個愚蠢的問題。

「你到底有多不知好歹，一次兩次還不夠，為什麼要來偷第三次？」閔冬瑤喘了口氣，稍稍平靜下來，「你要偷我爸的錢我沒意見，反正他超級有錢，但要是被抓到絕對會完蛋，你知不知道？」

鍾諾為閔遠養了一個叛徒女兒默哀了三秒，「那妳應該也知道自己現在正在提高我被逮捕的機率。」

「那是你自找的，你以為我這次還會包庇你嗎？」她雙手抱胸，眸色中略帶幾分剛烈，「原本是不打算幫忙了，但今天我有事要問你，你如果好好回答，我就再幫你一次。」

「我其實不需要妳的協助。」

「要是我現在告訴他們你的位置，你就會需要我的幫助了。」

鍾諾以眨眼間的速度俐落奪過她的手機，挑釁般地在她的眼前晃了晃，「妳想怎麼聯絡？」

「你……」閔冬瑤氣得炸毛，深吸一口氣後說：「你眞的那麼想走嗎？難道沒有什麼話要對我說嗎？」

鍾諾望著她，眼裡的意味不明，「妳是想說那天吻妳的事？」

閔冬瑤沒想到他會如此直接，不自然地點了點頭。

「忘掉吧。」

「忘掉……吧？」她怕自己聽錯，不可置信地複誦了一次。聽起來，是要她當作什麼事都沒發生呢。

「不然妳希望聽到什麼樣的回應？」

閔冬瑤認眞地昂起頭，「我的嘴唇可是有保險的，你親了就要賠！」

「妳要多少錢？」

「我哪缺錢，再親一次就好了。」

鍾諾挑起眉，他可沒那麼容易受騙，「我看起來很好糊弄嗎？再親一次不就又要賠一次。」

「聰明！」閔冬瑤嘟起唇，「來吧，我現在讓你賠。人家最近可是都沒接觸其他男人喔，就爲了等這一刻。」

「是嗎？我剛剛看妳玩得挺開心。」

玩？想起自己去廁所的目的，她立刻明白了。

「啊，你說的是韓浚啊？」閔冬瑤撞了他一下，「你不是專心在竊取珠寶嗎，看見了啊？」

「別鬧，我現在該走了。」

她急忙拉住鍾諾的手，「你眞以爲我拿你沒辦法嗎？我雖然不知道你平常都在哪裡，但我知道藍久熙在哪！」

聽見這個名字，他的臉色頓時沉了下來，「妳再說一遍。」

「我說……」她沒想到這句話會引起鍾諾如此大的反應，猶疑一會兒後才繼續說：「我知道藍久熙是誰，逮捕他和逮捕你是一樣的，他是一個很善良的人，沒像你這麼難搞。」

「妳去找過他？」

鍾諾逼近了一步，好不容易站上風的閔冬瑤又這麼失去了氣勢，膽怯地縮到角落。

「嗯，你到底還有多少我不知道的祕密？要是沒見到他，我都不知道你除了有個少女靈魂，還有一個這麼溫文儒雅的人格。」

他沉默了半晌才開口：「那不是我的人格。」

「嗯？」閔冬瑤冷笑一聲，擺了擺手，「你不會要告訴我，藍久熙其實是你的雙胞胎哥哥吧？」

「藍久熙才是主人格。」

閔冬瑤的眼神微微顫動，「那、那你是什麼？」

「我只是一個在他十五歲被霸凌時出現的人格。」

那一瞬間，她覺得鍾諾變成了一個不存在的人。

「不、不可能，那你現在在幹麼？你明明就是一個眞的人。」她緊緊捏住他的手臂，觸感和溫度都是那般眞實，「還有，如果這個身體是藍久熙的，他又怎麼可能會允許你用他的名義犯罪？」

「池鳶是藍久熙的生母。」鍾諾陰沉的眼神中沒有任何一絲溫度，「我的存在就只是爲了替他報仇。」

他打從一開始就對金銀珠寶沒有任何興趣，偷到的珠寶也是提供給幫派當作一筆收入，而他也能借助他們的資源和力量，一步一步毀了池鳶。

「報仇？你劫走這些作品就爲了讓她的心血付之流水？」

「嗯，當然這只是一小部分。」他也曾帶著兄弟拜訪過池鳶，甚至還將池鳶的新丈夫打到得在醫院住一個月，恐嚇她的新家人，基本上除了殺人，什麼事都做過。

事實上，知情不報的可不只閔冬瑤一個，池鳶本人也絕對知道珠寶是誰盜走的，會處心積慮找她麻煩的，就只有一個人。

「所以，不要再介入這件事了，這與妳無關。」鍾諾冷冷地說。

「這件事是與我無關，但我介入的是你，不是這件事。」她深吸了一口氣，「我想更了解你，不行嗎？」

打從一開始，閔冬瑤就不在乎他到底犯了什麼罪。

「那妳別白費力氣了。」鍾諾撥開她緊抓在自己衣袖上的手，「妳應該知道我只是在利用妳。」

她還想回話，卻在此時聽見手機響了。

鍾諾瞥了一眼螢幕，來電人寫著韓浚，沒多說什麼便將手機還給她。

「喂？怎麼了？」

「妳跑哪去了？出大事了欸！」他激動的聲音連這頭的鍾諾都聽見了。

「我不是說了要去廁所補口紅嗎？」

「那妳等等回來小心點喔，你父親下令封鎖所有門窗，把整棟樓打造成密室了，表示犯人還在館內，不知道會不會綁架人質……」韓浚當然不知道，其實是閔冬瑤綁架了犯人，「妳父親還下令要搜每一個人的身，妳可能也會被要求出示證件。」

閔冬瑤瞅向鍾諾，簡單回應：「嗯，知道了，先這樣。」

掛斷電話，儲藏室陷入一片寂靜。

「我知道他很關心我，你又要吃醋了嗎？」她輕輕眨眼。

「需要我再說一次嗎？我對妳完全沒有意思，一切都只是利用，妳會錯意了。」

閔冬瑤點了點頭，「那你現在應該好好討好我，因為你錯過剛才混亂的黃金時機，現在出不去了。」

此次的展覽會場有別於之前的霍朵公司，這裡總共只有五層樓，規模也小了很多，到處都布滿高度警戒的保全人員。這次鍾諾就算想像蜘蛛人一樣從建築外側逃脫，也會立刻引起騷動。

仔細想想，還眞的碰壁了。

爲什麼聰明的鍾諾會落得如此下場呢？還不是因爲他不知道哪根筋不對，又多管閒事去人群中救了閔冬瑤，甚至被拉進儲藏室，耽擱了原本規劃的逃脫時間。

總歸一句，就是因爲閔冬瑤。

「怎麼樣，你思考完了嗎？是不是想不到辦法？」她雀躍地拍了拍手，「你現在只能討好我了。」

鍾諾扯了扯唇角，十分不情願地說：「怎麼討好？」

「哇，這種高度對調的感覺眞是太爽快了。」閔冬瑤閉上眼享受了片刻，重新睜開時，那雙眼已充滿幹勁，「很簡單，我等一下不管要你做什麼，你都要配合。」

這豈不是太虧了，他差點沒忍住拒絕。

「不願意嗎？可是你沒有選擇權。」她憐憫地拍拍鍾諾的肩，發出巫婆般尖銳又猖狂的笑聲。

閔冬瑤挽著鍾諾的手，大搖大擺路過中庭，直直往人數較少的東側門走去。

兩人走到門口時，理所當然地被警衛攔了下來。

「兩位客人，現在會場已經封閉了，不允許任何人離開。」

閔冬瑤故作吃驚，「什麼？你的意思是，我們現在不能出去嗎？」

「當然。」警衛無奈地瞇起眼。

「大叔，你不知道我是誰吧？」她勾起自信的微笑，從皮夾中緩緩抽出身分證。

「妳是誰？」

閔冬瑤亮出證件，指著上頭醒目的「閔」氏，昂起頭說：「我可是霍朵集團董事長閔遠唯一的女兒！他們下令要你攔下參觀遊客，沒要你攔下董事長的直系血親吧？」

警衛迅速接過身分證，翻到背面，果然看見父親的欄位塡著「閔遠」。

「可是……好像不太像。」他盯著大頭照仔細比對，不放過任何蛛絲馬跡。

「不像？」她不可置信地大笑，「大叔你仔細看清楚，這種美貌可不是隨便一個路人都能擁有的！」

鍾諾無語地看著這一切發生，他是不是一時犯傻，才會相信閔冬瑤眞有辦法幫助他。

「眞的不像啊，妳是不是去哪裡偷來這張證件？」警衛皺著眉指向她的嘴唇，「你自己看這上面的女孩是櫻桃小嘴，妳現在根本是美式臘腸。」

美式……臘腸？閔冬瑤突然想起自己的嘴唇因爲韓浚而變成兩倍大，唇彩暈出了唇線。

「哎呀，你好好看看，這是唇膏糊掉了。」

「逛個展覽怎麼會口紅糊掉？這也很可疑。」

眞是個盡忠職守的好保全。閔冬瑤深吸一口氣，切換成笑臉，「大叔啊，你看起來也有經驗了，一定要我說出來就是了？」

「妳要說什麼？」他也是無言了。

「你知不知道有時候接吻如果激烈一點，難免就會有點儀容不整……」她又是妖嬈又是嬌羞地捶了捶一旁鍾諾的胸膛，故意說：「哎唷，就叫你剛才溫柔一點，你看現在把人家親成這樣，大叔都認不出來惹……」

鍾諾有苦說不出。

閔冬瑤咬牙切齒對他低語：「你給我好好演。」

無奈之下，他只好勉勉強強擠出幾個字，「嗯，我比較猴急。」

「齁，親愛的你也眞是的。」她笑得花枝亂顫。

警衛是老一輩人，看不下去年輕人這種歪風，不自在地咳了兩聲。

「好、好，我就當妳眞的是霍朵的千金小姐，那妳可以離開這裡，但是——」他的目光轉向鍾諾，「這位先生可不能隨意離開。」

「什麼？」閔冬瑤倒抽一口氣，「這可是我堂堂霍朵千金的男人，你怎麼可以質疑他的身分？」

「他和閔總非親非故，我要怎麼確定他到底是誰？」

眼看這招行不通，她浮誇地哭成八字眉，「大叔你怎麼可以這樣阻攔我們的愛情？我才不要和親愛的分開！」

「妳到底爲什麼急著要走？這樣我也很爲難。」

「大叔你看不出來嗎？這種深夜時分，小情侶這麼著急還能是去哪裡？」她悲壯地抿著唇，「我們可是有大事要辦！」

警衛伯伯啞口無言，都替她害臊了。

「大叔，你也知道年輕人血氣方剛嘛，就不要折磨我們了。」她嬌滴滴地請求，雙手十分自然地在鍾諾的胸膛上又搓又揉。

警衛一臉狐疑地挑起眉，「血氣方剛的怎麼看都只有妳一人。」

「大叔你眞愛說笑，我男朋友他比我更急！」閔冬瑤再次給鍾諾一個警告的眼神，要他別忘記剛才的約定，用氣音怒斥：「你到底在幹麼？給我演得相愛一點！」

鍾諾在心裡嘆了口氣，一把托住她的後頸，將閔冬瑤緊緊按入自己的懷裡。他擠出一個極度不自然的微笑，生硬地說：「沒錯，我……忍不住了。」

僵硬的語氣配上不自然的神情，將語意營造出一種格外眞摯的意境。

彷彿眞的忍不住了。

閔冬瑤爲這意想不到的效果興奮不已，尖笑了幾聲，「看到了吧？大叔你也年輕過，應該能理解忍著有多難受！快啊，讓我們去吧！」

「唉，你們這些年輕人。」警衛那厚厚的鬍子也蓋不住紅了大半的臉。

「大叔你就放心吧，我可是閔總的女兒，現在要去爲霍朵集團的下一代血脈努力，我爹地怎麼可能會反對？」

她用過於抑揚頓挫的語調說得頭頭是道，把警衛給說動了，猶豫許久後，他終於點頭。

「好吧，就放你們出去，出事的話我會把妳拱出去喔。」他扶著額間慨歎。

「當然沒問題！因爲絕對不會有事的。」閔冬瑤不斷對他拋送媚眼，「謝謝大叔！你人最好了！」

還沒奉承完，她的手臂便被一旁的鍾諾用力往前拉，迅速通過那扇有重重守衛的大門。

一踏出會場，閔冬瑤深深地嘆了一口氣，這場戲雖然吃了很多豆腐，但一度瀕臨失敗的節奏可讓她折壽了，而罪魁禍首就是身旁這位好幾度要破功的男人，「你！你剛才是不想成功了是不是？你知不知道我捏了好幾把冷汗，一個人尷尬地演得很辛苦……」

鍾諾猛然摟住她的肩，將人攬入自己的懷中，手掌還輕輕揉亂她的髮絲。

閔冬瑤嚇了一跳，這難道是傳說中的獎勵？

「他們還在看呢。」他沉沉地說。

身後玻璃窗內的保全們，還虎視眈眈盯著這對詭異的小情侶。

「喔，是欸。」

一離開他們的視線範圍，鍾諾鬆開手，「我演得也挺好的。」

喔，原來是勝負慾的部分……

閔冬瑤聳聳肩伸展筋骨，掩飾不住不斷上揚的唇角，「嗯，臨場加戲是挺好的，我有驚豔到。」

「那我走了。」

「Wait！」她迅速攔住他，「你就這樣走了，又不把聯絡方式告訴我？」

鍾諾停下腳步，淡淡回應：「對。」

「這樣我要怎麼找到你，你難道不覺得今天的肢體接觸有點讓人難以忘懷嗎？」

他那冰冷的表情，彷彿在提醒著那句無情的話，他們之間什麼都不是，閔冬瑤只是單方面被利用而已。

「好，我知道你的意思，但還是要給我電話吧，不然你要怎麼利用我？」她一臉不在乎，將手機遞上前。

「妳不用找我，我找得到妳就好。」語畢，鍾諾迅速離去，消失在夜色裡。

閔冬瑤暗暗吐了句髒話，怎麼連狠心的時候都這麼有魅力，她認爲自己絕對是被虐狂。

✦

事與願違，鍾諾並沒有主動來找她，這幾天又是度日如年。

雖然鍾諾沒有來找她，但閔冬瑤還有別條路能走，她可以去找藍久熙呀。

閔冬瑤花了一筆錢，終於透過藍天公司的員工買到一個關於他們老闆的情報——藍久熙常常會在公司樓下的關東煮小攤販買宵夜。

所以她便擇了一個好日子前往攤販，從開始營業的那刻就占下好位置，默默等待。

攤販老闆娘第一次遇見客人吃一盤關東煮能吃四個小時。

「妹妹啊，妳吃飽了看要不要去對面咖啡廳坐，我們這邊還有客人在等耶。」

「我還沒吃飽呀。」閔冬瑤厚著臉皮說瞎話，她早就停止進食三個多鐘頭了。

老闆娘盯著她桌上的空盤，「那妳還要點嗎？」

「我……」她可是一點也吃不下了，「那我來瓶燒酒好了。」

「燒酒啊，沒問題。」老闆娘爲她送上一瓶燒酒，剛才不耐煩的態度瞬間少去一點，反而開始有點憐憫她。

愁眉苦臉的小姑娘一個人在夜裡喝燒酒，這種客人她見多了，看來是受了情傷。

閔冬瑤雖然時常與周玥或韓浚吃宵夜配燒酒，但倒是第一次自己一個人獨自灌一整瓶。

時間太漫長，她最後總共喝了兩瓶，再加上酒量失常，有點微醺了。

倒完最後一滴，她終於看見藍天公司地下停車場駛出那輛熟悉的保時捷。今天比上回早一點點，還沒過九點。

藍久熙下車點了許多品項，老闆娘說了一堆話，他只靦腆地回應一句，而老闆娘似乎也習慣了，依然熱情。

老闆娘一邊愉悅地笑著，一邊準備餐點，「藍先生，你今天又買這麼多了，你的食量真的很大欸，我家老頭子如果有你一半健壯就好了。」

閔冬瑤心想，那可是當然的，他的身高直逼一百九十公分，可是有許多骨頭和肌肉需要攝取營養。

「來，你的餐點好了，要不要順便帶一瓶燒酒？」

「喔，很抱歉不用了，謝謝您，這陣子不太能喝酒。」藍久熙不斷鞠躬，彷彿少爲攤販貢獻一瓶酒的錢是很大的罪過。

老闆娘將燒酒順手塞進塑膠袋，「哎唷，沒關係啦！你都這麼常光顧我們店了，我上次進太多貨怕沒地方放，直接送你一瓶，留著過幾天再喝也可以。」

「啊，老闆娘，眞的不用沒關係……」

閔冬瑤扯著唇角看著這兩人推來推去的，最後終於看不下去，走上前抽起那瓶酒。

「沒人要的話就給我吧！」她對愣住的兩人咧嘴一笑。

「妹妹啊，妳不是都喝兩瓶了？這是要給藍先生的啦！」

藍久熙怔怔望著她，似乎受到不小的驚嚇，「沒、沒事的話，我先回去了。」

他急急忙忙離開，閔冬瑤立刻想追上去。

「欸！妹妹啊。」老闆娘攔住她，「妳還沒付錢呢，看妳穿得乾乾淨淨的，想不到也是想吃霸王餐的人嗎？」

「什麼！沒有的，我要付錢。」平常刷卡刷慣了，她掏現金的動作突然變得生硬，眼看藍久熙的車都發動了，她直接掏出一張大鈔，「不用找了，多的當座位費！」

說完，她急急忙忙追上那台緩緩駛離的保時捷。

天知道藍久熙直接開走了，一轉眼就消失在街角。

閔冬瑤發揮死纏爛打的絕佳功夫，用盡全力狂奔，試圖追上那台轎車。果然皇天不負苦心人，轉過街角後，她看見保時捷正規規矩矩停在路口等紅燈。

「可惡，我絕對不會讓你逃掉的！」她快速轉動瀕臨醉酒的腦袋，在號誌燈轉為綠燈的那刻，不顧一切衝向前擋車。

眼看保時捷來不及煞車，閔冬瑤才意識到自己是真的被酒精奪走智商了。

刺耳的煞車聲穿透夜裡的靜謐，藍久熙為了閃過她，用力轉動方向盤，車身直直甩出去撞上一旁的路燈，閔冬瑤則是只被車頭輕輕碰撞到。

在柏油路上翻滾一圈後，她狼狽地爬起身。

膝蓋關節處被磨出了一小片擦挫傷，閔冬瑤咬著唇忍住疼痛，她這種嬌生慣養的千金小姐，平時連被蚊子叮到都要大驚小怪，但此刻可沒時間讓她哀號，因為藍久熙開著車撞上路燈了！

她究竟做了什麼事！

保時捷的車頭被撞爛，從外觀根本無從判斷車內駕駛的安危。閔冬瑤用力爬起身，急忙要上前察看。

下一秒，藍久熙打開車門，慌慌張張從車裡跑出來。

看他還能跑跳，閔冬瑤鬆了一大口氣，還好那車子的性能夠好，車速也不快，藍久熙才能毫髮無傷。

「我的天啊！妳還好嗎？千萬別亂動！」

明明撞得比較嚴重的是保時捷，藍久熙卻一眼都沒瞥，反而直奔而來關心被車頭輕輕撞到的閔冬瑤，他那張擔憂的臉看上去彷彿傷口是長在自己身上般。

只是一個小小的擦傷，被他這麼浮誇地問，別人聽了還以爲是骨折呢。

閔冬瑤抓住這個機會，用力搖搖頭，「不好，一點都不好。」

「那、那我馬上打電話叫救護車，妳不要亂動喔。」

「等等，不用叫救護車！」

他愣了一下，十分真摯地問：「但妳不是說不好嗎？妳不用客氣，我一定會負責，醫藥費多少都沒關係。」

「不用給我錢啦。」她趕緊拒絕，換上準備搞事的眼神，「你說你一定會好好負責對吧？」

「喔，對的……」

閔冬瑤對他拋出一個嫵媚的眼神，「那我要你帶我回家。」

「什、什麼？」

「我受傷了啊，你帶我回家處理傷口。」她說得理所當然。

如果跟藍久熙一起回家，他睡著後醒來的就有可能是鍾諾了，鍾諾如果看見她出現在自己家裡，那反應……

喔不行，光想像就覺得興奮，閔冬瑤覺得自己是天才！

「妳不能回我家，我、我只能送妳去醫院。」藍久熙第一次接觸這種類型的瘋子，徹底慌了。

她坐在地上耍賴打滾，「唉唷我不管啦，我要跟你回家。」

「妳、妳再這樣，我就……我就要直接走了喔。」他花了很大的勇氣才撂下這句狠話。

「確定嗎？那我會告你肇事逃逸喔。」

「肇……肇事逃逸？」

藍久熙亂了陣腳，那苦惱又恐慌的神情，讓閔冬瑤一瞬間有一點點過意不去。

他們在馬路正中央僵持了許久，他擔心造成用路人的困擾，無可奈何只好退一步。

「好吧，我知道了，畢竟是我害妳受傷的。」他垂著眉，十分懊惱，「但是我現在要聯絡保險公司來處理這台車，可能只能叫計程車了。」

「那有什麼問題？現在叫車也要等一會兒，你家離這裡近嗎？」

「嗯……不遠，大概五分多鐘的車程吧。」

「這麼近！那別等車了，我們直接走回去吧。」閔冬瑤可是一秒都不想多等。

閔冬瑤覺得藍久熙實在是太好說話了，而這場一點也不嚴重的小車禍，讓他的態度更加謙卑，幾乎拒絕不了她各種不合理的要求。

走在住宅區的小巷之中，閔冬瑤覺得自己應該好好把握機會了解這個人，「問你喔，你跟鍾諾……熟嗎？」

藍久熙猛然抬起頭，張了張嘴卻沒發出聲音，沉默許久都沒有回答。

她意識到自己的問題太過唐突，趕緊改口說：「我知道多重人格的事啦，所以才會這麼問你。」

他愣了一會兒，緩緩開口：「妳、妳認識鍾諾？」

「認識！我們還滿熟的。」

「妳……不會喜歡上他了吧？」藍久熙的神色中，有著掩藏不住的驚慌。

閔冬瑤發現他似乎多了十分濃烈的警覺，直覺告訴自己不能說出實情。

見她沒回答，藍久熙低喃：「也是能理解，雖然他某種程度來說有點恐怖，但是確實滿帥氣的，妳也不是第一個了。」

「他還有其他女人？」她不可置信地張大嘴。

「這個……我也不是很清楚，畢竟我們不會見面，也沒有彼此的記憶。」他垂著眉，一臉擔憂地問：「所以妳眞的喜歡他嗎？」

「沒有啦，你誤會了！」她急中生智，編了一個小謊，「其實是這樣啦，我是他做某件壞事時的目擊者，但看到他的另一個人格是這麼善良的人後，一直猶豫著要不要報案。」

「鍾諾犯罪了？」他激動地追問：「他做了什麼事？」

難道藍久熙對鍾諾爲他報仇的行徑一無所知嗎？閔冬瑤小心翼翼回答：「他偷了我家某

個東西，但不是很嚴重啦，你不要擔心。」

「眞的很抱歉，我會負責善後的！請告訴我金額和細節，我絕對會賠償並登門道歉。」他向閔冬瑤九十度鞠躬，「眞的很對不起，但拜託妳千萬不要報案！」

看著藍久熙誠懇的模樣，閔冬瑤心想，也是，誰會想替另一個人格坐牢呢。

「鍾諾本性是衝了點，但他會這麼偏激都是我造成的，請妳不要怪他。」

「你造成的？」

「嗯。」藍久熙深吸了一大口氣，哀傷地說：「都是因爲我太懦弱，被家暴、霸凌、毆打或是受到傷害時都只會默默忍受，才會出現鍾諾這個人格……」

藍久熙第一次發現自己的身體不只住著一個人，是在七歲那年。

當時他的父親受人誣陷而自殺，母親再婚後，新家庭對他百般凌虐，童年的傷痛致使第一個人格李恩出現。

李恩是一個七歲的男孩，特別常發呆，每當藍久熙因爲外在刺激感到畏懼和焦慮時，他便會出現，屏蔽那些痛苦。

禹棠則是在他九歲時出現的人格，十八歲的禹棠對年幼的藍久熙而言，是一個陽光大姐姐般的存在。她出現的原因與李恩很像，但心智更加成熟、樂觀，能讓心情恢復平靜，藍久熙童年大部分的痛苦都是由禹棠代爲承受的。

藍久熙十二歲時，第三個人格蕭宇出現了，他是一個患有臉盲症的十四歲男孩。因爲對家庭、同儕的強烈畏懼，導致當時的藍久熙害怕所有靠近自己的人，在他崩潰時，蕭宇總是會出現，辨認不出那些人，也讓一切變得遙遠。

藍久熙的童年就有三個人格介入，導致他擁有的記憶是瑣碎又分裂的，這讓他陷入強烈的不安和自我懷疑，更使得身邊的同儕紛紛將他視為怪胎。

國中時期，校園霸凌的影響勝過家暴的傷害，他面臨新一波的痛苦。

十五歲正是遭受這些痛苦的高峰時期，藍久熙永遠記得，在自己被一群男同學包圍、幾近崩潰的那刻，他失去了意識。

等他醒來後，學校裡再也沒有人敢找他的麻煩。

後來他才知道，自己又多了一個人格，名叫鍾諾，是一個二十五歲的男人，他在藍久熙失去意識時，把那些欺凌者打成重傷。

有別於曾經出現過的其他三個人格，鍾諾特別不一樣，他是一個非常偏激的人格，暴力、殘忍、冷漠，甚至擁有驚人的武打能力，他闖過很多禍，卻也成功制裁那些欺負藍久熙的人。

所以，鍾諾出現後，藍久熙很少再遭受新的傷痛，情況好轉了許多，李恩和蕭宇也從此消失了，再也沒有出現過。

原本禹棠也消失了，是因為藍久熙對她抱有很大的恩情，才會允許她偶爾出來晃晃。

而鍾諾的人格則變得越來越強大，掌管身體的時間越來越長。

藍久熙特別懼怕黑夜，所以每到夜晚，他總是特別脆弱，特別容易人格分裂，演變至今，他們甚至有了一個規律。

白天，藍久熙會去公司上班，而大部分的夜裡，鍾諾會用這副身體參加幫派活動。

他們就像是真正的兩個人。

閔冬瑤聽完藍久熙誠摯的敘述，心中彷彿有什麼東西沉甸甸地壓著，讓她久久喘不過氣。

就連剛才對藍久熙小小撒了一個謊，都讓她愧疚得抬不起頭。這個男人的心靈太脆弱了，怎麼能再施加任何一點點的痛苦或壓力呢？

「所以，一切都是因爲我，拜託妳千萬不要將他移送法辦……」藍久熙苦苦哀求。

閔冬瑤揉了揉發疼的腦袋，「當然，我不會報警的，你也不要擔心了！」

「太好了，眞的很謝謝妳。」豈料他才剛鬆下這一口氣，便突然頓住腳步，全身的神經都繃緊了。

「怎麼了……」話還沒說完，她便看見前方迎面走來五個身材高魁的壯漢，在路燈的照射下，拉出長長的影子。

不只藍久熙錯愕，閔冬瑤也完全傻了。

他們大搖大擺堵在路口，又是丟菸蒂又是挽衣袖，一副蓄勢待發的模樣，怎麼看都像是要……打人。

「妳、妳認識那些人嗎？」藍久熙小心翼翼地問。

「當然不認識……」

不認識嗎？閔冬瑤瞇起眼，又更仔細地看了一次，全身寒毛頓時豎了起來，反射性躲到藍久熙背後。

站在中間的那位……是方湛！他爲什麼會出現在這裡？

「到底在拖拖拉拉什麼？你不過來那我就過去了喔。」方湛一聲怒吼，身旁的另外四個人如同什麼邪教般地向前逼近。

閔冬瑤雖然不知道他為什麼會出現在這兒，但第六感告訴她，絕對不是好事。她立刻和藍久熙說：「你快點報警！」

「喔、喔，我知道了……」他的聲音微微發抖，背過身打電話。

「喂，你這傢伙，現在是藍什麼的那個對吧？」方湛衝上前，一把扣住藍久熙的手，他手上的手機都還沒撥通就被摔在地上。

閔冬瑤雖然沒想到方湛居然知道藍久熙的存在，但她能肯定，這絕不會是鍾諾親自告訴他的。這麼想起來，鍾諾拿槍指著方湛的那天，方湛說了這麼一段話：

「你應該知道……你是不可以開槍的吧？我手上還有你的把柄，如果你不想要我去找他……或是他們，就最好給我放下你手裡的槍。」

要是方湛握有的把柄就是多重人格的祕密，那整段威脅就合理了。想到這兒，閔冬瑤心頭一顫，方湛現在會來找藍久熙，難道是他發現了鍾諾包庇她？

「我們應該算是初次見面吧？」方湛一邊笑，一邊用力將手機踢到一旁，「跟你自我介紹一下，我是鍾諾的朋友。」

藍久熙嚇得直冒冷汗，而閔冬瑤躲在他身後焦慮地咬著手指，又急又慌，卻沒辦法從這顆不清醒的腦袋裡想出什麼解決辦法。

「很不幸的，你這位兄弟幫我姐拿到幫派繼承權，實在讓我心情很不好。」方湛氣得咬牙切齒，再也笑不出來，「作爲他的人格，幫他挨幾拳不過分吧？」

說完，方湛便朝他的下顎重重地揮下一拳，藍久熙被打飛到兩公尺外，撞上了牆，倒在地上。

隨即有兩個男人托住他的手臂，粗魯地將他拉起，繼續一陣猛烈毒打。

藍久熙一點反擊也沒有，他只是雙手抱著頭，露出痛苦的神情，忍著那一拳一拳落在自己身上的痛楚。

這一幕戳動閔冬瑤的某條神經。

她一直是個沒有什麼同理心的人，這輩子最討厭的就是多管閒事，她只在乎身邊最好的朋友，面對一般的朋友、同學，她完全不關心。

可這回，她卻無論如何都想蹚這渾水。

「喂！」

閔冬瑤一腳插進這兩人中間，她知道自己身爲女生，有機會能夠獲得免死金牌，這種流氓最常將不會打女人這件事掛在嘴邊裝帥。

但……這五個人似乎不太一樣。

她沒有如預料中地成功阻斷毒打，這些拳頭毫不留情地分散到她身上去了，她悶哼了幾聲，這力道完全不是開玩笑的。

「喂欸呀呀呀呀……」閔冬瑤開始瘋狂尖叫，「你們這群……都給我滾……」

一切似乎在她的尖叫聲中靜止了。

不過男人們不是憐憫她是個女人，而是被吵得受不了。

方湛走向前，不耐煩地吼道：「妳又是哪位？啊，妳是……」

方湛的怒吼聲戛然而止，閔冬瑤僵直住身子，準備迎來接下來的窘境。

「冬冬？妳是冬冬對吧？怎麼會跟鍾諾……不對，怎麼會跟這個男人待在一起？」方湛第一次見到素顏的閔冬瑤，一直到現在才認出來。

她擠出一個燦笑，「嗨、嗨，你好呀……」

「你該不會跟鍾諾有一腿……啊我在說什麼？這個人不是鍾諾……」他打了打自己的腦袋，被搞得混亂不已，「算了，不管你們什麼關係，現在都請妳到旁邊去。」

他沒想到，閔冬瑤一步也沒讓。

「搞什麼？我叫妳滾。」對鍾諾的怒火讓方湛不顧曾經的情面，他的眼裡不再是慾望與輕浮。

「我不會走的。」

「妳覺得我在開玩笑嗎？別來礙事，老子現在心情很差，滾一邊去！」

他幾乎吼出了風，但閔冬瑤沒因此被震懾住，反而出言恐嚇，「警察已經在趕來的路上，我勸你不要輕舉妄動！」

方湛不耐煩地扭動脖子，發出喀啦喀啦的聲響。

「我給妳三秒，妳不滾的話，我連妳一起打。」他低沉一吼，開始倒數，「三……」

她自信抬高下顎，無所畏懼。

「二。」

閔冬瑤轉身瞥向藍久熙，試圖打暗號要他趁亂報警，豈料……他趴在地上一動也不動。

「一。」

等等，所以現在要被五打一的是她一個人嗎？閔冬瑤這時才感到驚慌。

「妳還真不逃啊？」他吊兒郎當地靠近了一步，「這骨氣，有能力的話是帥氣，沒能力的話……是等死。」

瞪著方湛手臂肌肉上凸起的青筋不斷抖動，閔冬瑤終於清醒過來，這男人有多暴力、多血腥，她可是親眼見識過。

計畫改變。閔冬瑤撩起頭髮，嫵媚地眨眨眼，嗲聲說：「哥哥呀，別打了嘛。」

方湛愣了一下，對於這突如其來的風騷，一時間沒反應過來。

「這種美好的夜晚，哪有人把時間浪費在這種暴力的。」酒精加成的緣故，她那雙眼怎麼賣弄都能流露出一種易碎迷離感。她輕輕戳了一下他的手，各種妖嬈挑眉。

方湛心中一沉，前幾次見面時，冬冬來冬冬去叫喚她的記憶似乎又被翻了回來。

「妳說得有理。」他一把摟住閔冬瑤，在她耳邊低語：「不如……我把時間花在另一種暴力？」

「另一種暴力？」她的笑容瞬間僵住，「行啊，我知道附近有酒店也有按摩店，你可以去那裡逛逛。」

他緊緊抓住閔冬瑤的手，沒有要讓她逃的意思，「不用那麼麻煩，前面就有一家汽車旅館。」

一抬起頭，斗大的汽車旅館招牌便映入眼簾。意思是她會成爲另一種暴力的主角之一嘍？那可不行！

「欸咿，你是不是搞錯我的意思了，我……」

「不管是不是搞錯，反正我是這麼想的。」

方湛握住她手腕的力道之大，她白皙的皮膚都被握得紅腫了。閔冬瑤嚇得尖叫，「等等，你這樣是犯罪！你知道我爸是誰嗎？你絕對會完蛋！」

「難道我剛才打人就不是犯罪嗎？妳覺得我會在意……」

突然間，有一隻手猛然扣住方湛握著閔冬瑤的右手，一個俐落的動作，「喀」一聲，將他的手反折到背後。

方湛痛得哀號了起來，髒話伴隨著吼叫聲，在安靜的夜裡格外清晰。

閔冬瑤怔怔瞪著眼前的男人，藍久熙重新爬起來了？不對，那沉怒的神情、熟練的暴力，是鍾諾。

「你還有哪裡碰了她？」鍾諾挑起眉，「左手？」

方湛驚慌地高速搖頭否認，「沒、沒有沒有！左手沒有！」說有的話，鍾諾怕是要連左手一起折斷了。

「但上回在酒店裡，你用左手碰了她。」沒來得及讓方湛喊疼，鍾諾以相同的招數處理了他的左手。

「啊——」

慘烈的叫聲在小巷的寂靜中盪起回音，鍾諾朝方湛的後頸一揮，精準正中要害，他停止了哀號，像個脆弱的布娃娃倒在地上。

「換誰？」鍾諾抬眸，抹去剛才藍久熙被打時，唇角留下的血跡，深沉的眼神壓在另外四個人身上。

看著方湛就這麼倒了，四個流氓的氣勢瞬間萎了下去，面面相覷後決定相信「兄弟同心，其利斷金」。

他們同時衝上前，吼出軍隊衝鋒打仗時的高亢叫聲，閔冬瑤縮在牆角摀住雙眼，沒忍心看接下來會發生什麼事。

那些充滿氣魄的吼聲，不過幾秒便轉換成悽慘的哀號。

拳頭落在身軀上的聲響是那般清晰且駭人，一有人發出悶哼，她都忍不住想抬頭看是誰倒地了。

終於，在流氓們驚慌逃竄後，現場恢復寧靜。

閔冬瑤稍稍睜開一隻眼，看見鍾諾正從容整理著衣袖，將挽起的部分折了回來。她小心翼翼地走上前，「哇，你很厲害欸。」

他轉過頭，臉上的厲色差點沒讓閔冬瑤嚇得後退一步。

「你是還沒從剛才的憤怒走出來，還是在對我生氣？」

鍾諾沒正眼看她，整理好衣裝後便要轉身離去。

「等等啦。」她跟上前，「那些人是要找你的，又不是我帶來的，你幹麼對我生氣？」

他突然停下腳步，比起冷靜，更多的是壓抑的惱怒，「不要動不動就對男人亂笑、又貼又蹭，到底要我說幾次？」

閔冬瑤以為，他會從她擅自找藍久熙這筆帳開始算。

「我那是在救你……的身體欸。」她委屈地說，「藍久熙如果被打成重傷，你也不會出現了……」

鍾諾用那冷冰冰的眼神望著她，「誰讓妳多管閒事了？」

「我……」

「也罷，不要再來找我了，我也不會再像今天一樣救妳，要不要愛惜自己是妳的事。」他冰冷地說：「滾。」

「你別走……」

她急忙拉住鍾諾的手，然而，他只是冷漠地瞪視，並抽回自己的手。

被甩開的那刻，閔冬瑤心裡有什麼崩塌了。望著那逐漸遠去的背影，她終於流出眼淚。

「妹妹啊，妳怎麼了？怎麼自己一個人在這裡哭？」經過小巷的兩個大嬸看一個弱女子狼狽地坐在牆邊，擔憂地上前關心。

「阿姨……我被甩了……」閔冬瑤也不管對方是素昧平生的路人，抓著她們的手哭得難受，「他剛剛叫我不准再去找他了，我要怎麼辦啊，嗚嗚嗚……」

兩個大嬸被她這麼一哭也慌了，胡亂安慰一通，「沒事啦，阿姨我年輕時也經歷過這種事，男人啊，就是嘴硬心軟，不會眞的不要妳啦。」

「對啦對啦。」另一位大嬸接到眼色後，連忙跟著附和。

閔冬瑤斷斷續續吸著鼻子，緩緩抬起頭，「嘴硬心軟？」

「對啊，我家老頭子就是這樣，明明就不壞，還喜歡假裝高冷，說什麼男人不壞女人不愛，這好像是年輕人的一種潮流。」

閔冬瑤小小的腦袋轉了一圈，靈光乍現。

「阿姨啊，」她擦乾眼角的淚水，「妳們缺錢嗎？」

✦

鍾諾獨自走在住宅區裡的小徑，全身不斷傳來陣陣的刺痛感，看來藍久熙剛才挨了不少拳。

他懊惱地嘆了口氣，加入黑幫後最擔憂的事，便是得罪的同行會不會挾怨報復，連累了藍久熙。

而此刻奇怪的是，他明明是在擔心藍久熙，腦袋卻不斷出現那女孩的臉，而且還不是什麼正常的畫面，全都是閔冬瑤對著其他男人笑得花枝亂顫時的模樣。

剛才他一從藍久熙的身體醒來，就聽見她對方湛又是嬌聲亂笑又是哥哥來哥哥去的呼喚，甚至還被方湛摟在懷裡。

想到這兒，鍾諾火爆地踢開腳邊的石子，那石子得到強大動能，在路邊樹幹上留下一個醜陋凹痕。

一直維持驕傲姿態的鍾諾，在遇見這個瘋女孩後，不得不承認自己控制不住那一向緩速跳動的心臟。

他已經很努力逃離了，可她卻如同追債般緊追不捨。

鍾諾就連犯罪這等大事都不曾感到苦惱，這回卻煩躁得快瘋了。

「欸，阿嬌啊，妳說那個妹妹會不會有事？我們要不要報警？」兩個年齡約莫五、六十歲的大嬸經過鍾諾的身邊，大聲聊天。

「我覺得要，我看她一個人縮在牆角發抖，還衣衫不整的，感覺就出大事了。」

聽見敏感的內容，鍾諾停下腳步，稍微留意了一下談話內容。

兩位大嬸在一旁的長椅坐下，繼續議論：「眞是太可憐了，她長得這麼漂亮，好像也才二十歲左右，還只是個學生，臉卻被打得又青又腫，這個社會眞是太險惡了。」

「唉，我一定要跟我孫子說，不要靠近不良少年！只要想到那個妹妹口吐鮮血、哭到岔氣，就讓我起雞皮疙瘩。」

「她應該不會……死了吧？我看她哭著哭著就停了。」

「哎唷，太恐怖了啦，那個妹妹眞的好可憐。」

鍾諾心裡有種不祥的預感，他不該把閔冬瑤一個人丟在路邊的，剛才方湛那群人是被他嚇走了，但如果他們折返回來看見她落單，那會發生什麼事？

他二話不說沿著原路直奔回去。

兩位大嬸轉頭瞄了一眼，互相打暗號。

「阿嬌啊，妳說我們的任務成功了嗎？」一名大嬸不確定地問道，「會不會根本就搞錯人了？」

「那個妹妹說找到路邊最高最帥的男人就對了，我敢肯定，絕對是那個年輕小夥子不會錯的！」

「看他急成這樣，我們應該演得很成功吧？」

「那當然啊，看我們臨場反應加戲加得多好！」大嬸興奮地捧起塞滿了整個口袋的鈔票，「哎唷，發財了喔！」

當鍾諾匆匆忙忙趕回小巷時，閔冬瑤屈膝縮在牆角，披頭散髮狼狽至極，果眞如同剛才大嬸所說的，一動也不動。

他急迫地衝上前，用力搖搖她的肩，「喂，閔冬瑤！妳怎麼了……」

「你不是不要我了嗎？」她緩緩抬起頭，垂著眉，眼巴巴地凝望他，就像是被遺棄在街角紙箱的小貓般，楚楚可憐。

可這語調有濃厚的做作味，讓鍾諾愣了三秒。

仔細看，那嘴角的血絲抹得不太自然，襯衫很刻意地開了兩顆扣，還有那紅腫的雙眼裡頭，早已沒有淚水。

她的哭聲更是虛假，規律地一吸一頓，彷彿怕別人不知道她在哭。

他瞇起眼，退開一步，「妳再演啊。」

「我看起來很假嗎？那你怎麼不乾脆說我的眞心都是假的！」她捶著心肝，一副再受點刺激就要上吊的模樣。

一激動就浮誇了，一浮誇就矯情了，浪費了大嬸們完美的演技。

「我沒空陪妳演。」鍾諾冷冷地說，又準備走人。

「你剛剛不是說以後別見面了，怎麼又回來了？」她嘟起嘴，「我猜你是不是在路上聽到什麼我的消息，擔心得不得了，所以健步如飛地趕回來保護我，是不是？」

鍾諾終於明白自己是徹徹底底被設計了，「妳還眞有自信，我爲什麼要保護妳？」

「你其實很在意我，就是嘴硬心軟！」好一個現學現賣，閔冬瑤說得越來越起勁，「別裝了，我知道你又要說只是在利用我，要我別堅持往一面牆撞，但牆也是有可能被撞穿的，如果你心動了，我可以理解！」

閔冬瑤收起激動的情緒，有些失落地說：「你知道我爲什麼要找藍久熙嗎？」

「當然不知道，妳到底在搞什麼？」

「因爲我眞的很想見到你。」閔冬瑤誠摯地凝視著他，但正經不過三秒，又噘起嘴，「你知道我有多辛苦嗎？我還被藍久熙的保時捷撞了一下，都受傷了。」

她將討拍發揮得淋漓盡致，並刻意省略了保時捷更慘的事實。

「妳出車禍了？」鍾諾立刻掃視她的全身，還將她的手翻了各種角度確認，最後目光停在膝蓋上的紅腫，她分明只有一個小擦傷。

一抬眸，便看見閔冬瑤對他露出得逞的賊笑。

「對，我被撞了，你很焦急欸。」

鍾諾微微擰眉，「難怪妳的腦袋看起來像被撞過。」

「喂！」她不滿地在他身上捶了一下，突然想起了什麼，從皮夾裡拿出一張名片，「我的腦袋沒事，倒是藍久熙的車因爲我而撞得很嚴重，你幫我把苑苑的名片交給他，我會賠償的。」

「不用了，他根本不需要這麼一點錢。」

「你不幫我轉交，我就明天親自去他公司還錢，無妨。」她浮誇地拍拍胸膛，動作大得怕別人不知道自己喝了酒似的，「順便再跟他多聊聊，藍久熙人很好欸，我問什麼他都超級有禮貌地回答。」

「妳不許再去找他。」鍾諾的眉眼間盡是嚴肅。

閔冬瑤暗暗愉悅地挑起眉，這反應有點大了，像極了佔有慾。

鍾諾意識到不對勁，連忙改口，「藍久熙跟妳一樣最不缺的就是錢，他很厲害，事業做得很大。」

「我覺得你更厲害，像你這樣的男人格外有魅力。」她眞摯地說出內心話，這回又像沒醉，「藍久熙跟我說了一些故事，聽完我又更喜歡你了。你才不是只是爲了報仇而存在，你也可以有自己的生活。」

鍾諾不自在地咳了兩聲，「你們聊很多？妳到底從幾點開始和他聊的？」

「我在公司樓下的關東煮攤苦等五個小時，一見到他就緊緊扒著不放，還逼他帶我回家。」閔冬瑤笑得眼睛都睜不開了，讓這男人吃醋是她的人生新樂趣。

「帶妳回家？」他不可置信地冷冷一笑，「見第二次面就要跟著他回家？妳的臉皮到底有多厚？」

她一把抓住鍾諾的領帶，用力一扯將他往前拉，縮短了兩人之間的距離，逼迫鍾諾俯身到與自己同樣的高度，鼻息輕輕落在頰邊，輕癢難耐。

「你仔細看有多厚。」如此靠近的距離，五官都失焦了。

最後一個音落下，空氣恢復寧靜，只剩兩個人的心跳聲，塡滿了夜裡的死寂。

「我告訴過妳不要隨便挑釁人，妳忘了？」鍾諾的嗓音裡裹著濃烈的警告。

「你只有說過別對男人輕浮，沒說過別挑釁。」

閔冬瑤再度將領帶向下扯動，閉起雙眼，仰頭迎上他的唇。

她原想輕輕啄一下，製造出一個蜻蜓點水般的吻，誰料扯得太大力，直直撞上牙齒，遲來的羞赧衝上心頭，雙頰的紅暈炙熱地擴散著。

「誰讓你一直表現這種佔有慾，這樣很危險你知道嗎？」閔冬瑤故作鎮定，羞憤地爲自己找台階下。

她迅速鬆開握住領帶的手，豈料，這男人卻伸手圈住她的腰，沒讓她退開。

閔冬瑤慌了，腰間突然貼上一陣灼熱，讓她不禁瑟縮了一下。

「怕了？」鍾諾加重力道，將她緊緊扣在懷裡，兩人之間幾乎沒有距離，就連呼吸時溫熱的氣息，都輕輕吐在對方的唇瓣上，輕輕癢癢地摩娑著。

「挑釁我的代價，妳要自己承擔。」他啞著嗓低語。

鍾諾一直以來的高傲和克制，在這一刻徹底崩塌。他扣住閔冬瑤的後頸，俯身吻上那微張的唇。

閔冬瑤倒抽了一小口氣，雙唇立刻被堵了上去，那停留在唇邊的柔韌滑過唇峰，覆上一層熱。

從驚慌到著迷只花了她三秒的時間，閔冬瑤伸手輕抵在鍾諾的胸膛上，閉上眼任由感官沉浸於那濃烈的情意。

鍾諾一察覺她軟下的動作，加深了親吻的力道，這個吻來勢洶洶，男性氣息不斷熾熱地侵入。

直到一旁傳來路人的腳步聲，閔冬瑤羞得縮了一下，他才稍微收斂了點，緩緩退開。

從那眸中洶湧的暗潮看來，這男人顯然完全被打開了。

「鍾諾，」閔冬瑤捏了捏他的衣角，「送我回家。」

第十章　虛幻般的戀人

翌日下午，閔冬瑤被她設的第十個鬧鐘吵醒。

才稍微挪了一下身子，就感覺頭昏腦脹，她努力撐起身，睜開那浮腫的眼。天又快黑了。

這種宿醉的感覺她熟得很，但昨天喝得更多，稍微嚴重了點。

就算一整天已經被她睡掉大半，還是必須起床趕去學校。失去商用英語課的學分，其他科目可不能一併放水流，至少要趕上最後一堂課。

她睜眼第二件事便是環顧屋子裡一圈，鍾諾不在了，不太意外。

閔冬瑤慵懶地起床，昨晚沒洗澡就睡了，得趕在上課前換掉這身充滿酒味的臭衣服。

她深吸了一口氣，嗯？好像不臭，甚至有點香，是很熟悉的柔軟精淡香。

閔冬瑤迅速低下頭，看見睡衣的那刻，整顆腦袋「轟」地一下炸開了。她怎麼會穿著睡衣？昨晚分明是沒洗澡就倒頭睡著了……

想著想著，她自己也不確定了，回家後的記憶很模糊，她記得，鍾諾是一路背著她回去的。

閔冬瑤整路上又是亂唱歌又是鬼叫，彷彿剛才在小巷裡不是在和鍾諾接吻，而是被灌了一瓶高粱。

回到住屋處後，口乾舌燥的閔冬瑤跳下鍾諾的背，去倒杯水潤潤喉。到這裡，一切都還很正常。

可惜冰涼的水只讓她的神智清醒了一下，隨後，閔冬瑤便做了一個錯誤的選擇。她又去冰箱裡開了一罐酒。

記憶就到這兒了，最多最多，就是她記得自己喝得很快樂。

一個連記憶都沒有的人，要如何自己換好衣服，扣上這一整排鈕扣？有沒有一種可能，那衣服不是好好換的，是被她自己扯下來的？

「我的天啊……」她扯著頭髮哀號，而且現在還有一個嚴重程度不相上下的問題。鍾諾去哪了？他又沒留下聯絡方式就走了嗎？那下次見面是什麼時候？還是……他該不會又要自己把昨晚那個吻忘了吧？這不是渣男搞失蹤的標準模式嗎！

排山倒海而來的疑問淹沒了思緒，迎來濃濃的不安和驚慌。

沒讓她崩潰太久，手機便響了，「喂？周玥，怎麼了？」

「妳快來學校！出大事了啦！」

閔冬瑤匆匆忙忙洗了澡，迅速趕到學校。

周玥心急如焚地站在校門口，一看見她便激動地跑上前。

「嘖，都放學了才來，第九節也快遲到了。」她沒好氣地說，「算了，不說這個了，妳收到信或是電子郵件了嗎？不對，信應該沒有那麼快，但電子郵件一定早就寄出了，妳看過學校信箱了嗎？」

閔冬瑤一臉狐疑，「什麼啊，誰會沒事去看那種只有一堆廣告推銷的信箱？」

「唉，難怪妳還能這麼悠哉……」

「等等，比起學校信箱，我有更嚴重的事要告訴妳。」閔冬瑤打斷她的話。

周玥頓時一愣，「怎麼了？」

「就是，我昨晚好像……好像失去第一次了。」

「什麼！」周玥倒抽一大口氣，用力搖搖她的手，「誰欺負妳了？是哪個混蛋做的好事？」

閔冬瑤苦著臉回答：「沒有人欺負我。」

「這麼說是兩情相悅嘍？那就好啦，妳怎麼一副要死的樣子？」

「因爲我一點也記不起來。」她難過得都快哭了，「這未免也太浪費了吧，我都沒能好好感受一下……」

周玥眞心想把閔冬瑤推進一旁的花圃。她怎麼會忘了如此重要的守則？永遠不要白費心力擔心這位姐姐。

「嘖，妳眞是過得太幸福，還有時間擔心這種事。」周玥馬上沉下臉，面色凝重地說：「我有更重大的事要提醒妳，妳聽著啊，等等不管聽到什麼都要冷靜，知道嗎？」

「嗯，妳說。」

「閔冬瑤，妳要被退學了！」說完，周玥歇斯底里地開始哭了起來。

她輕笑了一聲，「什麼東西，這年頭退學哪有這麼容易啦？」

「如果得罪人了就很容易！」周玥沒料到她是這種心不在焉的態度，更加激動，「傅教授可是找足證據要舉報妳作弊和霸凌，準備聯合委員會讓妳退學！妳現在看信箱一定有一封出席通知。」

閔冬瑤打開手機，邊翻找郵件邊說：「瘋了吧？我沒做過的事他怎麼能舉發？」

「我不知道那張寫著妳名字的考卷到底是誰的，但筆跡和文筆的確和妳平時的表現差很多，傅教授絕對會咬緊這點攻擊。」周玥嘆了口氣，「至於霸凌，當然是指控妳霸凌他的寶貝女兒傅尹希。」

「傅尹希？」她不可置信地冷笑，「我就輕輕推了她一下，這也叫霸凌？」那她怎麼不說地板撞了她的腳底板是一種霸凌？

「我也不清楚，反正傅教授有權有勢，才能給妳安上一個莫須有的罪名。」

一提到權勢，閔冬瑤又招搖了，「哼，好啊，我絕對要讓我爸出面，就不信他們還能耍這些花樣。」

「不過……妳爸爸最近應該會忙得不可開交。」周玥拿出手機查閱網路新聞，「霍朵今天又上頭條了。」

「又怎麼了？」

「池鳶和霍朵解約，正準備打違約官司。」

這句話的意思就是，閔遠的情緒現在鐵定很敏感。

「所以妳最近最好不要惹妳爸爸生氣了……」周玥的語氣漸弱，困惑地望著馬路邊直直朝她們走來的男人，「那不是禹棠嗎？你們還有聯絡？」

閔冬瑤正想回頭，手腕便被一股溫暖輕輕牽住。

「鍾諾……」閔冬瑤比周玥更錯愕，這男人怎麼會出現在學校裡？理論上，現在應該是藍久熙的工作時間才對。

「妳放學了嗎？」

她張了張嘴，最後只是點了點頭。

「那妳們還有話要聊嗎？」

「不急，我們可以晚點再談。」周玥替閔冬瑤回答，並不斷給她使眼色，要她今晚最好交代清楚。

「那走吧。」他挑起眉，轉身便將人帶走。

就這麼被牽著離開校園，閔冬瑤足足有五分鐘都說不出話。驚訝、竊喜、不安等眾多強烈情緒全攪和在一起，讓她一瞬間發不出聲音。最後，是鍾諾先打破了靜默，「不說話嗎？」

「感覺我一說話你就會放開手了。」

他加點勁兒握得更緊，「說吧。」

閔冬瑤傻傻笑了，很快收起小表情，「你……應該不會又想叫我忘記昨天那個吻吧？那有點困難，因爲昨天我們吻了好幾次。」

「不會。」他回答得十分堅定。

「那你應該不是只需要肢體接觸、沒有感情的那種渣男吧？」

鍾諾扯了扯唇角，「妳到底把我想成多爛的人？」

「那你還要利用我嗎？」閔冬瑤緊接著問，「我可以等你，等到你把現在的仇報完，不再需要利用我的那天。」

「我從來都不需要利用妳。」

她乾笑了幾聲，「胡說，VVVVIP金卡，還有上次假扮情侶離場，不都是靠我的幫忙嗎？」

「妳自己想想，我是爲了誰才錯過原本計畫的離開時間。」

閔冬瑤眨眨眼，突然頓悟了。

鍾諾總共偷竊三次，第一次與第三次，閔冬瑤都在半路殺出來，而她沒出席的第二次，他倒是完美地完成犯案。

所以那不是利用，是接受贖罪。

「那你幹麼口口聲聲說只是在利用我？你的台詞我都快要背起來了。」閔冬瑤不滿地噘著嘴。

「因爲這個身體不是我的。」

他所擁有的記憶，都和這副軀殼毫無關聯。

「就這樣？妳沒有其他事想問我嗎？」鍾諾望向這位全身緊繃卻渾然不知的小姑娘，對這反應饒有興味。

閔冬瑤聞言，直勾勾瞪著前方，雙頰立刻浮上紅暈，「沒有啊！」

昨晚如果眞的發生了什麼，她現在可還沒有足夠的勇氣面對。

就這麼沉默地走了三分鐘，閔冬瑤感覺自己快悶壞了。

鍾諾察覺到那不時瞄向自己的眼神，「既然妳不提昨晚，我就當作什麼事都沒有了喔。」

什麼事都沒有？閔冬瑤趕緊問：「難道有發生什麼事嗎？」

「妳果然不記得了。」

這聽起來更恐怖了。掙扎了良久，閔冬瑤小心翼翼地問：「是你要我問的，那我問你喔，我昨晚又開一瓶酒後，有沒有做什麼奇怪的事？」

「當然有。」她是不是對自己的酒量有所誤解，才會認爲有可能沒有？

「我、我做了什麼事？」閔冬瑤臉都綠了。

「妳黏在我身上怎麼樣都不肯放手，一直要我背妳。」

她重重捶了自己的腦袋，但至少這還不是多麼害臊的事。用幾秒平復心情後，又問：「除了這個，還有呢？我有沒有做一些失禮的事？」

「這還不夠失禮嗎？」

「哎，難道你不喜歡我黏著你嗎？」

他靜靜地說：「是挺好的。」

鍾諾用平靜的神情說出這種騷話，莫名眞摯。

「那就對啦，我指的是程度更大一點的那種，例如……」閔冬瑤嚥下口水，難堪地說：「例如脫衣服之類的……」

「妳喝醉還有這種癖好？」

她鬆了一口氣，看來她沒有自己脫掉衣服呢。

但閔冬瑤很快又意識到不對勁，「等等，我沒有脫掉自己的衣服，難道是你脫的？」

「什麼？」

「我今天起床穿著睡衣，是你昨晚脫了我的衣服後，幫我穿上的？」

鍾諾十分平靜地點了點頭，「嗯。」

「雖然你就是流氓，但看不出是這種流氓！要脫也得在我醒著的時候啊……」閔冬瑤委屈地吸了吸鼻子，這不是她幻想中的浪漫。

「妳到底在說什麼？就是因爲妳睡死了才需要我來。」他沒好氣地說，「妳昨天吐得一身嘔吐物，自己嚷著很噁心就睡過去了。」

當時可把這直男給考倒了，他糾結了很久才把那身衣物換下來。

而什麼都不記得的閔冬瑤，腦中倒是有了許多想像，瞬間就害臊起來了。

「妳別擔心，我只換了上衣，光線很微弱，什麼都沒看見。」

什麼都沒看見又怎麼能成功換掉衣物？那扣子分明是一顆一顆細心扣好了。閔冬瑤越想，臉色就越複雜。

鍾諾看著她臉上千變萬化的表情，開始反省自己的舉止，「如果妳很在意的話……」

「沒有啦，這算是一種情趣，懂？」這已經比她預想中的好多了，甚至有點莫名的臉紅心跳，「但這樣不公平，你下次也讓我脫一下好了。」

「妳確定？」他用一種十分危險的口吻說：「那我不確定之後會做出什麼事。」

「啊？討厭啦。」閔冬瑤痴痴地亂笑，小力地捶了一下鍾諾的胸膛，還又是眨眼又是拋送媚眼。

「怎麼了？」看起來是又發作了。

她咯咯地笑著，「也沒什麼，就是突然很想親你。」

「走。」鍾諾重新牽起她。

「什麼？要去哪？」

「不然妳要在這裡親嗎？我是沒差。」

開什麼玩笑，這裡可是人來人往的商圈鬧區。閔冬瑤立刻挺直身子，「走。」

✦

閔冬瑤難得回家。

這是她從小成長的家，是一幢位於市郊的千坪別墅。

閔遠特地讓人依照歐式宮殿的規模打造這棟別墅，就連高聳的外牆也有典雅的雕刻，庭院中央的巨型大理石噴泉，是閔遠在一次拍賣會競標來的藝術品，爲了這座噴泉，他甚至重新翻修庭院造景，將原本的翠綠草皮挖掉，改成高貴的石英釉磚。

她的爸爸不愧是學藝術的人，閔冬瑤從小就覺得這棟別墅特別美，法國有凡爾賽宮，英國有白金漢宮，國內有閔冬瑤家，這些建築在她心目中是同一個級別。

但是這棟別墅有一個致命缺點——空間太大了。

她每天得先從大門口走到建築內，繞過家裡各種藝術品，再搭電梯回到房間，等她躺上公主床那刻，時間已足足過了七分鐘。

所以上大學後，她便執意搬出這個家，讓父親無論如何都要空出一間市中心的房子讓她獨居。

「妳還知道要回家啊？也不算算上次回來是幾個月前了，都還沒出嫁就這麼愛往外跑。」自從閔冬瑤搬出去後，閔遠看見她出現在家中的頻率，比賺進十億的頻率還低。

「哎唷，但我不是天天跑去公司找你嗎？」閔冬瑤上前為父親按肩膀，「你就只有我一個女兒，我也只有你一個爸爸，我們倆的情意還有什麼能質疑的？」

「別按了，按摩椅都比妳有勁兒。」他別開手，投入按摩椅的懷抱，「也罷，我正想找妳回來，妳就自己來了。」

閔冬瑤一愣，「你要找我？」

「嗯，妳有什麼事快說吧，我等等可能就沒這種心情和妳好聲好氣說話了。」

聽起來十分不妙。她撇了撇嘴，進入正題，「我們學校要召開大會，他們說要讓我退學，你能不能出面幫幫我……」

砰。

閔遠將手邊的平板電腦甩在桌上，怒不可遏，「退學？讀個大學還能被退學？妳是不是整天談戀愛沒花時間念書了？」

「什麼啊？這年頭哪還有人用談戀愛當罵人的台詞啦。」閔冬瑤的反抗從原本的大聲反駁，到濃縮成呢喃抱怨，最後甚至放下身段，說：「那是有人誣陷我，爸，你的女兒被欺負了，你怎麼還罵我？」

「那妳為什麼被誣陷？人被討厭都是有原因的！可憐之人必有可恨之處，這種道理從小跟妳念到大，妳還不懂嗎？是不是因為妳整天都和不三不四的人混在一起，才會變成這副模樣？」

「妳到底在說什麼？」她總感覺，父親那些話正不自覺導向其他話題。

「我在說什麼妳應該最清楚。」閔遠突然起身，氣憤地說：「上次封閉會場搜了每個人的身還是找不到犯人，我聽說現場只有兩個人提早離開。」

閔冬瑤瞳孔一震，沒想到那位警衛大叔竟然出賣她了。

「其中一個是妳，另一個是被妳稱作男朋友的男人。」閔遠雙手插腰，眼神燃著熊熊烈火，「我要妳現在就告訴我，那個人是誰！」

閔冬瑤後退了一步，怔怔望著他，「爸，你連我跟什麼人交往都要管嗎？」

「有問題嗎？傻孩子，妳難道不知道自己是什麼身分嗎？妳怎麼沒想過那個男人是不是真的喜歡妳？妳這是被利用了都不知道啊！」

如同被數十個槍口對準般難以反擊，她竟百口莫辯。

閔冬瑤深吸了一口氣，吞下火氣，「我也是很有魅力的，你憑什麼說他只是看上我的身分？」

「就憑妳現在這種愚蠢的自信心！」

她怒甩原本準備好要送給父親的禮物盒，憤而轉身，「我要走了，你別想在這間房子再看見我。」

閔冬瑤帶著骨氣大搖大擺往門口走去，豈料閔遠並沒有追上前或繼續破口大罵，這讓她不禁有些遲疑。

而當閔冬瑤用力握上門把卻轉不動的那刻，才明白父親爲什麼一點反應也沒有，「你把門從外面鎖上了？」

「我是把妳寵壞，讓妳過得太逍遙自在了，才會讓妳不知天高地厚，做了這種事。」閔遠端起茶杯，沉著氣說：「反正妳現在也要被退學了，正好不用去上學，給我好好在家裡反省幾天，我就看妳能撐到什麼時候，才來跟我自首那男人是誰。」

閔冬瑤發瘋似地尖叫，「哎眞是瘋了！爸，你女兒被退學你很開心嗎？」

「在那種破學店多念兩年也不會學到什麼，我明年再送妳出國念大學。」他迅速收拾好東西，準備回公司，「喔對了，我會派傭人過來，任妳差遣，供電供水包吃包住，對妳夠好了吧？」

不好，一點都不好！閔冬瑤用力踢了沙發一腳。

閔遠臨走前又拋出一句，「再給妳最後一次機會，只要告訴我跟妳走的那男人是誰，我就放妳出去，說不說？」

「不說！」

閔遠也沒在客氣的，一句話都沒多囉嗦便甩門離去。

賭氣這種事，對一個嬌生慣養的千金大小姐而言，是一種本能。

從小到大，只要父母不買什麼東西給她，她便一哭二鬧三上吊，絕對有辦法能夠讓他們妥協。

所以，父親一走後，她便衝上三樓，把自己鎖在房間裡。

到了被軟禁的第二天，她頹廢地趴在地上，覺得自己很快就要抑鬱而亡。這種時候，如果有鍾諾在她的身旁就好了。如果不是一個人，要把她囚禁在這種豪宅一整年都無妨。

可是她連鍾諾的手機號碼都沒有，就連要跟他說話都難。

門口傳來敲門聲，隨即是管家微弱的聲音，「小姐，求您下樓吃晚餐吧。」

「不要，我絕對不會開門！」

「我命人把剛剛那些涼掉的義大利麵撤掉了，特地請來五星級主廚做一整桌牛排，甜品有冰淇淋、蛋糕，對了，還有您最喜歡的鹹酥雞也都準備好了……」

「我說了，我不會吃的！」閔冬瑤摀住耳朵，一點也不想聽，卻還是聽見了肚子發出咕嚕咕嚕的聲音。

管家也是嘗盡了苦頭，苦苦哀求，「小姐，您已經一整天沒吃東西了，再這樣下去身子會受不住的……」

他老人家也受不住，當初接到如此高薪的工作，興沖沖跑來應徵，沒想到竟然是要伺候一個臭脾氣的大小姐。

「那你就好好告訴我爸，說他女兒一整天沒有吃東西，都快營養不良死掉了，趕緊放我出去！」

「這些閔總都知道，」管家戰戰兢兢地說，「但他說別理妳，妳最多再撐兩個小時就會下樓了……」

閔冬瑤暴怒地朝門外大吼：「好啊，那我絕對不會出去！」房外恢復寧靜後，她的肚子又毫不留情地開始叫，她眞的餓壞了，這輩子還眞沒有人敢阻攔她吃東西。

閔冬瑤緊緊盯著手機螢幕，等時間跳到十一點，便立刻撥電話給周玥，「喂？玥玥啊，妳打工下班了吧？」

周玥撫平了手臂上的雞皮疙瘩後才回答：「妳又怎樣，喝酒了？」

「沒有啦，但我非常需要妳的幫忙……」

「怎麼了？該不會又是要問我，等等去見鍾諾該穿洋裝還是短褲這種事吧？妳就不要穿吧，我母胎單身不知道！」自從那天把閔冬瑤的戀愛進度問個明白後，這種事層出不窮，周玥恨不得穿越回去，要以前的自己千萬別問。

閔冬瑤難過地把頭埋進枕頭裡，「不是，我根本見不到他……」

「妳怎麼了？」

「我被我爸禁足，已經超過四十八小時沒見到鍾諾。」一日不見如隔三秋，他們兩日不見，一輩子都要過去了，「所以我想拜託妳，幫我去藍天公司堵藍久熙，請他轉達我被監禁的消息。」

「好啦，但是我沒辦法保證一定能見得到他喔。」

「太謝謝妳了，下次見面我絕對給妳一百個吻……」

閔冬瑤霎時安靜下來，因爲窗外傳來了窸窸窣窣的聲響。

「喂，妳斷訊了嗎？」

「噓。」閔冬瑤示意她安靜，一步一步走向窗口。

窗簾微微浮動，彷彿下一秒就會衝出什麼東西。

她一把扯開簾子，隨即倒抽一大口氣。「鍾諾？你怎麼……」

他輕巧地跳下窗台，摀住她的嘴讓她別大吼大叫，「妳家庭院怎麼還有警衛在外面巡視？」

聽見鍾諾的聲音，此刻最傻眼的莫過於周玥，她咳了兩聲，「閔冬瑤，妳要不要解釋一下？」

「玥玥啊，不用找藍久熙了，但我還是會給妳一百個吻。」她興奮地掛斷電話，專心盯著眼前這活生生的男人。

「我不是出現幻覺了吧？」閔冬瑤伸手捏了捏鍾諾的臉頰。

「原來妳的幻想對象是我嗎？」鍾諾露出難得柔和的神情。

閔冬瑤確認這是實體後，恢復以往的聒噪，「你怎麼進來我家的？不對，你怎麼知道我在這裡？」好傢伙，他的世界根本不需要鑰匙吧。

「妳昨晚沒出現，我以為妳是有事要忙，但今天也沒出現，感覺就是出事了，所以我請幫派的朋友駭進妳的手機，查到ＧＰＳ。」

她目瞪口呆地張著嘴，目光落到他手裡的一大袋鹹酥雞，「那……這是怎麼回事？」

「既然都駭了，我也不小心監聽到一點聲音，聽說妳不吃飯。」鍾諾略帶訓斥地說。

「你……全部都聽到了？」

「嗯，原來妳跟我見面前還會問朋友要穿什麼。」

閔冬瑤頓時羞紅了雙頰，把臉埋進手掌中。

豈料鍾諾輕輕摟住她，語帶笑意，「下次別問了，穿什麼都好。」

她感動地抬起頭，以為他終於要耍點浪漫。

「反正我從來沒有注意看過。」

閔冬瑤用力掙脫他的懷抱，嬌滴滴地哼了一聲。

鍾諾當然是立刻將人攬了回來，不容她做些無謂的反抗。

「你放開我……」她軟綿綿地抵抗，甚至無意間發出了某種嬌嗔的聲音。

那音頻正好處於一個模糊地帶，讓人難以不想歪。

鍾諾的臉沉了下來，「誰准妳發出這種聲音。」

「嗯？」她愣了一秒，決定裝傻到底，「這聲音怎麼了，你受不了嗎？」

他輕輕抬眉，彷彿問著：妳說呢？

閔冬瑤眨了眨眼，「那我是不是完蛋了？」語畢，她十分自動、乖巧地閉上眼等候。

不過當鍾諾俯身幾乎快吻上時，她肚子那咕嚕咕嚕的叫聲打斷了這差點燃起的氣氛。

「呃……」這還要她怎麼當氣質美少女！

「妳先吃吧，涼了就不好吃了。」

「但我也不想把你放涼。」

此話一出，閔冬瑤又被壓了回去。

隔天一早，閔冬瑤被門外的騷動吵醒。

她聽見父親在和管家大聲嚷嚷著什麼，接著更傳來鑰匙轉動門鎖的聲音。

閔冬瑤得意地勾起唇角，外面那群人一定是以爲她一整天沒進食，現在已經餓昏了，正手忙腳亂要撬開門鎖。

看來這場戰爭又是她贏了。

「什麼嘛，明明很在意。」她不禁笑了起來。

閔遠絕對怎麼也不會想到，昨晚家裡溜進一個人給她送飯了，不只送飯，閔冬瑤可是一整夜都在鍾諾懷裡睡得安穩。

只不過，他又如往常般提早消失了。

她留戀地摸了摸枕頭上那還沒恢復的凹陷，眞希望夜晚能長一點。

「砰」的一聲，木門被用力踹開。閔遠喘著氣，氣沖沖走向閔冬瑤。

「終於肯放我走了啊？我就說吧，爸，你不要再白費力氣做這些毫無意義的事。」

「我可沒有說要放妳走。」他仍然怒瞪著閔冬瑤，氣一點都沒消。

看來賭氣這招用太多次了，這次得再撐個一兩天才能看見效果。

她悻悻然地說：「好，那我們就繼續對峙，看誰撐得比較久。」

「管家說妳一整天都沒吃東西，妳是存心想氣死我啊？」

「你如果心疼就快放我走。」

「妳如果回答那男人是誰，我就放妳走。」

閔冬瑤別過頭，逕自走到洗手台前，開始洗臉。

「好啊，妳眞是翅膀硬了，眞以爲我拿妳沒辦法是吧？」閔遠轉身對著管家下令，「把我的平板電腦拿過來。」

「是。」

洗臉水模糊了閔冬瑤的視線，她瞄見管家將平板遞給父親，心中突然有種不祥的預感。

閔遠點進相簿，亮出螢幕，「監視器可是把畫面拍得一清二楚，我手上有這男人的長相，妳若眞不坦白，那我直接通緝。」

閔冬瑤心裡一慌，顧不得臉上的泡沫還沒沖乾淨，衝上前仔細看。

果然，三百六十度無死角，鍾諾的臉完完整整地出現在照片裡。

「快說，到底是誰！」

無計可施之下，她只好開演了，緊緊抓住父親的手臂，撒嬌道：「爸，你不相信你的寶貝女兒嗎？我男朋友眞的和偷竊無關！他超級善良，連身上黏了我的頭髮都會拿下來還我，這樣的人怎麼可能會偷東西啦。」

「妳別想耍花招，我看著妳從小長到大，會不知道妳在耍什麼伎倆嗎？」閔遠的態度堅定，這次是眞的狠下心。

「齁呦，既然你都有照片了，比對一下我上次描述的肖像，不是差了十萬八千里嗎？」她委屈地嘟著嘴咕噥：「人家的男友那麼帥，跟犯人差多了。」

「妳這話是想提醒我，妳從多早就開始包庇他、多早就開始糊弄我們了？」

閔遠那瞬間飆高的語調以及音量，暗示著閔冬瑤一秒都不能等，她爸爸瀕臨爆怒的臨界點了。

事到如今，只剩下一招了。

她深吸了一口氣，醞釀情緒，終於擠出一滴淚水。

淚水滴落的那刻，閔冬瑤淒涼地轉過身，好讓父親看清楚那晶瑩的水珠。「爸爸，您看見了嗎？」

閔遠一臉狐疑，怎麼還用上「您」這個字了？

她擠出哭腔，顫抖著說：「您看見這顆晶瑩剔透的淚珠承載著女兒滿腔的冤屈了嗎？」

閔遠的眼角微微抽搐，「不要給我耍花招。」

「女兒之所以遲遲不願跟您坦白，是怕您反對我們的戀情啊。」揚起悲壯的尾音，她伸手扶著額間，哭得煞有介事。

「妳就算沒坦白，我也反對。」

她裝作沒聽見，繼續說：「女兒知道您厭惡權勢鬥爭，怕您會誤會他是爲了利用我，所以一直不敢告訴您。」

「好，那妳現在說吧，我看妳能說出什麼。」

閔冬瑤咬了咬唇，彷彿即將宣布什麼驚天動地的大消息，「那個人是藍天公司的董事長——藍久熙！」

過了好一陣子，閔遠都沒有說話，只是睜大眼望著她。他開始回想藍久熙的長相，好像……是眞的有點像。

「您之前簽約時，也見過他一面吧？那您應該也聽說過藍久熙是一個多麼正直、善良的好男人吧？」閔冬瑤抓緊時機，滔滔不絕地說：「這麼有錢又品德高尚的男人，又有什麼理由要偷取珠寶呢？」

閔遠突然捧腹大笑，笑到閔冬瑤都懵了，這……是什麼反應？

「妳要說謊，草稿也打得好一點，竟然說藍久熙是妳的男朋友？」

她皺起眉，「怎麼了嗎？我不配嗎？」

「藍久熙都結婚了，妳跟他交往那不就是婚外情？」

第十一章　黑夜深處的領域

閔冬瑤小時候曾經吃了一碗顏色特別深的炸醬乾麵，當父親驚慌失措跑過來告訴她，上面那些黑褐色肉沫不是炸醬，而是誤加了鐵粉乾燥劑的那刻，她感覺小小心臟承受了人生中最大的衝擊。

那種驚愕就和此刻一模一樣。

只不過，當時父親立刻大笑出來，領著一群員工，又是拉炮又是唱生日歌地祝福她，說剛才只是開了一個小玩笑。

而現在，她瞠目瞪著父親，希望他也能像那時一樣，笑著喊聲「Surprise」，告訴她，一切只是個玩笑。

可她等了好久，都沒有人打破這片死寂。

「你說，藍久熙結婚了？」

「是啊，他當年結婚的時候，我還讓人送了紅包過去呢。」閔遠沒有察覺到女兒漸漸失去靈魂的模樣，仍滔滔不絕說著，「所以，妳別妄想這次還能把我矇騙過去！雖然相貌是有幾分相似，但世界上長得像的人也很多，路上隨便抓都一把。」

「你什麼都不懂……」閔冬瑤失聲哭了出來，這一刻，她多希望他們只是長得很像的兩個人。

「對，我不懂，我不懂妳到底在想什麼，死都不肯說……」

「你讓開，我絕對要出去！」她失去理智般地爆衝，一連閃過好幾個保全，最後卻還是被攔了下來。

閔冬瑤的舉動可把閔遠氣壞了，他撂下狠話，「好啊，妳要這樣是吧，我會多派人看守這間屋子，也會收回什麼五星級主廚，不吃正好，妳就自己煮泡麵吃吧！」

「你就這麼想和池鳶合作嗎？」閔冬瑤突然安靜了下來，冷冷地說：「讓你們撕破臉，你就這麼生氣嗎？」

「妳說什麼？」

「你以爲我眞的什麼都不懂嗎？池鳶和霍朵解約，吃虧的是她！這世界上哪還有一間比霍朵更大的公司，能夠給她這種規模的展覽？還有哪一間公司願意請她這種被人針對、作品一天到晚被盜的設計師？」

爆發了三次失竊風波，霍朵的股東大會全吵著要和這名得罪別人的設計師解約。三次展覽下來損失無數，一點收益也沒有，名譽還被踐踏得一塌糊塗。

犯人明顯就是針對池鳶而來，既然抓不到人，最乾脆的方法就是解約，支付違約金甚至更划算。

閔遠太陽穴上的青筋微微抽動，怒斥道：「這全都怪那該死的竊盜犯，妳怎麼會反過來檢討被害人？」

「人被討厭都是有原因的，這可是你教我的。」閔冬瑤抬起頭，冷若冰霜地說，「爸，你不是商人嗎？商人之間只管利益，何來同情心？」

閔遠完全愣住，第一次看見女兒用這種冷漠的態度對自己說話。

「除非你和她之間不只是商人的關係，對吧？」她頹廢地笑了起來，「簡單查一下就能知道，池鳶是你高中時的情人。」

「冬瑤，妳、妳怎麼……」閔遠一瞬間暈眩，跌坐在床上。

「因爲你瞞了我太多事，我就養成自己調查的習慣了。」她拿起隨身物品和皮包，冷冷轉身離去。

離開家門的前一刻，閔冬瑤又回過頭，靜靜地說：「我還知道，媽和你離婚後，根本不是不願意回來找我。」

她早已查到，何芸會不告而別不是因爲離婚，而是因病去世。

這次，閔遠沒有追上來阻攔閔冬瑤離去。

✦

自從兩人開始交往後，閔冬瑤和鍾諾便有了共識，他們每天夜晚都會見面約會，第一次例外是被閔遠軟禁的第一天，而今日，她又爽約了。

她漫無目的地在街上走了一整天，腦中只有濃烈的憂愁和憤怒。

藍久熙結婚了是什麼意思？代表這副身體已經屬於另外一個女人了。

白天見不到鍾諾的時候，藍久熙可能用這雙手抱著另一個女人，可能用這個嗓音與另一個女人談情說愛，可能用那雙吻過她的唇吻著另一個女人。

這到底是什麼世界？

閔冬瑤用力捶著自己的腦袋，彷彿這麼捶打著，就能把腦中那緊緊揪在一起的結打開。她崩潰地哭喊一聲，不顧路人異樣的眼光，跌坐在路邊嚎啕大哭。

「看什麼看？」她對路人胡亂吼叫，「我喜歡上一個有多重人格的男人，可是他的另一個人格也有一個情人，你說我要怎麼辦……」

說完，閔冬瑤又將臉埋進手裡，屈膝靠著牆，抽抽噎噎哭個不停。社會如此冷漠，沒有人停下來關心她。

十分鐘過去，終於有人在她面前停下腳步。

「終於找到妳了。」鍾諾忽然出現，還大口喘著氣，彷彿剛跑了幾百里路。

「我不知道妳已經被放出來了。」他蹲下身，撩開閔冬瑤那披在臉上亂糟糟的長髮，一縷一縷輕輕順下，「怎麼哭了，誰欺負妳了？」

「你啊！」她猛然推開他的手，「不要碰我。」

鍾諾愣怔，昨晚還撒嬌鑽進自己懷裡的女孩，怎麼今天像吞了炸藥？

「你又駭進我的手機了嗎？會當駭客很了不起嗎？好啊，那整台送你吧。」閔冬瑤冷冷將手機朝他身上丟。

鍾諾無辜極了，「我是怕妳出了什麼事。」

「我能出什麼事？頂多就是受了點情傷而已。」

「到底怎麼了？」鍾諾還真是一點頭緒也沒有。

她抬起頭，眼眶的淚水隨時會滾落，「你爲什麼沒有告訴我，藍久熙已經結婚了？」

鍾諾的動作凝滯，瞳孔顫動了一下。

「我堂堂閔冬瑤，爲什麼要跟一個來路不明的女人共用男人？還只能分到夜晚的時間，甚至不知道你白天在和別人談戀愛？」她煩躁地尖叫了幾聲，「哇我眞是瘋了吧……」

「我白天沒有和別人談戀愛……」

「哇，我只要想到自己和其他女人間接接吻，就……我眞是要瘋了。」

他深深蹙眉，「妳現在是把我當成水瓶？」

「對！但我不會把舌頭伸進水瓶裡，這比水瓶更糟。」閔冬瑤扯著自己的頭髮，崩潰地大喊。

鍾諾張了張嘴，遲疑了半天才開口，「我和藍久熙是不同的兩個人，我根本和他妻子沒有交集。」

「但事實就是，這身體就是只有一個，藍久熙的身分證配偶欄印著另一個名字了，難道我要一輩子跟她借晚上的時間嗎？你是哪來的自信認爲我知道這件事後，還會願意跟你交往？」

此話一出，閔冬瑤自己都愣住了，這是很重的話。

半晌，都沒有人打破寂靜。

這麼長的時間裡，他們沒再說話，也躲避了彼此的視線。

路燈將男人低著頭的影子映照在她腳邊，閔冬瑤不願抬起頭望向那張臉，卻緊緊盯著那道陰影，害怕他下一秒就會消失。

「是我太自私了，沒把這件事告訴妳。」他的低嗓中裏著沙啞，「因爲說了就沒有立場喜歡妳了。」

五年前，當他知道藍久熙有了交往的對象後，就不曾再將時間停駐於任何女人身上。

鍾諾一直在克制著，他不能戀愛，因爲如果出現今天這種場面，誰也說不出對錯。所以他才厭惡禹棠的行爲，她就算知道藍久熙結婚了，依然不顧後果勾搭女人，甚至曾經讓藍久熙的妻子目睹她摟著別人，誤會丈夫出軌，鬧出很大的風波。

可說到底，鍾諾可以理解禹棠爲什麼喜歡處處留情。

因爲他們都是孤獨的。

這個世界賦予他一個完整的靈魂，卻沒有給他完整的自由，沒有人認識他們，沒有人愛他們。

愛上一個人，是這一輩子最具體、最有溫度的事。

但他沒有權利擁有這份自由。

所以，當他發現自己對閔冬瑤動搖時，才會想要推開對方。他努力逃跑了，卻還是沒忍住悸動，甚至自私地想隱瞞這個事實。

「鍾諾？你怎麼在這裡？」

閔冬瑤比他更快抬起頭，定睛仰望來者，是一個女人，身材很好，而且莫名眼熟，可她這快爆炸的腦袋已經沒力氣翻找記憶了。

「你很久沒去幫派了，我們還在想你怎麼會搞失蹤呢。」女人微微一笑，更靠近了點，「但就算你要搞失蹤，我們也沒辦法，哪有人找得到你。」

「方奈，妳出院了？」鍾諾站起身，視線落在她手臂上的石膏。

一聽見名字，閔冬瑤就想起來了，是幫派老大的女兒，根據方湛所言，她現在還有一個新身分——幫派繼承人。

「你消息也太慢了吧？我甚至都把方湛解決了。」她勾起一個十分豔麗的微笑，輕輕說：「我一直想找機會跟你道謝，還好你有派人去保護王薔，托你的福，才守護住我從方湛那兒拿到的最後一包毒品。」

「沒什麼。」鍾諾暗暗瞥向閔冬瑤，他可是完全聽了她的話。

方奈欣喜地拿出手機，「你還記得我最後傳給你的簡訊吧？如何，你考慮得怎麼樣？」

「什麼？」

「就是我如果成功了，我們就交往吧，如何？」

閔冬瑤頓時興致來了，她緩緩起身，挑眉瞪著鍾諾。

方奈注意到她，連忙打招呼，「喔？這位……該不會是你的女朋友吧？你不會在這麼短的時間內就有交往對象了吧？」

「對。」

「不是。」

鍾諾承認，而閔冬瑤卻否認，兩人異口不同聲地回答完後，用一樣的表情瞪著彼此。

方奈看著眼前的兩人，心想自己是不是先離開比較好。

鍾諾輕咳了兩聲，「她是我女朋友，妳們應該沒必要認識，就別聊了。」

「我叫閔冬瑤。」閔冬瑤立刻向方奈伸出手，換上燦爛的微笑，「姐姐妳喜歡鍾諾嗎？」

方奈懵然握上，「呃……如果他有女朋友的話，那我當然……」

「那妳要小心，說不定鍾諾已經有老婆了。」

鍾諾突然聽不出來，這小姑娘是在諷刺自己還是在挑釁別人。

方奈乾笑了幾聲，「當然，我會小心。」她的目光在這兩人間來回游移，尷尬得說不出更多話，難道他們結婚了？

「那既然妳知道要小心了，我就先走嘍，再見。」閔冬瑤表面甜甜笑著，那雙眼卻一點也沒彎，不顧鍾諾的阻攔便甩髮離去。

✦

隔天一早，閔冬瑤的手機裡出現了一封半夜發出的陌生簡訊，簡訊裡只有一串地址。

起初她沒多留意，覺得也許只是垃圾訊息，這年頭一天收到三封投資理財的垃圾訊息都不意外，以前都老套地要別人加LINE或是回電，沒想到最近晉級到直接傳地址了。

可她後來怎麼想都覺得怪，廣告推銷都好聲好氣介紹自己，還叫她親愛的，這封只留下地址的簡訊，分明有種低不下頭的感覺。

在好奇心的驅使下，閔冬瑤搜尋了一下，發現那和上回藍久熙帶她走的小巷位於同一個社區。

她直覺認為這是鍾諾傳的。

哼，傳地址又終於透露手機，是要她氣消了自己去找他嗎？她可沒這麼好哄。閔冬瑤氣呼呼關掉手機，準備前往學校。

退學對閔冬瑤而言不是什麼晴天霹靂的大事，但對她的名譽而言是天大的汙點。所以她說什麼也要自己爭回這口氣。

經過校內人煙稀少的大樓時，樓梯旁的陣陣怪聲吸引了閔冬瑤的注意力，好奇心收住了她的腳步。

閔冬瑤平時不是這麼愛管閒事的人，但如今她可是剛從天堂掉到地獄，仇視世界上所有公然放閃的情侶，不好好攪和一下，她過意不去。

都到晚上了還在學校裡卿卿我我，是沒錢開房間嗎？她悄悄繞到另一頭，踮起腳尖，選個好位置偷窺。

哎，是在接吻啊。看清楚狀況後，閔冬瑤大搖大擺假裝經過，甚至刻意讓鞋跟在地面敲得清脆響亮一點。

這對小情侶被嚇得不輕，原本如膠似漆的，聽到腳步聲後立刻彈開。

接著，當事人緩緩轉過頭，閔冬瑤一看見他的臉，不禁失聲尖叫，「韓浚？」

韓浚顯然更加錯愕，不斷冒冷汗，「妳怎麼會在學校？」

「你交女朋友了？是誰？我要看。」

閔冬瑤又是彎腰又是歪頭，想看見緊緊躲在他身後的女孩是誰，但他倆默契十足，一個擋一個躲，連一根頭髮都沒暴露。

「有什麼好藏的？大家都成年了。」她突然閉上嘴，倒抽一大口氣，「等等，不會是傅尹希吧？你不會跟那個女人在一起了吧？我眞的會跟你絕交一輩子！」

閔冬瑤發揮從小學習跆拳道的能力，俐落地朝韓浚的胸口踢了一下後，瞬間移動到他身後的位置。

雖然女孩緊緊摀住臉，但她一看見那熟悉的頭髮、衣服、身材，馬上就認出來了。不可思議。

「周、周玥？」

周玥嗚咽了一聲，難堪地挪開手，露出那張又羞又紅的臉龐。

「對啦，我跟周玥在一起了。」韓浚昂起頭，大方承認。

什麼時候的事？閔冬瑤徹徹底底漏了個大八卦，她連一點跡象都沒察覺。

可知道這個結果後，回頭想想又覺得似乎有跡可循。

難怪韓浚當初會拒絕當她的臨時戀人，因爲他喜歡的可是她身邊的好閨密啊。但是，話說回來……

「好傢伙，你竟敢勾搭我朋友？我們玥玥這麼好，哪是你能攀上的？」

閔冬瑤又送出一記飛踢，但這回韓浚一個側身閃過了。

「妳什麼意思？我也是很夯的好不好，就只有妳把我當gay密看……」

話還沒說完，閔冬瑤又猛烈地出拳，讓一旁的周玥看得直搖頭。

沒過多久，兩人都累得停下來。

「欸，那不是傅尹希嗎？」周玥爲了解救男友，故意在閔冬瑤旁邊嚷嚷。

閔冬瑤猛然抬起頭，果眞看見獨自經過中廊的傅尹希。

「眞是的，你們倆能不能去她面前熱吻啊？保證她酸死。」閔冬瑤憤恨地說著，隨即扭了扭脖子，「也罷，多虧你們，我現在筋骨都活絡了。」

鎖定新目標，她迅速翻過欄杆。

「你們這陣子最好不要給我同框出現，老娘最近非常仇視情侶。」

她丟下一句話，箭步衝向中庭，擋住了傅尹希的去路。

「冬、冬瑤？」傅尹希驚訝地停住腳步，低下頭想迴避。

閔冬瑤揪住她的手臂，「想去哪？」

「啊！」傅尹希嬌弱地哀號起來，皺臉扶著自己的手臂。

「不是吧，妳的手是玻璃做的嗎？碰一下都能叫成這樣。」

是在演哪齣？閔冬瑤深深皺眉。

傅尹希一臉膽怯地拉起衣袖，「我的手上……有很多傷。」

看見衣袖下傷痕累累的肌膚，閔冬瑤瞬間愣住了，那本該是白皙無瑕的肌膚，現在卻布滿了紅腫和瘀青，看上去怵目驚心。那一剎那，她動容了，「爲什麼這麼多傷？」

「妳只需要知道，其中有一些……有可能是妳打的。」傅尹希的嘴角在陰影中微微勾起了兩秒，接著又裝出一副痛不欲生的模樣。

「妳到底在睜眼說什麼瞎話？」閔冬瑤一把揪住她的衣襟。

傅尹希瞥向一旁路過、紛紛側目的同學，「這麼多人看過妳對我動粗的模樣，到時候委員會上，我說什麼都合理吧？」

「妳到底把我當成什麼了，想誣陷就誣陷得了？你們想跟我鬥完全是以卵擊石！」

「是嗎？我覺得自己已經成功一半了。」傅尹希難得直視她的雙眸，「妳只知道我爸爸是傅詠，不知道我媽媽是池鳶吧？」

閔冬瑤鬆開她的衣襟，指尖頓時無力。池鳶是傅尹希的母親？

「我媽媽會和霍朵解約，除了妳爸無能，一直讓珠寶失竊，還有很大一部分的原因，是因爲我請求她這麼做呢。」

閔冬瑤根本沒把霍朵解約當一回事，傅尹希的話一聽就知道不太懂商場，她最在意的是，池鳶是藍久熙的生母。

那……他和傅尹希不就是同母異父的兄妹？

還有，當年對藍久熙家暴，造成他嚴重陰影的，不就正是傅教授？

「有需要這麼驚訝嗎？也對，妳也知道自己惹錯人……」

傅尹希突然停止挑釁，錯愕地瞪著眼前突然出現、一把扣住自己手腕的男人。

「惹錯人的人是妳。」低沉的嗓音冷冷落下。

「鍾諾？」閔冬瑤摀住嘴。

鍾諾加重了手上的力道，掐著傅尹希的傷痕，痛得她啞聲尖叫，瞬間流出眼淚，難掩懼色。

「妳很閒是吧？那回去等著承受惹上她的代價吧。」

鍾諾說完話後便鬆開束縛，傅尹希甚至被他甩了三公尺遠。

她惱怒地抬起頭，一抬眸卻只看見一片陰影，高大的身影擋住中廊上唯一的那盞燈，傅尹希顯得嬌小又無助。

鍾諾牽起閔冬瑤的手，沒給她說話的機會，迅速帶著她離開。

一離開傅尹希的視線，閔冬瑤用力甩開他的手，「誰讓你插手這件事了？你根本不知道發生什麼事。」

鍾諾面無表情地說：「我聽到了。」

她的腳步微微一滯，「那……你不認識她嗎？剛剛那女的是你妹妹。」

「她不是我妹妹，是藍久熙的妹妹。」鍾諾淡淡地說，「而且藍久熙應該也不認識她，他離開家裡改名換姓那年，妹妹也才三歲。」

「所以……你早就知道傅尹希是他妹妹了嗎？」

他微微點頭，「嗯，我調查過池鳶的家人，對這個女孩有印象。」

「但傅教授感覺不認得藍久熙。」閔冬瑤想起禹棠在學期初來上課時的情景，當時傅教授似乎不認得那張臉。

「我曾經讓幾個流氓去恐嚇過他，那時都沒有親自露面，畢竟讓他知道藍久熙現在的長相，只會惹上更多麻煩。」

閔冬瑤突然想起自己可是還在賭氣，怎麼能跟他你一句我一句聊得熱絡，「所以呢？別以為你這樣大義滅親我就會感動。」

「我說了，那不是我的家人。」鍾諾望著遠方的天空，逕自說：「我也有自己的家人。」

「你別說，我沒有想聽。」嘴上這麼說，身體卻很誠實，閔冬瑤不自覺就豎起耳傾聽。

「在我兒時的記憶裡，我和父母、一個弟弟和一個妹妹住在一起。」他不管一旁沉默的小姑娘有沒有在聽，自顧自說，「我家在靠海的村落，很奇怪吧，我明明很討厭太陽，但卻在炎熱的海邊長大。」

是很奇怪，她沒辦法想像鍾諾在陽光沙灘上奔跑的模樣……

「我父親什麼都會，所有槍法和搏鬥技能，都是我從小向他學的，甚至在我還沒成年時，他就教我飆車了。他很喜歡多管閒事，總是幫鄰居、村民抓小偷，解決各種麻煩。」

閔冬瑤難以理解地瞇著眼，「我說我沒有想聽你的故事。」

鍾諾沒理會她，又繼續說：「我弟弟比我小三歲，他很聰明，總是考全校第一名，長得一副斯文書生樣，完全不碰刀、不碰槍，大學念了醫學系。」

閔冬瑤指著夜空中的星星，「喔，有星星欸，很漂亮。」

「妹妹比我小了七歲，她留著一頭很有個性的短髮，從小就被我媽念不夠有氣質，我和父親練習搏鬥時，她總是要參一咖，所以初中後也在跆拳道大賽拿了冠軍。」

「太驚人了，光害這麼嚴重還看得到星星，這是不是奇蹟？」她傻傻笑了起來。

「我母親很喜歡烘焙，在村里開了一家麵包店，我生日的時候，她都會親手做蛋糕，就這麼大……」他比了個小小的尺寸，「白色的，上面總是用巧克力醬寫著生日快樂，再加上幾朵奶茶色奶油做成的花，那真的是全世界最好吃的蛋糕。」

閔冬瑤繼續尖叫，「哇，它在動嗎？那好像不是星星，是噴射機。」

「記憶裡的家庭很美滿，我也想過要回家找他們，但是我上網查了很久，這麼多年過去了，都沒有找到那個村落。」鍾諾平靜地說，「當然，也沒有找到我的家人。」

閔冬瑤這回終於閉上嘴，睜大眼瞪著前方。

「其實在網路上仔細搜尋一下就能找到答案，像我這種突然蹦出來的人格，擁有的記憶本來就是不存在的。」他苦澀地勾起唇角，「但一直到去年，我還是偶爾會想去尋找那個家，當然，它依然只存在我腦海中，我哪有什麼家人。」

她停下腳步，盯著自己的鞋尖，全身止不住地微微顫抖。

「怎麼，我講這些不是要讓妳同情的。」

閔冬瑤輕咳了兩聲，加快速度繼續邁步，沒讓他看見自己的表情。「我根本沒聽清楚你講了什麼，就只是覺得你今天話有點多。」

鍾諾望著她的背影，那反應分明是聽得一清二楚。

「好了，我要回家了，你不許跟過來。」

他輕輕笑了聲，哪來的自信覺得他會跟上。

閔冬瑤越走越快，幾乎跑起來，一直一直跑。直到她只聽得見自己的腳步聲時，才僵硬地停下腳步。

天空飄起毛毛細雨，一點一點將柏油路面暈成深色。

她蹲下身，緊緊抓著自己的裙襬。

水珠從臉頰滑下，她分不出那是雨水還是淚水。

他們分明是兩個人。

鍾諾和藍久熙，分明是兩個完全不同的男人。

那麼，他憑什麼要顧慮藍久熙究竟是不是單身呢？

他們有著一樣完整的記憶，難道只因為藍久熙的經歷是眞實存在的，就該抹滅鍾諾的記憶嗎？

和另一個人共享著同一副軀殼，最痛苦的莫過於他自己。

看不見白天的世界，一天只有短短幾個小時，無法擁有自己的證件，更不能隨心所欲操控自己的身體，就算遇到心動的女人，也沒有資格走向她。

這麼多年，他是怎麼熬過來的？

閔冬瑤悲痛地捶打自己的雙腿，她究竟在鍾諾的傷口上撒了多少鹽？

眞正自私的，其實是她。

閔冬瑤猛然站起身，沿著原路奔跑回去。她要告訴鍾諾，是她錯了，她喜歡的是完完整整的鍾諾，是沒有藍久熙影子的鍾諾。

如果可以這麼任性一次，她想牽著鍾諾的手一起自私一回，就這麼不管別人地相愛一場。

✦

在一個沒有藍久熙的世界，沒有他妻子的世界。

回到原本的街角，鍾諾已經不在了。

閔冬瑤跌坐在泥淖中，嚎啕大哭。

當天凌晨傳出了一件驚人的消息，雖然全國的討論度不高，但一在晨間新聞播出，便轟轟烈烈地被傳到校版。

傳教授家暴、傳教授私生子、傳教授濫用公權力等文章擠滿了熱門版面。有匿名舉報者向新聞台投書他的惡行，甚至附上各種慘不忍睹的傷勢照。

就算私生子和濫用公權力這兩項，並沒有明確的證據，但光是靠著輿論力量以及家暴的證實，版面上的留言便一面倒地撻伐他。

由此可知全校有多少學生對傳教授的惡行懷恨在心，他之前還能安穩地待在校園裡，沒被偷砸雞蛋已經是奇蹟。

新聞很快被學校壓了下來，但校版上的熱度依然不減。

校方一大早便寄了電子郵件給閔冬瑤，表示她的退學處分會暫緩調查，他們顯然認爲，這則新聞是她背後的靠山霍朵集團所爲。

但閔冬瑤清楚得很，這件事絕對是鍾諾做的。

他果然毫不手下留情，這則新聞爆出後，受到傷害的不只有傳詠一個人，傳尹希和池鳶也都將陷入水深火熱。

就算依照比例原則來看，這仇報得太過了點，終究還是達成目的。

鍾諾的作風一向如此，只管自己的目標，哪怕會殃及無辜。

雖然如此冷血，但這回閔冬瑤卻感到渾身暢快。

鍾諾已經失聯兩天了。

閔冬瑤決定賭一把，她花錢僱人攔截了藍久熙的貨件，查到地址，果眞和上次收到的簡訊相似，差別只有，藍久熙家是十五樓，簡訊裡的則是十六樓。

因此，她精心變裝打扮，帶著一些簡單的東西，搭上計程車前往目的地。

那裡是高級住宅區，俐落的現代風格中融合了古典元素，顯得格外奢華，比閔冬瑤獨居的大樓高了一個層級。

她趁著晚上的倒垃圾時間，混入人群裡溜了進去，輕輕鬆鬆就通過一樓的保全。穿過充滿高級植株與藝術燈飾的中庭，她搭上電梯，很快便抵達十六樓。

果然是高級住宅區，一層樓只有一戶。

令她意外的是，大門竟然沒有上鎖，所以她接著就這麼順利地開門進屋。一看見室內黑白風格的裝潢，她便確定這百分之九十是鍾諾居住的地方。

閔冬瑤正打算布置一番時，外頭傳來幾個人交談的聲響，她頓時定住身子。

「所以這次去李家討債，要用什麼方式比較合適？」

「直接帶人去打了啊，簡單快速俐落。」

「豬頭啊，如果只是單純打人，老大哪會要鍾諾加入這個任務？」

接著閔冬瑤聽見，她唯一認得的嗓音，「好了，詳細問題進去再討論。」

喀噠，門開了。

一個、兩個、三個、四個，總共進來了四個男人，一踏入屋子，他們便和定在原地的閔冬瑤對上眼。

這間房，瞬間如同一幅畫般寂靜。

閔冬瑤率先打破尷尬，擠出一張燦爛的笑臉，聲音枯澀地說：「嗨，你們好。」

空氣安靜極了。

鍾諾的朋友過了一會才熱情地向她打招呼，「是嫂子吧？對吧？」

「你家有人啊？早說嘛，我們剛剛就不會硬吵著要來談事情了。」其中一個男人撞著鍾諾的手起鬨。

「我們都不知道你有女朋友，是不是打擾你們了？」

「那我們去別的地方談吧，還是改天再討論也沒關係。」

「等等！」閔冬瑤見他們紛紛識相準備離去，趕緊開口：「你們開會啊，我先進去裡面，不用在意我！」

閔冬瑤這是把這兒當自己家了。

大夥兒瞄向繃著臉的鍾諾，很顯然這男人不希望他們繼續待在這裡。

「我進去嘍，你們真的不要有負擔，真的！」閔冬瑤從容不迫地隨便打開一扇門，關上門後才嚇得癱軟在地。

但另一頭的鍾諾倒沒有把沉著演出來，他將文件隨意丟在桌上，並迅速脫掉外套，扔到一旁。

閔冬瑤突然的出現讓鍾諾心情大亂，而且，她那奇特的打扮又是怎麼回事？該不會是受到什麼刺激了吧，怎麼還把原本漂亮的長髮剪掉了？

「那……諾哥，我們開始開會嗎？」

「你們先開吧，我失陪一下。」他淡淡地說。

鍾諾扯了扯緊繃的領口，丟下眾人打開閔冬瑤剛才關上的那扇門。

兄弟們互通眼色望著彼此，眼神中充滿各種笑意。

「他們是打算幹麼？」

「看不出來嗎？還問。」

「心裡懂就好，噓。」

鍾諾一進入臥室，便聽見詭異至極的聲音。

沙沙……沙沙……

風聲十分細碎，時弱時強，他仔細一聽，還發現另一道聲音。

嘩啦……嘩啦……

這道聲音如同細浪打在岸上，時深時淺，甚至能清楚聽見海浪撞擊岩石濺起浪花的聲音。

「Surprise！」閔冬瑤突然打開衣櫃冒出頭，興奮地大喊。

他一時間沒反應過來，半晌才問：「頭髮怎麼回事？」

「啊？這個啊。」她笑咪咪地順了順髮絲，「短髮有帥吧？跟你妹妹的中性髮型應該有幾分相似吧？我可是還拜託菀菀認識的化妝師教我戴假髮。」

戴假髮的過程十分複雜，要先費盡千辛萬苦把長髮盤起來，再戴上這顆短髮，對她這種一年三百六十五天披頭散髮的人而言，根本就是摘星星等級的難度。

「還有還有，將將將將！」閔冬瑤拿出一個快被壓扁的盒子，小心翼翼打開，「我從來沒有下廚過，這是我第一次產出吃的東西，做壞了五個才造就了它的成功，超——級辛苦的。」

盒子打開的那刻，鍾諾看見一個又白又褐的蛋糕，混色的情況讓人聯想到大理石，但那花紋又不怎麼有質感。糕體表面歪歪斜斜寫著生日快樂，就像幼稚園小朋友的黏土作品，旁邊還加上許多裝飾，那一坨一坨的奶茶色不明物體只能用藝術形容，他猜那原本應該是要做成花朵的形狀。

說眞的不怎麼雅觀。

「最重要的是這個聲音，你聽，是不是很有夏日海岸的感覺？」她指著藏在棉被裡的立體音響，「我找了幾十個海邊的影片才挖掘到這個音檔，還特地分離音軌去除雜音，你都沒聽見海浪的聲音嗎？」

「我聽見了。」但不知道聽見了可以幹麼。

閔冬瑤放下蛋糕，眼巴巴地問：「那你都沒有感動的感覺嗎？」

「有……」雖然鍾諾的表情一點變化也沒有，但他還是給予了肯定的回覆。

「我有錢也沒辦法把海水和沙灘搬進你家，但這個聲音也很有你記憶中家的氛圍吧？還有，你不是說你媽媽每年都會做生日蛋糕給你嗎？聽你的描述，應該是長這樣沒錯，如果不像的話，就是你表達能力的問題了。」她換了一口氣，指著這顆最辛苦的頭，「我犧牲自己的美貌，戴上這頂中性假髮，就是爲了讓你有重新看見妹妹的熟悉感，你家的女性成員我都盡量還原了，剩下爸爸和弟弟我可能就沒辦法了……」

鍾諾將她緊緊摟進懷裡，閔冬瑤瞬間噤聲。

「雖然有點蠢，但謝謝妳。」他啞著嗓說，輕輕將她的假髮取下，一頭染著花香的秀髮瞬間落下。

她低下頭完全埋入他的懷抱中，小小抱怨，「竟然說蠢？我可是費盡心思，這個世界上能讓我體驗這麼多次失敗滋味的，你可是第一個。」

「所以現在肯理我了？」

「還有人不理你過？」閔冬瑤鼓起腮幫子，「誰敢不理你，你告訴我，我絕對替你去打他。」

鍾諾唇角一扯，笑了兩聲，接著恢復嚴肅的神情，「妳眞的想通了？不在意藍久熙的妻子了？」

「藍久熙結婚關你什麼事？他是他，你是你，難道你倆結婚還要看對方眼色？」她睜大眼，一副無法理解的模樣，「他的老婆又不是你找的，難道他會把女人分給你親嗎？」

鍾諾無奈地笑了，好傢伙，是誰前幾天還說自己不要跟其他女人共用男人的。

「不會嘛，是不是？所以你本來就可以有自己的女朋友，你們就是完全不同的兩個個體。」閔冬瑤兩手一攤，「這麼簡單的道理，怎麼會有人爲此糾結？」

他也想問，之前到底是誰在糾結。

「所以你別擔心。」她舉高手，勉強摸到鍾諾的頭頂，「我是那麼笨的人嗎？怎麼可能會在意這種事。」

鍾諾知道這個高傲的小姑娘，是在給自己找一個台階，好瀟灑地走下去。

「知道了。」他認真凝視著閔冬瑤，「那我就不給妳機會逃了喔。」

他本來還打算稍微退一步，別逼得太緊，造成她的負擔，給她一點時間思考或接受這個衝擊。

畢竟全世界又有幾個女人願意接受這種委屈呢？會生氣、逃避都是正常的。

「逃？我怎麼會想逃？在你眼中，我是那種不明事理無理取鬧的女人嗎？」

他搖了搖頭，還沒演完啊。「嗯，那就這樣了喔。」

閔冬瑤信誓旦旦地拍拍胸脯，「當然，要我用霍朵總資產給你簽契約還是蓋印章都沒有問題。」

「是要簽什麼？」他扯扯唇角。

「我保證，我永遠都不會再放開你的手。」她緊緊握住鍾諾那厚實的大掌，就算只握得住一半面積，她還是不斷攢緊，想包覆整個手掌。

鍾諾抽開手，反過來將她的小手完整地牽進掌心，「但我不太想要妳用霍朵總資產做擔保。」

還嫌？霍朵的總資產可以買下幾個台灣面積的土地都數不清了。閔冬瑤問：「不然你要什麼？」

她瞅著那深沉的眸色，恍然大悟，「哎唷，你這個流氓，是不是要人家以身相許？」

鍾諾的嘴角抽動了一下，他可什麼都沒說。

「但是外面還有人欸。」閔冬瑤臉皮雖厚，但還是會感到嬌羞的。

鍾諾打開房門，淡淡下令，「你們先散會，明天再談。」

門外的兄弟們無言以對，剛剛明明還讓他們留著的。

但他們沒感到太意外，東西早就收拾好，只差等他什麼時候想起他們這些人的存在。

關好門後，鍾諾解開襯衫的前兩顆鈕扣。

閔冬瑤坐上桌面，指尖勾起他的皮帶，朝自己拉了過來。

鍾諾被這麼拉到她面前，手順勢撐到後方的檯面，俯身拉近距離，將閔冬瑤圈在自己的懷裡。

他的唇輕輕觸碰閔冬瑤的額間，接著伸手托起她小巧的下巴，釐米之差就會碰上那誘人的唇。

閔冬瑤沒湊向前貼住他的唇，而是緩緩退開。

她取下手腕上的髮圈，將長髮一縷一縷撩至耳後，順了幾下扎起馬尾。

頭微微抬高的那刻，頸邊襲來一股溼潤。

閔冬瑤爲這酥麻的觸感輕哼了聲，頓時向後癱軟。

鍾諾扣住她的腰，一把將她抱起來，回到床上。

窗邊的水霧變得模糊，倒影中的晃動久久未消散。

纏綿於空氣中的情愫漸濃，熱氣暗暗湧動，聲聲嬌柔與低喘纏綣著濃情，將一夜炙熱送上了巔峰。

夜裡，鍾諾靜靜凝視著閔冬瑤的臉龐。

她側臉枕著他的手臂，那纖長的睫毛在眼瞼下壓著一片陰影，水潤的雙唇還微微嘟起，鼓著嘴邊肉的模樣有點可愛。

閔冬瑤動了動眉，在濃濃睡意中小小翻身，不知道是不是覺得熱，她輕輕褪下棉被，那白皙的肌膚透出一絲旖旎。

他起身撿起她散落一地的衣服，看見那被扯下的鈕扣後心裡一沉，從衣櫃裡拿了件乾淨的襯衫爲她換上，自己則到浴室沖澡。

冷水沖在身上也沒褪去剛才的灼熱，鍾諾盯著鏡中的自己，那浮著微微紅暈的臉龐十分陌生。

他一直都繃著冰冷的神情，就連幾年前那段荒唐玩樂的歲月，也不曾在他臉上留下這種炙熱的痕跡。

他是眞的沉淪於這女孩了。

鍾諾一直都是個十分沉著的男人，他處事冷血，但對於分寸的拿捏從來沒有失誤過。所以他一直謹守著一個原則，無論如何都絕不能給藍久熙的生活帶來困擾。他遵循這個信念十七年了，這是他第一次打破，卻也是第一次不想回到原軌。

他迷戀這種權力，這種能夠毫無顧忌愛一個人的權力。隨著時日過去，這個想法更加堅定了。就這麼自私一次，應該是能被允許的吧？

翌日，閔冬瑤醒來時，房間只剩下她一個人。

這是意料中的事，鍾諾不會在白天出現。

他彷彿就是一個只屬於夜晚的男人，每次想起他，身後的背景總是一片漆黑。

唯一一次在白天見到鍾諾，只有他假扮成禹棠的那日，除此之外，完全沒有例外。

雖然醒來時獨自一人的感覺有些失落，但閔冬瑤還是迅速驅散了這掃興的念頭。

擁有黑夜已經是足夠幸福的事了。

✦

幾天後，閔冬瑤久違地與周玥一起吃晚餐。

「應該有兩個禮拜了吧？我好久沒有跟妳一起來這家店了。」她夾起火鍋肉片，爽快地送進嘴裡。

周玥扭開燒酒瓶蓋，「那是誰的問題比較大？」

「肯定是妳的，拜託。」閔冬瑤皺起臉，「韓浚談起戀愛來，超級黏人的吧？你們這對臭情侶。」

「什麼什麼，我沒聽錯吧？到底是誰只有晚上能約會，所以撥給我的時間只剩白天？」

「嗯，那應該是我的錯。」閔冬瑤滿意地點點頭，她其實只是想放閃一下而已。

周玥嘆了口氣，「但韓浚很黏人倒也沒錯。」

「他啊，有一點幼稚，可我看妳也被他煩得很開心。」

「是沒錯，我終於可以理解你們之前為什麼會一天到晚鬥來鬥去，停不下來了。」

閔冬瑤喝著燒酒，抬眼瞄向她說這話時的表情，「玥玥啊，妳是什麼時候喜歡上韓浚的？我一點也沒有發現。」

「就……」周玥難得紅著臉說話，「透過妳認識他後，我一直都對他滿有好感的，但是妳也知道，韓浚之前的女朋友一個換過一個，他對我來說只是一個長得很帥的朋友。」

「眞的，那傢伙從以前就莫名其妙有很多追求者，他也眞的來者不拒。」說完，她瞥見周玥垂下的嘴角，連忙替韓浚挽回一下，「但妳不一樣，他最近收斂多了，這陣子很多女生向他告白，他都狠狠拒絕了，妳是他唯一一個答應的，地位完全是不同層級。」

「是吧，我可沒那麼好惹，他敢亂看其他女人就完蛋了。」周玥朝自己的拳頭哈了兩口氣，「話說，我以前一直以爲你們互相喜歡。」

閔冬瑤被這話嗆得連連咳嗽，「妳的第六感還眞差，錯得離譜，我們不僅沒有互相喜歡，甚至互相不喜歡。」

「所以妳交男朋友後，我就勇敢喜歡韓浚了。」

「那我眞應該早點交男朋友，這樣我倆就一起脫單了。」

周玥忽然間想起了什麼，興奮地說：「早知道妳的預言也適用在我身上，我就不用提著中獎的獎金去找彭燁師傅了。」

提到彭燁，閔冬瑤還眞有些惆悵，她一點也不想相信那個貪財的占卜師，可爲什麼他的預言一個個被驗證了呢？

「我等等要和蓓媛姐姐見個面，妳要不要一起來？」周玥問。

「妳們又要見面了啊？」

「對呀，她說想趁著當媽媽前，體驗看看吃宵夜的感覺，所以我們就約了。」

閔冬瑤不禁張大嘴，「吃宵夜是需要體驗的事嗎？」

「她好像是比妳還誇張的貴婦，從小被保護得很好，大學時期都沒有體驗過夜生活。」

她們聊完天後，閔冬瑤便跟著周玥一起去見梁蓓媛，打算打個招呼再走。

「冬瑤，妳也來了呀？那我們要不就一起去吧！」梁蓓媛一看見閔冬瑤，十分親切地提出邀約。

她笑了笑，「我就不用了，我等等有約。」

「她要去跟男朋友約會啦。」周玥在一旁解釋。

「是這樣啊？那當然不能打擾你們嘍。」梁蓓媛笑著說，一副什麼都懂的模樣。

「那我就先走了，妳們好好玩喔。」揮手道別後，閔冬瑤迅速過馬路，準備去找鍾諾。

沒走幾步，她的注意力不自覺停留在前方一輛黑色廂型車上。

在市區能見到這車種實在難得，更奇怪的是，很少有車輛會行駛得這麼慢，但看了幾眼後，她也沒繼續留意，轉而撥電話給鍾諾。

沒想到，在打電話的期間，身後的街角爆發一陣騷亂。

「啊啊——」

閔冬瑤立刻聽出那是周玥的尖叫聲，想都沒想便朝原路奔跑回去。

抵達現場時，剛才那輛詭異的廂型車正停在周玥和梁蓓媛面前，有個戴著口罩的男人緊緊抓著梁蓓媛，試圖將她拖進車裡。

所幸一旁的周玥牢牢勾住她，拖慢了他們的速度。

「別來礙事！」

車上的男人用力一甩，周玥慘摔在地，同時鬆開了梁蓓媛的手。眼看梁蓓媛就要被抓上車，閔冬瑤使出跆拳道能力，助跑向前並來一個迴旋飛踢，阻斷了那男人的動作。

梁蓓媛跌坐在地上，痛苦地扶著自己的腹部。越來越多民眾察覺到騷動而上前圍觀，歹徒見狀，立刻躲回車裡，沒有多做停留便迅速開溜。

車門關上的那刻，閔冬瑤愣住了，雖然只有露出一雙眼，但那男人很眼熟。

「蓓媛姐姐！姐姐妳沒事吧？」周玥慌張地上前察看傷勢，轉頭向路人求救，「快叫救護車！」

✦

後來，閔冬瑤跟著她們一起去了醫院。

所幸兩人都只有外部擦傷，雖然還沒做進一步的X光檢查，但目前並沒有大礙。梁蓓媛驚神未定地坐在急診室外，還不斷地顫抖著。

「蓓媛姐姐，妳認識那些男人嗎？」周玥問。

她搖搖頭，「但在我眼裡，流氓都長得很像，說不定以前曾經見過。」

聞言，周玥更害怕了，「妳以前也曾遇上這種事嗎？」

「嗯，因爲家境的關係，我以前也有被綁架過，好險後來沒事了。」說著說著，她又想起了什麼，「前幾天也有人在我家門口埋伏，還好報警後，成功趕走他們了，這次能再逃過一劫，眞的很謝謝妳們。」

「沒事的，那宵夜要不要改天再約？妳要好好休息才行。」周玥說。

「只能這樣了。」梁蓓媛苦澀地勾起唇角，「妳們早點回家吧，我請我先生過來接我，不會有事的。」

梁蓓媛已經打了數通電話，但對方都沒有接。

眼看她似乎有些難堪，周玥趕緊說：「我們陪妳等一下好了，妳先生可能在忙。」

「那冬瑤妳先走吧，妳不是跟男友有約嗎？」

「他應該快到這裡了，說不定可以幫到一點忙。」

閔冬瑤剛才和鍾諾通過電話，他一聽見「醫院」兩個字，連狀況都沒有搞清楚，立刻匆匆忙忙說要趕過來。

梁蓓媛十分愧疚地低下頭，「都怪我，造成妳們的麻煩了……」

「沒事的！」閔冬瑤擺擺手，「一點都不麻煩。」

「喔！」梁蓓媛猛然起身，朝遠方招手，「我先生到了耶，太好了，這樣就不用麻煩妳們了。」

閔冬瑤順著她的視線看去。

但是，畫面中分明只有一個人。

「奇怪了，剛剛不是沒接電話嗎？他是怎麼知道我在這裡的……」梁蓓媛一邊笑著一邊呢喃，沒注意到身旁兩個女孩的臉色突變。

鍾諾跑了過來，在閔冬瑤面前停下，馬上關心地問道：「妳哪裡受傷了？」

「老公？」梁蓓媛屏住呼吸。

這一刻，三個人的臉都沉了。

第十二章　迷霧之外的世界

「我們是該談一談吧？」

閔冬瑤拉開座椅，緩緩坐下，「當然了。」

在醫院地下街陰暗的座位區，寬敞的桌面將兩人隔出一段微妙的距離。

一旁的客人正收拾著桌面，直到他們離場後，閔冬瑤才抬起頭直視她。

「是……什麼時候的事？」梁蓓媛的聲音強烈顫抖著，彷彿隨時會轉爲哭腔。

「他就是我的男朋友。」

她緊緊摀住嘴。這個回答並不意外，衝擊卻絲毫沒有減少，「所以，妳爲了向我證明預言是假的而交的男朋友……就是鍾諾？」

「一開始是無心地和禹棠交往，後來才愛上鍾諾。」閔冬瑤努力控制住自己的語調，「結論就是，和藍久熙都是同一個身體。」

梁蓓媛趴在桌上，止不住顫抖。多麼諷刺，這女孩爲了幫助她打破預言而認識的男人，竟然是自己丈夫的副人格。

她想起彭燁師傅的預言，今年十二月，她將會遭逢有史以來最嚴重的感情變故。

所謂的變故，指的就是閔冬瑤吧？

她們為了打破預言而做了這麼多，卻還是被命運玩弄於股掌之上。

良久，梁蓓媛才再次抬起頭，緩了口氣，「所以，妳認識每一個人格嗎？」

「鍾諾、禹棠、藍久熙，我都見過。」

「那妳不知道我是藍久熙的妻子嗎？」她不自覺加重了語氣。

「我不知道。」閔冬瑤瞪著裙擺，「但我知道他結婚了。」

今天還知道，藍久熙甚至有個即將出世的孩子。她想，現在就算有人拿針狠狠刺進她的心臟，大概也感覺不到痛吧？

「那妳怎麼能繼續跟他交往……」梁蓓媛終於憋不住淚水，痛哭失聲，「妳明明知道他有妻子了。」

閔冬瑤的視線變得模糊，「他們是不同人，藍久熙和鍾諾一點也不同，妳不是應該最清楚嗎？」

「但事實就是，這個孩子留著藍久熙的血、留著鍾諾的血……」

閔冬瑤緊緊摀住耳朵。怎麼可以這樣解釋？梁蓓媛腹中的孩子，怎麼會和鍾諾留著一樣的血液？

「冬瑤，久熙對我而言真的很重要……」梁蓓媛放軟姿態，沉痛地說：「我們的孩子就快要出生了，我真的沒辦法接受孩子的爸白天辛苦工作完後，晚上卻去見其他女人。」

閔冬瑤知道，這對梁蓓媛而言會是多大的打擊和不公，所以她一直壓抑著，一直壓抑著心中的委屈和所有想說的話。

「妳是真的不覺得奇怪嗎？」她流著淚，像個脆弱的娃娃，「換成是妳，妳能接受自己的丈夫用那副身軀抱著其他人嗎……我沒辦法接受。」

她又哭了起來，幾乎用掉桌上所有紙巾。

「久熙一直有在接受精神科的心理療法，但因爲許多原因，他只願接受長期、療效緩慢的療程。」

雖然藍久熙的心理狀態因此改善很多，但還是無法擺脫人格、記憶錯亂的痛苦，難以過上眞正正常的生活。

「直到我懷孕後，他才答應我，等公司的狀況安定下來，便會專心接受強度更高的催眠治療。」她哀傷地望著閔冬瑤，「我們是眞的不想傷害妳，但是爲了我們的家庭只能這麼做。」

「妳這是什麼意思？」

梁蓓媛深吸了一口氣，平復情緒，「完整的解離性身分疾患治療，會幫助主人格脫離人格分裂的痛苦，所以……」

所以代表其他人格都會消失。

「絕對不行！」閔冬瑤激動地站起身，錯愕地瞪著她，「妳現在是在告訴我，你們要讓鍾諾消失？」

「冬瑤，鍾諾本來就是一個不該存在的人格。」梁蓓媛的語氣趨於嚴肅，「他冷血、無情、暴力，甚至有許多犯罪的偏差行爲，這種有反社會傾向的人格怎麼能永久存在？他已經爲這個社會帶來傷害……」

「妳胡說！」她再也無法保持和氣，尖聲嘶吼：「那是因爲你們沒有人了解過他！他並不是只有冷漠的一面……」

閔冬瑤雙腳癱軟，跌坐回椅子上。

「從他出現的那刻起，一直都在幫助藍久熙，一直在爲藍久熙報仇！而妳現在……怎麼能這樣說？」

「但久熙從來不曾要鍾諾替他報仇啊……」

閔冬瑤渾身一滯，一瞬間無言以對。

「久熙是一個這麼善良的人，連螞蟻都不敢殺害，就算養父和生母一家人對他造成無盡的傷痛，他也從來沒想過要報仇。」梁蓓媛握緊雙拳，「鍾諾早就變得越來越失控，他已經做出太多脫序的行爲，甚至占據了久熙幾乎三分之一的時間。」

閔冬瑤喝了一大口水，試圖澆熄心中的怒火，卻只感到越來越無法控制情緒。

梁蓓媛起身來到她身旁，輕輕握住她的手，「冬瑤，妳曾經救過我們，所以我一直很感謝妳，更不想傷害妳，拜託妳現在離開鍾諾吧……」

「永遠不要在我面前說那句話！」閔冬瑤憤怒地甩開她的手，「妳知道我現在在想什麼嗎？我恨不得當初沒有救妳。」

如果沒有這個孩子，那她就有機會搶走這個男人吧？天底下哪有她得不到的人……

她被憤怒蒙蔽了理智，甚至對梁蓓媛說出了很惡毒的話，但她眞的不明白，和喜歡的人交往明明是每個人都能擁有的權力，憑什麼她就必須退讓？

「妳知道我明明可以直接讓久熙去接受更強烈的治療！」梁蓓媛流下心痛的淚水，「但我還是想讓妳先知道，有時間好好反應和道別。」

閔冬瑤拎起皮包，「那還真是謝謝妳的好意，但我是不會讓妳有機會帶走他的。」

語畢，她揚長而去。

✦

閔冬瑤一路緊緊握著雙拳，不發一語回到住處，鬆開手時，白皙的肌膚都因指甲而紅腫了。

她剛剛得知了一件事，廂型車裡的流氓是方湛，他與姐姐方奈爭權失敗後，開始一一找人報仇，而首當其衝的，當然是被握有把柄的鍾諾。

方湛曾經意外得知鍾諾和藍久熙的關係，更知道唯一能威脅鍾諾的，正是藍久熙與他妻子的安危。他把矛頭轉向梁蓓媛，跟蹤了幾天後找到機會下手，甚至不只一次試圖傷害她，只不過他腦子不太好，每次都失敗。

閔冬瑤輾轉難眠，做了好幾個噩夢，最後在床上躺了六個小時才累得沉沉睡去，醒來時已經是隔天晚上。

洗漱後，她才撥電話給鍾諾。

「你在哪？」她趴在窗邊呢喃：「我好想你。」

「我在妳家樓下。」

閔冬瑤猛然彈起身，匆匆忙忙跑下樓。一看見獨自站在中庭的鍾諾，她立刻衝向前擁抱他。

他們安靜了很長一段時間，鍾諾才啞著嗓喚她，「閔冬瑤。」

「嗯？」她稍稍離開他的懷抱，擠出一個微笑，像什麼事都沒發生過似的。

「對不起。」

道歉輕飄飄落入耳邊，在空虛的心房盪起幽深的回音。

「我不知道藍久熙的妻子懷孕了。」他對周圍的人事物毫無關心，上一次見到梁蓓媛，已經是將近一年前的事了。

閔冬瑤屏住呼吸，露出笑容後還特地笑出兩聲，「幹麼道歉？我也不知道啊。」

鍾諾看見那強顏歡笑的模樣，心中五味雜陳。

「而且就算知道了又如何？我不是說過了嗎，你和藍久熙就是不同的兩個人，誰還敢把你們混為一談，我絕對替你去教訓他。」

他將那說著說著就快哽咽的小姑娘摟進懷中，緊緊抱著那顫抖的身軀。

「所以你不會走對吧？我說我不在意，所以你不准走！」

閔冬瑤抬起頭，一顆晶瑩的淚珠滑落臉頰。

「我不會走。」他低聲說，加深圈住她的力道。

鍾諾將她一把抱起，回到屋裡。

他一直以來都告訴自己，絕不能給藍久熙帶來困擾，但是如今為了這個女孩，他想就這麼遵循自己的本意。

他要親自去找梁蓓媛談談。

✦

接下來的幾天，日子風平浪靜得讓人感到不可思議。

距離梁蓓媛的預產期越來越近，閔冬瑤以爲她會有一點動作。

但她和鍾諾依然一起度過每一個夜晚，彷佛那天什麼事都沒發生，只是多知道了一個驚人的事實。

只要她不去在意，他也沒提起，他們就能繼續過著正常的日子。

直到某一天，鍾諾沒有如往常般在夜晚聯絡她。

閔冬瑤以爲他也許有幫派的事要忙，便沒有過問，而隔天他也照常出現了，因此當時她不覺得有什麼不對勁之處，畢竟他們各自有自己的生活圈。

但這個狀況出現得越來越頻繁，頻繁到讓她感到不安。

「我昨天沒來找妳對吧？」

閔冬瑤原本大口大口吃著宵夜，被這麼一問，瞬間停止了動作。

「我有很多天沒來嗎？」今天偶然看到手機上的日期，他忽然察覺這個月似乎過得特別快。

「你不知道自己哪天沒來嗎？」她怔怔地望著他。

「嗯。」準確而言，他以爲自己每天都來了。

閔冬瑤放下筷子，細細數著，「你三個星期前第一次沒有在晚上聯絡我，但你隔天說到了工作的事，我就沒多想了。後來的幾個禮拜，幾乎都只有一半的日子會來找我。」

鍾諾的唇角凝滯，低頭沉思著什麼，面色十分凝重。

「難道……這些你都不知道嗎？」

他今天是在藍久熙的床上醒來的，能想像藍久熙應該是累得倒頭就在自己的床上睡著，鍾諾回房前，眼角餘光瞥見藍久熙書桌上有一個A4大小的信封袋，上面印著博恆醫院的圖示，一旁還有藥袋。

如果只是一般感冒倒不足為奇，但他接手這副身軀後，並沒有感受到任何不適，於是他偷偷打開信封，看見了與心理師會談的紀錄。

藍久熙去接受治療了，而且顯然已經持續了一段時間，他的病情正在逐漸好轉。

「鍾諾？你怎麼了？」

閔冬瑤擔憂地問，將他從思緒中拉了回來。

「我今天在妳這兒過夜吧，可以嗎？」

她愣了一下，隨即喜悅地點點頭，「當然，但你不用趕在凌晨之前回去嗎？」

「不了。」

「為什麼？怎麼突然有這麼幸運的事！」

鍾諾緊緊抱住她，沒讓她看見自己的表情，「就只是……有點想妳。」

朝陽緩緩升起，這是鍾諾第一次沒有先告知藍久熙，就硬是占據了這副身體。他已經超過三十個小時沒有闔眼。

睡在一旁的閔冬瑤伸了伸懶腰，順勢把手環過他的腰。

鍾諾感受到腰間收緊的力量，低頭在她的額間上吻了一下。

「一直不回去眞的沒關係嗎？」閔冬瑤的睡意還未消散，話也說得含糊不清。

「沒關係。」

她咯咯笑了起來，「爲什麼?你突然變得很黏欸。」

因爲他不能回去，如果再繼續讓藍久熙接受治療，他甚至不知道下一次見到她是什麼時候。

「閔冬瑤，」鍾諾輕聲說，「我們去旅行吧。」

「什麼？」她這下睡意全沒了，「這麼突然?去哪裡？」

「去一個沒有人找得到的地方。」

✦

站在岸邊，夜色中的白沙泛著朦朧微光，海面映上明月的點點碎光，隨著湧動的海浪閃爍著。

閔冬瑤脫下鞋，赤腳踏上溫軟的沙灘，感受腳底那粗麻的觸感。

微微海風夾雜著溼潤輕輕拂過，揚起她潔白色的裙擺，隨風優雅地飄逸。

兩人坐在沙灘上，平靜地望著海水向沙灘拍打上一波波浪花，浪潮隨著海風湧上又退回。

這規律又平凡的景象，卻讓鍾諾看得出神。

「怎麼樣，這片海岸有沒有像你記憶中的家？」

鍾諾點了點頭，「溫暖的感覺有像。」

那看來海岸的部分是不太像了，「嘖，我搜尋半天才在私人部落格看到這片冷門海灘，你好歹也說個謊哄我一下。」

「嗯，很像。」

她撇撇嘴故作不滿，「你演得一點也不好。」

「論演技，沒有人比得過妳。」

鍾諾本人正是這優越演技下的最大受害者，他始終分不出那些直球有哪些是真摯的。

想到這兒，他突然問：「妳是什麼時候喜歡上我的？」

「什麼？」閔冬瑤嗆得連連咳嗽，「這麼直接的嗎？」

「嗯，我還真的看不出來。」

她拍了拍滾燙的雙頰，呢喃：「那你先回答，你說了我再告訴你。」

到底是誰問的問題呢？鍾諾沒猶豫多久，十分乾脆地回答：「我的話，應該是帶妳去景觀餐廳後。」

他不認爲自己的喜歡是在一瞬間產生的，只是似乎是從那時候開始，他就開始不斷在意這個女孩。

「什麼啊，怎麼那麼晚？」這回答讓她不甚滿意。

「不然呢，妳一定比我晚吧？」

「才沒有！」閔冬瑤雙手插腰，鼓著腮幫子說：「我第一次在酒店遇到你就心動了！」

「別裝了，我可沒忘記妳還跟禹棠交往過。」

「我和禹棠才不是因爲互相喜歡才交往。」她聳聳肩，「她是爲了幫助我打破預言才提議交往的。」

當時的閔冬瑤怎麼也不會料到，就是那萬分之一的機率都不可能發生的怪事，降臨在自己身上了，她交的不是男朋友，是女朋友。

鍾諾挑起眉質疑，「是嗎？你們在樓梯間睡著那次，醒來的是我，我還親眼目睹妳在睡夢中對這副身體上下其手，又是摟又是摸。」

「我哪有！」閔冬瑤慌張地反駁，又覺得不無可能，辯解道：「我一定只是在睡夢中把她誤認成床上的抱枕才會這樣……」

見她驚慌的模樣，鍾諾不禁覺得好笑，輕輕捏了捏那鼓起的雙頰。

閔冬瑤想著想著，總覺得哪裡不對勁，「啊！你說那天醒來的是你，那不就表示，把我一個弱女子棄之不顧丟在樓梯間的，其實是你？」

「嗯，是啊。」

「喂！」她作勢出動那一點也沒有威脅性的拳頭。

「妳那時只是一個素昧平生的陌生人，我怎麼可能管妳。」鍾諾擋住那軟綿綿的拳頭，將她拉進懷抱，「現在就不一樣了。」

閔冬瑤眨了眨眼，「哪裡不一樣？」

「現在……」他抬頭望見那一整片海，「現在就算妳掉進水裡了，我也會救妳。」

聽起來不怎麼浪漫呢。她沒好氣地說：「才不用，我游泳超級厲害的，換一個。」

「現在，」鍾諾從口袋裡拿出了一個小東西，「現在就算我討厭冗贅的異物感，還是願意戴上這種東西。」

一抹低調的銀色光芒一閃即逝，閔冬瑤立刻扳開他的手，好看清楚他手裡的東西。

是對戒。

她張了張口，半晌才擠出聲音，「戒指？」

「嗯。」

閔冬瑤遲遲閉不上嘴，驚訝得在原地石化。

「怎麼，很醜嗎？」

她搖搖頭，從自己的口袋裡拿出兩枚戒指，「我也買了……」

這下愣住的不只她一人了。

「戒指不是通常都是男人買的嗎？妳怎麼也買？」

「哎，都二十一世紀了，你那是什麼古董邏輯？現在可是女性強權的時代。」閔冬瑤拍拍胸脯，「況且我家珠寶業這麼有名，你才幹麼跟我搶。」

兩人各拿著兩枚戒指對視著，是有點尷尬。

閔冬瑤搶過他手上的一枚，是十分簡約低調的款式，仔細看，戒指內圈甚至有細緻的刻字，印著書寫體的英文字母——I Love You。

她挑起眉問：「這上面有字欸，寫著什麼啊？」

「嗯，有字嗎？我看不懂英文。」

閔冬瑤哼了聲，咯咯笑了起來，「款式居然挺好看的，我完全沒想過你這種直男會懂對戒的浪漫，你是挑了多久……」

「路邊撿到的。」

鍾諾在她炸毛出拳前握住她的手，勝利般地聳聳肩。

閔冬瑤嘆了口氣，依然忍不住笑了，「那我們兩個戒指都戴吧，左右手各戴一枚，不管牽哪隻手都能碰到，是不是超級浪漫的？」

這……浪漫嗎？鍾諾這次學乖了，點頭附和：「嗯，很浪漫。」

閔冬瑤愉悅地笑彎了眼，睜大眼等待他爲自己戴上戒指。

他察覺這充滿期待的小眼神，意識到現在的流程到了自己身上，迅速拿起戒指，緩緩套入閔冬瑤的手指。

同樣的動作重複兩次，再換另一人比照辦理，是有點繁瑣，但兩個成年人卻像小孩子般眞摯。

鍾諾靜靜凝望著閔冬瑤那純眞的笑顏，也勾起唇角。

他也許這一輩子都沒辦法擁有向她求婚的一天，這枚戒指，承載的是那無法實現的所有承諾。

閔冬瑤不敢相信這個二十五歲的大男人，竟然沒有逛過街，沒有嚐過路邊攤小吃，沒有看過電影，沒有和任何景點拍過照，沒有去過遊樂園。

她決定趁這個機會，全部都帶他遊玩一輪。

只不過，要讓這男人玩出正常人會有的興奮，似乎比登天還難。

逛街時，他會靜靜盯著路邊每一個攤位販售的物品，偶爾遇到叫不出名字的商品才會停下來。

「我覺得剛剛那個髮箍挺好看的。」閔冬瑤停下腳步，心思還停留在幾十分鐘前看見的飾品。

「哪一個？」

「就是有兩個毛茸茸耳朵的那個。」可是，她不記得是在哪看見的了。

鍾諾點了點頭，「那走吧，往回走三百一十六公尺就可以了。」

閔冬瑤在心裡翻了個白眼，智商高就能侮辱金魚的記憶嗎？

她逼著他戴上毛茸茸的貓耳髮箍，自己則選了小狗耳朵，在遊樂園和一群小孩子排隊跟吉祥物合照。

鍾諾甚至是第一次到夜市。

「那是什麼？」鍾諾問。

閔冬瑤瞇起眼，發現他正盯著水果攤販那一包夾著蜜餞的小番茄。

「小番茄夾化應子呀，你沒吃過嗎？」

閔冬瑤看他彷彿發現新大陸般，難得看見食物時會出現細微表情，立刻掏出錢包，「老闆，這些我全都要了。」

老闆錯愕地問：「這裡全部嗎？」

架上新鮮切好的只有五包，讓她苦惱地思索了一番，「只有這些嗎？」

「後、後面還有一整箱沒洗的番茄。」

「那你可以幫我全部切完嗎？」看起來少說也能做成五十包。

鍾諾扯了扯唇角，立刻將人帶走。

經過另一個攤販時，閔冬瑤在一個大狗狗玩偶前停了下來，忍不住多看幾眼。

鍾諾注意到她的眼神，「怎麼了，想買？」

「如果是錢買得到的，我才不會還在這裡盯著。」那絕對是用不著猶豫，立馬付現將它買下來。

「不然呢？」

「射氣球才能換。」閔冬瑤指向旁邊一整排氣球，「我要玩！」

她開開心心付了錢，看準那顆代表狗狗玩偶的紅氣球，拿著玩具槍卻怎麼也打不中。

「唉，眞是的，我看這槍壞了吧！」她委屈巴巴地向鍾諾訴苦，「你看。」

鍾諾接過玩具手槍，單手舉槍，連瞄準的動作也沒有，一眨眼射破了其中難度最高的移動氣球。

「沒壞。」

「喂！」閔冬瑤爲了自尊心垂死掙扎，「剩一發而已，你怎麼沒射紅色那顆！」

這倒是他的疏失，「那再玩一次不就好了。」

又付了一次錢，彈匣重新裝上滿滿的子彈。

「你這次一定要打中紅色氣球喔，不然我會一個小時不跟你說話。」閔冬瑤噘了噘嘴。

「好，交給我。」

轉眼間，一整排氣球整整齊齊地破了。

當老闆顫抖著運來十二個獎品時，她才覺得有一點點抱歉，帶一個特種兵來玩射氣球根本犯規。

「走了走了，這麼多娃娃帶不走啦。」

「挺好玩的。」鍾諾笑了。

閔冬瑤是第一次見他露出這種微笑，難道這就是傳說中鍾諾的第十種情緒？

爲了迎合鍾諾的喜好，閔冬瑤特別選了一部西洋動作片。

當她被驚悚劇情嚇得差點尖叫時，鍾諾只是面無表情盯著大螢幕，無動於衷。

電影結束後，她有些擔憂地問：「不好看嗎？我覺得很精彩呀。」

「男主角拿槍的姿勢不太對。」鍾諾比了一個她看不懂的手勢，「他的手臂應該要再朝下五度，否則那種七百碼的狙擊，會射偏三釐米左右，不會正中心臟。」

閔冬瑤沒好氣地說：「人家是演員，你跟別人較眞個什麼勁兒。」

「還有剛才那場槍戰，他有好幾次機會能針對要害攻擊，如果把說廢話的時間拿來瞄準這個位置，」他指著腦幹的角度，「那犯人就不會中槍了卻還有機會逃跑。」

閔冬瑤眞的無言以對。

鍾諾卻還在想，這種低級錯誤要是發生在他們幫派裡，鐵定會被狠狠教訓一頓。

「哎，眞是的，選錯片了。」閔冬瑤指著牆上一部浪漫喜劇的海報，「我們下次看這部羅曼史吧。」

他在愛情的領域如此木頭，想必不會有能力像現在這樣鑽牛角尖吐槽別人。

他們在靠近海岸的村落租了間小木屋。

回到小木屋時，閔冬瑤已經累得睜不開眼，洗完澡便躺在床上閉目養神。

周遭隨著她躺下後便一同寂靜，她好奇地睜開一隻眼，偷看鍾諾在幹麼。豈料他只是坐在一旁，靜靜盯著她。

「怎麼，你不累嗎？今天去了那麼多地方。」

他搖搖頭，「不累，妳先睡吧。」

「可是我會認床。」她低聲咕噥：「睡不著。」

「那……要讓老闆換一張床嗎？」

「換什麼床？你過來就好了。」

即使她看上去明明是只要閉上眼就能呼呼大睡的程度，鍾諾依然躺了過去，張開手臂讓她枕著。

「嗯，這才是熟悉的感覺。」閔冬瑤彎起笑眼，一臉滿足，「胃口都是被你養大的，我連自己睡在家裡的床都會失眠了。」

鍾諾一怔，專注地盯著那張睡顏。還好在這種時候，他還能夠望著這小姑娘，這麼好看的臉龐，估計夠他迷戀地盯一整晚。

他不能閉上眼，不能睡著，要是睡著了，她該怎麼辦。

隔天，閔冬瑤醒來時，鍾諾正在桌前忙著什麼。

她揉了揉眼睛，一睜開眼便看見了桌上的早餐，「你……會煮飯？」那她這個只做過一次蛋糕的人豈不是太羞愧了？

「我只煮了拉麵。」像他這種只需要吃宵夜的人，還真沒認真鑽研過食譜。平時晚上餓的時候，鍾諾會煮點宵夜吃，拉麵既省時又方便，雖然簡陋了點，但飽足感十足。

閔冬瑤深吸了一口氣，濃郁的香味撲鼻，逼得她隨便地洗臉刷牙後，便衝到餐桌前好好坐下。

她捲起麵條，蘸了口湯汁一起送入口中，微辣的香氣衝上腦門，一瞬間都清醒了。

「比我平常泡的泡麵好吃多了！」閔冬瑤心滿意足地咧嘴笑，「這麼幸福是可以的嗎？你都不用回去嗎？」

鍾諾拿起筷子的動作微微一滯，但很快便恢復正常，「難得出來玩，就別管他們了。」

「嗯！眞帥氣。」她又喝下一大口湯，眼角餘光瞥見床頭櫃的手機，「不過，你的手機從剛剛就一直亮個不停。」

就算他沒開聲音提醒，那不斷亮起的通知欄還是十分顯眼。

「沒事，應該就是他們在找人罷了。」說完，他順手關機，丟到一旁的沙發上。

閔冬瑤警戒地盯著那突然刷黑的螢幕，「發生什麼事了嗎？」

「沒什麼。」鍾諾夾起麵條，開始平靜地吃著早餐。

這反應肯定代表有什麼。她起身奪走他的手機，長按電源鍵開機，鍾諾還來不及阻止，閔冬瑤自己的電話就響了。

接起的前一秒，她看見通知欄同樣有一整排訊息。

「喂？周玥，怎麼了？」

「閔冬瑤，妳看到新聞了嗎……」

她是第一次聽見周玥用這種毫無靈魂的口吻說話，急切地問：「什麼新聞？發生什麼事了嗎？」

「現在新聞報得沸沸揚揚，說鍾諾是霍朵珠寶案的竊盜犯……」

閔冬瑤後退了一步，差點站不穩。她雙手顫抖著，打開手機頁面，果然，所有熱門頭條都在談論這件事。

「蓓媛姐姐去報案了，她甚至向媒體投書。」周玥說。

閔冬瑤跌坐在地上，迅速掛掉電話。她無法相信，在這短短幾個小時內，世界變了。

她轉頭對上鍾諾的視線，他的神色十分平靜，似乎早已知道這件事。

「看來妳也知道了。」鍾諾本來就明白，這件事怎麼可能瞞得住？

他被通緝了。

「那女人瘋了吧？她是瘋了吧？」閔冬瑤崩潰地尖叫。

難不成是因爲和藍久熙失聯好幾天，所以梁蓓媛爲了把人搶回來，不惜動用警界的權力？她甚至至殘忍地向大眾公開丈夫的病情。

「警方如果逮捕你，那藍久熙也會一起被關進監獄！她到底在想什麼？」

「不會。」鍾諾的語氣沒有太大波瀾，早料到梁蓓媛還有這招能對付他，「藍久熙不會有事。」

「怎麼不會？」

「藍久熙患有解離性分身疾患，經過各種調查、釐清後，法院肯定會裁決無罪的，畢竟那不是他本人犯下的罪刑。」

閔冬瑤心中一沉，這代表著什麼？

法院當然不會因爲這些罪並非他本人犯的就不量刑，畢竟犯罪的人格還是在他體內，隨時將可能逍遙法外。

「無罪的前提是，他們將強迫藍久熙盡快接受完整治療，保證這個人格不再出現。」鍾諾說。

怎麼可以這樣……如同被宣判死刑般，她無力地閉上雙眼。

不過幾秒，閔冬瑤重新睜開眼，雙眸亮起了鬥志，「不會的，怎麼可能這麼簡單就結束？警察算什麼？世界上哪有錢解決不了的事？你在這裡等我，我一定會在一天內解決這件事，在那之前，你絕對不可以離開這房間半步，知道嗎？」

自顧自說完，她便穿起外套準備出門，鍾諾立刻握住她的手，輕輕地捏握了一下，「不要去了。」

她愣了一秒，又繼續說：「不然你一定有辦法對吧？你可是鍾諾，連我爸公司重重保衛的珠寶都偷得走了，哪有你辦不到的事，你是不是早就有對策了？」

閔冬瑤看見鍾諾那比自己更加沉痛的模樣，明白他們都無力翻轉這個事實。

「你不會有什麼可怕的念頭吧？」她用力抓住他的手，「不是有些人會爲了不讓另一半經歷分離的痛苦，就自作主張偷偷離去，或是裝壞裝酷推開彼此嗎？我告訴你，我一點都不吃這套，你如果敢把這種老梗套在我身上，我絕對一輩子都不會原諒你……」

「我們不要回去了，好嗎？」鍾諾靜靜地說。如果可以，他希望記憶能永遠封存在最美好的一刻。

可以不用顧慮任何人，不用與任何人共用一副軀殼，就這樣自由地掌控人生，自由地擁有全部。

「藍久熙早就開始治療了，自從梁蓓媛知道這件事，他就開始每週看診了。」他始終低著頭，再次抬眸時，那雙眼有著她沒見過的無助，「我不想消失。」

閔冬瑤再也憋不住淚水，用力摟住鍾諾，就算纖瘦的手臂無法緊緊環抱住他的整個身軀，她依然不斷加深力道，彷彿這麼做就能讓他不要消失。

「所以你才會想和我一起旅行嗎？」

她流下眼淚，後悔著昨天爲什麼不帶他逛完整條街，爲什麼不堅持包下所有他愛吃的食物，爲什麼不讓他玩垮射氣球攤販，爲什麼不聽他多吐槽一點動作片？

「所以你才會堅持不睡覺嗎？」想起自己昨晚早早就熟睡，甚至還安然枕著他的手臂，一點都不知道那顆明明靠得這麼近的心，有多不安、多沉痛，「你爲什麼不早點告訴我……」

鍾諾苦澀地勾起唇角，痛苦的只要有他一個就夠了，他希望，至少在他們旅行時，閔冬瑤是真的感到幸福。

他輕輕順了順那亂糟糟披落的髮絲，「現在還來得及。」

第十三章　緊緊相擁的幸福

鍾諾被通緝後，他們一整天都待在木屋裡。

閔冬瑤想幫他過一個難忘的假期，可是他有太多沒經歷過的事，多到不知道該從哪一件開始。

最後，她決定親自下廚，煮一桌豐盛的菜餚，她覺得這男人鐵定一輩子都沒有吃過純樸的家常菜。

「我出去買菜，你要好好待在這裡，知道嗎？」

鍾諾好歹也比她年長個好幾歲，更需要被照顧的應該是她自己才對。

「外套穿了嗎？還有錢包別忘記拿。」果然不過三秒角色便調換了回來。

閔冬瑤迅速拿起皮夾，「對齁，差點忘記帶現金。」

她平時習慣用手機付款，沒有隨身攜帶皮夾的習慣，但她現在可不能刷卡，以免被查到位置。她甚至戴上了帽子和墨鏡，全副武裝後才出門。

閔冬瑤這一輩子還沒有開過伙，對於如何揀選食材沒有半點概念，因此她索性將每樣材料都挑了一大把，花了好長一段時間才採買完畢。

當她回到木屋時，屋裡一片寂靜。

不祥的預感衝上心頭，閔冬瑤慌慌張張地在屋內奔跑。暖氣還在運轉著，客廳卻是空的，廚房沒有動靜，連臥室都空蕩蕩的，浴室的燈也亮著，但就是處處不見鍾諾的身影。

「鍾諾……」閔冬瑤著急喊著他的名字，得到的回應卻只有一片沉寂。

他去哪了？該不會有人來抓他了吧？難道是被人看見了？有人通報他們在這裡嗎？還是……藍久熙突然醒來了？如果他恢復意識，絕對會立刻趕回去找梁蓓媛吧？

「不行……」

如果就這麼回去，那豈不是會直接被送進拘留所，或是直接移送法辦，那以後要怎麼見到他？會不會從此就失去聯繫了？想到這兒，閔冬瑤急得流下眼淚。

直到她打開陽台的門，才癱軟在地。

鍾諾坐在欄杆旁，靜靜閉著眼，安安穩穩地睡著了。

閔冬瑤卸下身上沉甸甸的重量，在他身旁蹲下，還是止不住淚水。

他一定是累壞了吧？這麼多天沒睡，正常人絕對早就撐不住了，鍾諾究竟是怎麼堅持下來的？

她伸手輕觸他眼下那一片暗沉的黑眼圈，全身不斷顫抖。他現在睡著了，等等醒過來的，會不會就是藍久熙了？

霎時，鍾諾睜開眼了。

迷濛之中，他看見閔冬瑤摸著自己的臉，而那張好看的面龐，在陽光的反射下，泛了幾點碎光，她哭了。

「怎麼哭了？」鍾諾撐起身子，伸手抹去淚痕，「發生什麼事了，剛才在外面遇到危險了嗎？」

「沒有。」

這讓他更錯愕了，「那是怎麼了？」

閔冬瑤用力搖搖頭，但這倒讓他一瞬間明白了，「妳以為我不見了，是嗎？」

她還是沒承認，別過頭望向遠方的沙灘。

「我不會再突然睡著了，別擔心。」

「不行，你如果累了就休息吧，我只是剛才買了洋蔥，辣到眼睛而已。」閔冬瑤提起購物袋，「好了，我要去做菜了，你再睡一會兒吧。」

她去廚房的這段時間，鍾諾沒有再閉上眼過。

「將將！」

滿滿一整桌菜餚擺在桌面上，閔冬瑤自豪地昂起頭。她花了三個小時才做好這六道菜，最後一道完成時，前面五樣早已冷掉了。

「從這邊數過去是洋蔥炒肉絲、蒜炒高麗菜、鹹蛋豆腐、蔥燒雞丁、香菇排骨湯，還有煎壞的魚。」

這些是連她自己平常都不會吃的家常菜，但就是有這麼一個印象，小時候母親曾經做過。於是她依循著記憶中的菜色，上網搜了教程，雖然成品與圖片相差十萬八千里，但至少沒把廚房炸了。

「快來快來，你嚐一下。」

鍾諾一一嚐過一輪後，微笑說：「嗯，很好吃。」

「就這樣？」閔冬瑤問。這是什麼客套至極的發言？應該還要多一點形容詞吧。

「嗯，雞肉有蔥的香氣，這個豆腐有鹹蛋的味道。」

她發現鍾諾根本就只是把菜名拆開來說，「這算什麼評價？我還知道高麗菜有蒜味，湯有香菇味。」

「我不知道怎麼形容，但是很好吃。」鍾諾又夾了一大口菜，送入口中，第一次吃出津津有味的模樣。

「嗯！原諒你。」她愉悅地也吃了一口，五官卻突然皺成一團。

肉絲鹹得讓人起雞皮疙瘩，湯則是像在喝熱開水般，細細品嘗才能發現似乎有一點點的排骨味。

「喔，太難吃了。」閔冬瑤懊著氣，卻看見鍾諾仍一派輕鬆，就像嚐到什麼美味的食物般，「你快吐掉吧，吃完都要洗腎了。」

「不會啊，是妳的味覺有問題。」

她都快擔心死了，「怎麼辦，你一定是累到腦子壞了。」

他輕輕笑了一聲，倒覺得這種味蕾刺激還挺醒腦的。「真的很好吃，謝謝妳。」

閔冬瑤突然愣住了。

印象中，鍾諾似乎從來沒有對她這麼溫柔地說過謝謝，道謝在他倆的關係裡，是十分客氣的用詞，他們的相處模式一直都和相敬如賓擦不上邊，這樣多彆扭。

那他爲什麼會突然道謝呢？

「怎麼了嗎？」鍾諾察覺到她臉上那驟變的神情，愣了一下。

「鍾諾，我們是幾月幾號開始交往的？」

幾月幾號？他皺了皺眉，「我從來不看月曆，所以……」

「你不知道嗎？是十月二十五日。」閔冬瑤躲避了他的目光，繼續問：「那第一次接吻是在哪裡？」

「妳怎麼突然問這些？」

她深吸了一口氣，憋住那不斷湧上的情緒，「回答我。」

「包廂。」鍾諾定定瞅著她，一瞬間明白了，「我是鍾諾沒錯，不是藍久熙。」

閔冬瑤垂下手，爲自己這莫名其妙的發瘋感到羞愧，「對不起，因爲你剛剛睡著了，我、我以爲醒來的可能是藍久熙，然後卻沒告訴我，反而假扮成你……」

這樣可怕的夢境，昨晚也在她的夢中出現過。

鍾諾起身朝她走來，用力抱住她，「沒事的，不要擔心，好嗎？」

「什麼話，我才沒有擔心呢。」閔冬瑤擦乾眼淚，故作輕鬆地說：「你等等啊，如果累了就去睡一覺，知道嗎？」

鍾諾搖搖頭，「我不累。」

「哪有人不睡覺的，你又不是吸血鬼。」雖然是有點像……

「眞的不累。」

「你放心，如果之後醒來的是藍久熙，我會一棒將他打暈，然後在這裡等你下次醒來。」閔冬瑤擺出一個出拳的姿勢，「我可是有段位的，應付一個藍久熙沒問題的。」

鍾諾當然看得出來那微笑是硬擠的，一舉一動都清楚寫著逞強。

「你如果不放心的話，不然我把你綁起來吧，還有那麼多天要撐，總不可能永遠都不睡覺。」

最後，在她的堅持下，他決定妥協，好好休息睡一覺。

他們鎖上臥室的房門，閔冬瑤還準備了掃把，做好攻擊的萬全準備。

「我等等就會起床，妳不要又偷偷哭喔。」

閔冬瑤蹙著眉說：「誰偷哭了，你少自戀！」

儘管這麼說，當鍾諾陷入沉睡後，她還是默默流淚了。

他睡了很久，睡了漫長的一整天，連閔冬瑤自己都差點睡著了。

當她聽見床上有動靜，立刻彈起身，瞪大眼盯著這男人。

他挪動了一下身子，最後伸了一個懶腰才睜開眼，看見閔冬瑤後，他張皇失措地愣在原地。

「這、這是哪裡？妳怎麼會在這裡？不對，我怎麼會在這裡？」

閔冬瑤感覺心裡有什麼東西空了一下。這是藍久熙，不是鍾諾，雖然是意料之中的結果，但她還是感到失落。

「我和鍾諾出來旅行，所以你就再睡一下吧。」閔冬瑤舉起掃把，「你現在自己睡回去，我就不把你打暈。」

他護住頭部，慌張地問：「到底發生什麼事了？今天是幾號？」

「我不會告訴你的，你就快睡吧，不然我真的會打下去喔！」

「等等，我答應十四號要陪我妻子去產檢的……」

「早就過了！」她不耐煩地打岔，「因為你，我有好幾天沒見到鍾諾，甚至差點就要見不到他了！你就一天沒見到梁蓓媛會怎樣嗎？不會吧。」

藍久熙安靜了下來，用充滿愧疚的眼神望著她，緩緩開口：「對不起……」

聽見他真摯的道歉，閔冬瑤不禁愣住。

「真的很對不起，我無意要拆散你們，但為了我的家庭，只能去接受治療。」

她有些動容，但很快便恢復凶惡的神情，「你如果真的覺得抱歉，那拜託你現在躺回去吧。」

「我……」

「你就算想走，也哪裡都去不了。」閔冬瑤怨恨地握緊雙拳，「你親愛的老婆舉報鍾諾偷竊，現在你這張臉正被全國通緝。」

「什、什麼？怎麼會……」藍久熙倒抽一口氣，卻也立刻想到了梁蓓媛這麼做的理由。

他哀傷地低下頭，一句話也說不出來。

「我會在這裡盯著你直到你睡著。」閔冬瑤搬來一張椅子，虎視眈眈瞪著藍久熙，「所以你別想偷逃走。」

藍久熙真的是一個非常善良的人，這是她盯著他入睡後唯一的想法。

她謹愼地準備了掃把，還在客廳門前布置陷阱，但這麼多應變計畫通通沒有派上用場。因爲他根本沒有要逃的意思。

這讓閔冬瑤靜下來思考了一下自己的行爲。

他們這樣不顧一切也想待在一起的堅持，眞的是可以的嗎？那他們又能逃避現實多久呢？難道要一輩子躲躲藏藏地生活嗎？

想著想著，她也一起睡著了。

再次睜開眼時，床上的男人已經不見，而廚房傳來了一些聲響。

閔冬瑤悄悄靠了過去，發現他正在做早午餐。

「這次是你了，對吧？」

他轉過頭，放下鍋鏟，「藍久熙有醒來過吧？」

她鬆了一大口氣，抱住他的腰。

「他昨天醒來過一次。」閔冬瑤把臉埋在他的衣服上，含糊地發出幾個聲音，「可是我說了幾句話後，他就妥協躺回去了。」

「其實不太意外。」他關上電磁爐，「藍久熙一直都不願意按時接受治療，就是因爲他並沒有一定要讓我們這些人格離開。」

他知道，他們也有活生生的意識，也想要過上正常人的生活。

「爲什麼？我聽說人格分裂會讓他本人感到很不舒服。」

「大概是因爲我們都曾經幫過他吧。」他端起煮好的炸醬麵，帶她回到餐桌前，「童年時是另外三個人格替他度過焦慮，我則是在他十五歲後趕走了所有霸凌者。」

閔冬瑤點了點頭，犧牲自己來報恩，的確像是藍久熙會做的事。

他將碗推到她面前，「好了，別聊這個了，這麼久沒吃飯，妳應該很餓吧？」

「嗯！」她開心地點點頭。

閔冬瑤平時一個星期要吃五天牛排，這禮拜一次都還沒吃到，她卻完全不覺得嘴饞。

她似乎漸漸習慣了這種平凡的幸福。

晚上，他們一起看了一部羅曼史電影。

那天在電影院，閔冬瑤指著這部戲說下次要看，但此刻看來，下一次能一起去電影院的機會似乎十分渺茫。

這一次，他果然平靜地盯著電視螢幕，沒有像上次一樣一本正經地吐槽。

這部電影講述的是關於一個女孩遇見一個怪男孩的故事，她抽絲剝繭探究男孩的生活，在不知不覺中漸漸愛上他，最後卻發現對方其實是吸血鬼。

就算阻礙重重，最後男女主角依然走過艱辛，迎來美好的結局。

「你還有沒有什麼想去的地方？」她沒頭沒腦地問，「我可以幫你變個裝，說到化妝，我可是很厲害的，足以媲美柯南的易容術，像你這種骨相好的人，化起來一定特別簡單。」

「嗯……」他低頭沉思了一會兒。

「我們再去一次海邊吧，你小時候不是學過衝浪嗎？上次只看了海邊的夜景，明天把夕陽和日出也全看過一遍，還有那種在海灘才有販賣的熱狗堡，你絕對得吃吃看。」

他點點頭，「當然好。」

閔冬瑤屈膝坐在沙發前，被電影裡的配樂惹得有些感傷，「你覺得我們可以在這裡躲多久？」

他沒有回答，而她也沒轉過頭看他的表情。

「說實話，如果只考慮財力，我可以直接讓你交保，兩個人去國外重新生活算了。」閔冬瑤無奈地笑了，「但總不可能讓梁蓓媛的孩子一出生就沒有父親，不可能讓還在上升期的藍天公司直接失去董事長。」

她坐上沙發，緊緊握住他的手。

「這些我都知道，但就是不想讓你回去。」淚水再次奪眶而出，「你回去後，就再也不會回來了。」

鍾諾拿了紙巾替她擦乾眼淚，極力掩飾眼中那強烈的情緒。

「我才沒有哭。」閔冬瑤擠出一個笑容，「那是眼睛太乾，你到底把我想得多愛哭。」

他始終沉默，沒戳破她極力維護的自尊心。

「你知道嗎，我從小就在金錢堆裡長大，是真的相信這世界上沒有錢解決不了的事。」

可現在，她好像第一次遇到了例外，「就像你是一個這麼厲害的人，沒有人打得過你，就算警察找到你，也絕對沒有能力逮捕你，可要是你睡著了，好像什麼事都有可能發生。」

再怎麼萬能，卻都剛好在此刻無用了。

「難道我們真的只能放棄嗎……」

一抬起頭，閔冬瑤便愣住了，他的眼睛亮亮的。

「你……哭了嗎？」

他搖頭，「剛才打了個哈欠。」

「才不是，你從來不會在我面前打哈欠。」她緊緊抱住他，淚腺在此刻完全被觸動，「你不准哭，我不喜歡愛哭鬼。」

「我說了，沒有。」

閔冬瑤嚎啕大哭，都不知道是誰在安慰誰了，她從來沒有這麼害怕過。

這一刻她更加堅信了，自己永遠都無法放開他。

✦

天剛亮，閔冬瑤就起床了。

她一整夜幾乎都沒好好睡覺，還特別注意了一下一旁的男人，他昨晚似乎很累，很快便睡著。

匆匆點了外賣後，她趴在枕頭旁，靜靜凝視鍾諾的睡顏，不過沒讓她欣賞太久，他便醒來了。

他緩緩睜開眼，環顧了一下四周。

閔冬瑤不安地問：「你現在是誰？」

「妳覺得呢？」

「鍾諾？」

他點了點頭，擰起眉問：「過幾天了？」

「一天都沒過。」她欣喜地回答。

「那就好。」

閔冬瑤這才鬆下緊繃的肩膀，這沉穩的模樣確實不像藍久熙。

「趕快起來吃早餐吧，今天有好多事要做！」她一蹦一跳到餐桌前坐好，就在此時，手機響了。她已經有好幾天沒有和外界聯絡，這次也順手切斷了電話。

「誰打來的？」他拉開坐椅。

她擺了擺手，「周玥，都打好幾次了，別管了。」

「不接嗎？別告訴她其他資訊就好了。」

閔冬瑤這才想起，鍾諾的手機已經關機好幾天，他們對外界一無所知。

正當她猶豫時，周玥又打來了，這回她按下接聽，「喂？」

「閔冬瑤，妳可終於接電話了！」電話另一頭的聲音幾乎穿透電話，變成擴音模式，讓他倆同時愣住。

「怎麼了？雖然妳是我最好的朋友，但妳如果是要問我在哪裡，我是不會告訴妳的。」

周玥急切地說：「現在這已經不重要了，不管妳現在人在哪裡，還是趕快帶著鍾諾回來吧。」

「我是瘋了吧？回去等著被抓嗎？」

「蓓媛姐昨晚因爲打擊太大昏倒了，差點流產，現在在醫院裡，情況很危急！」

閔冬瑤垂下雙手，手機重重摔在木質地板上。她望向鍾諾，剛才周玥大嗓門的呼喊，他想必也聽得一清二楚。

「蓓、蓓媛住院了？」他錯愕地問，「她差點流產？」

閔冬瑤手足無措地點了點頭。

「我現在必須回去。」說完，他迅速拿起外套。

她看得一頭霧水，雖然這是很嚴重的大事，但鍾諾趕回去了又能改變什麼？

「對不起。」他深吸一口氣，「我是藍久熙。」

一瞬間，空氣彷彿停止流動了。

閔冬瑤笑了兩聲，「你是藍久熙？那我不就是周玥？你明明就是鍾諾！」

「鍾諾沒有醒來。」藍久熙按著太陽穴，「我真的不是故意欺騙妳的，但事實就是，我不是鍾諾，我現在必須趕回去。」

她唇角的笑意凝滯，「你是從什麼時候開始……」

「我第一次在這裡醒來後，鍾諾就再也沒有出現過了。」

這是什麼意思？那昨晚煮飯、看劇，甚至是流淚的，都是藍久熙？

怪不得他一直沉默，更沒有主動抱她或吻她。

閔冬瑤望向天花板，試圖將淚水留在眼眶中，「不可能，這不可能，那些怎麼會是你……」

藍久熙幾乎抬不起頭，緊緊皺著臉，「是鍾諾拜託我這麼做的，他請我不要讓妳知道自己沒有出現。」

他從口袋裡拿出一張充滿皺褶的小紙條，攤平後遞給她，「鍾諾睡著前，一直緊緊握著這張紙條。」

閔冬瑤拿著紙條的雙手不斷顫抖，上面寫著：拜託幫幫我。

五個大字映入眼簾，她還沒仔細看底下的小字，便崩潰地哭了出來。

那一晚，吃過閔冬瑤準備的菜餚後，鍾諾在她的說服之下，決定上床睡覺。他已經好幾日沒睡覺了，再不休息，他的身體恐怕也撐不住。可他知道，這一睡，自己不知道什麼時候才會醒來了。

藍久熙開始接受全面治療後，狀況改善了許多，已經不再每到深夜就切換成鍾諾的人格。

他的人格已經越來越少醒來，也嘗試接受這個事實。但是看到閔冬瑤一有風吹草動就嚇得懷疑身分，那驚恐卻逞強的模樣，如同刀刃撕碎他的心，他怎麼能安心闔上眼？

鍾諾在閉上眼之前，寫了一張紙條給藍久熙。

如果下一次醒來的不是自己，那他希望藍久熙可以不要讓閔冬瑤知道真相，就假扮成鍾諾幾個小時，直到自己再次醒過來。

藍久熙第一次醒來又準備入睡前，才看到了這張紙條，所以當他下一次睜開眼時，決定按照指示幫助鍾諾。

誰知道，鍾諾卻一直沒有出現，就算藍久熙試圖熟睡好讓他的人格回來，他依然沒能醒來。

藍久熙解釋完便趕回去探望妻子了。

閔冬瑤望著這空蕩蕩的屋內，再也感受不到希望。

這次，是真的結束了吧。

✦

閔冬瑤回來後，所有人都很擔心她，但她整整兩週都把自己關在家裡，拒絕見任何人。鍾諾也沒有出現。

她心裡十分清楚，藍久熙一回去，鐵定只有一個下場。他會被羈押，會被梁蓓媛送去繼續治療。

直到閔冬瑤再也承受不住痛苦，無法再繼續自己一個人悲傷時，才決定去見梁蓓媛一面。

來到醫院，她直接前往梁蓓媛所在的高級病房。

叩叩——

逕自打開門後，原本正閉目養神的梁蓓媛猛然睜開眼。

「冬瑤……」她嚇得不輕，第一反應就是拿起手機，試圖聯繫別人進來救援。

「怎麼，怕我對妳做出什麼事嗎？」閔冬瑤輕輕抽走她的手機，扔在一旁的沙發。

「妳要做什麼？」她那瞠大的雙眼藏不住驚惶，努力想撐起身子。

閔冬瑤將她按回病床上，「我有什麼不能做的嗎？」

「妳、妳千萬不要激動，我們先好好說話。」梁蓓媛含著淚懇求。

「放心吧，我能做什麼？」她冷冷一笑，「一個就夠了，我可不想也被妳送進警局。」

「我……我真的很抱歉。」

閔冬瑤別開視線，「我來這裡不是要聽妳道歉的，畢竟妳的道歉一點用也沒有。」

「那妳想要幹麼？」梁蓓媛膽怯地縮了縮。

閔冬瑤沒跟她多廢話，直截了當地問：「他現在在哪裡？」

「我求求妳，不要再找鍾諾了。」

「我問的是，在哪裡？」閔冬瑤的眼神流露出冷冽，空洞得沒有絲毫溫度。

梁蓓媛掙扎良久後，才嘆了口氣說：「久熙現在一整天都在醫師的照料下好好生活，他一直很努力在為這個即將出生的寶寶改善自己的病情，狀況也好轉非常多了。冬瑤，妳趕緊忘了鍾諾，回到自己原本的生活吧，拜託妳不要再執著於他了。」

「妳的意思是……鍾諾快要消失了嗎？」

「我希望妳在憤怒之餘，也可以替久熙想想。」梁蓓媛誠摯地凝望著她，「副人格的存在，對久熙而言是一種很殘忍的折磨。」

閔冬瑤盯著自己的鞋尖，靜靜聽著。

「他的生活是破碎的，記憶無法連貫，常常會頭痛、精神恍惚、焦慮恐慌，長年都在服用止痛藥。」她努力沉澱情緒，繼續說：「可就因為那些人格曾經幫助他度過悲慘的歲月，久熙便善良地想與他們一起分享這個世界，他讓正值青春年華的禹棠每週到校園上一堂課，甚至讓鍾諾加入幫派。」

閔冬瑤想起，藍久熙假扮成鍾諾時，也曾提過這件事。

「久熙因為童年的陰影，對夜晚有很深的恐懼，所以每到深夜，常常就會控制不住將身體交給鍾諾，但他是一個這麼認眞工作的人，白天賣命打拚，到夜晚卻讓鍾諾在外逍遙，休息的時間總是只有短短幾個小時，他的精神變得越來越糟，還曾經好幾次病倒。」說到最揪心的部分，她難受地閉上眼，「可是妳知道嗎？痛苦的永遠只有久熙，這些人格都是因爲他的痛苦而出現的，但他們卻不用受那些可怕記憶的折磨。」

閔冬瑤當然很清楚，藍久熙是一個多麼可憐的人。

「現在我們的孩子就快要出生了，他需要更多時間陪伴家庭，也需要放下過往的痛苦，好好迎接人生新的階段。」

閔冬瑤沒有繼續追問，她沒有被說動，也不想因此妥協。她始終知道，藍久熙很可憐，但是鍾諾的苦楚，卻沒有人能看見。

精神科醫師想幫助主人格拿回完整的自主權，法院也想消滅一個違反主人格意識去犯罪的副人格，梁蓓媛心疼丈夫，想陪著他走出痛苦。

那鍾諾呢？

因爲他擁有的記憶是不存在於這個世界上的，所以他就該消失，是吧？

她不願屈服於這些人認爲的理所當然。可是，她又能改變什麼呢？除了接受現實，還可以做什麼？

一切似乎已經沒有轉圜的餘地了。

閔冬瑤體會到世界黯淡無光是什麼樣的感覺。

她用盡一切所能，甚至試圖賄賂，可最後都只是徒勞無功，她終究無法與重重的司法機關抗衡。

想著想著，只剩下最後一個辦法。

「天吶，妳都瘦一圈了！」菀菀浮誇地握著閔冬瑤那消瘦的手。

「我爸還要多久才會到？」

菀菀的笑意凝滯了一下，「閔總啊……他現在恐怕不太想見妳。」

也是，自己苦心想抓捕到的犯人，竟然是女兒的男朋友，兩人甚至一起消失了一段時間，他都快丟臉死了。

「妳告訴他，我就在這裡等，他什麼時候才要出現隨便他。」

菀菀十分無奈，「妳也別爲難我了，妳知道妳這臭脾氣就和閔總一模一樣，到底什麼時候才會有人先低頭？」

閔冬瑤沒有回應，只是平靜地坐在辦公室裡等待。

「我聽說妳前陣子和閔總吵架，他那天在會議發了好大的脾氣，眞是嚇壞我們所有人了。」菀菀一邊整理茶具一邊碎念：「妳有時候啊，什麼事都不懂就別跟妳爸爸槓上了，都不知道多傷他的心。」

她擰眉反駁：「妳才什麼事都不懂。」

「我怎麼會不懂？我家可是從我媽那代就開始跟在閔總身邊了，妳家的事我比妳更清楚。」菀菀猶豫了一會兒後，嘆了口氣，「這個啊，我不知道該不該說……」

「那就別說了。」閔冬瑤現在可沒心情聽別人聒噪。

可菀菀還是說了，「妳爸之所以沒有告訴妳夫人過世，是夫人臨終前請求他的。」

閔冬瑤抬起頭，怔怔地瞪著她，「妳再說一次。」

菀菀說，何芸生病後，知道自己時日不多，因爲害怕年幼的女兒會留下喪母陰影，不想讓孩子對自己最後、最深刻的印象，是消瘦、脫髮的模樣，所以才會用離婚來掩蓋事實。

「我想妳應該也知道，夫人在生下妳之後，身體變得很虛弱，出現很多病症，每隔一段時間都會固定回診。但在妳九歲那年，她因爲染上肺炎，病情急速惡化。」

「肺炎？」

菀菀哀傷地點點頭，「就是她離開前的一個月左右吧？我記得是妳們寒假出國旅遊後發生的事。」

這麼一提，閔冬瑤也想起來了，那年寒假，他們一家原本要到澳洲旅遊，但她吵著想看雪，所以改去了北歐。

言下之意是……何芸的病情會急速惡化，說起來和她有點關係。

「我知道妳現在可能會自責吧？」菀菀小心確認女孩的眼神，「夫人就是怕妳會把錯怪到自己身上，才拜託閔總別告訴妳眞相。但我想妳現在也夠大了，總該知道這件事。」

何芸會在得知預言後變得歇斯底里，是因爲擔心而情緒不穩定，也並非是閔冬瑤一廂情願認爲的疑神疑鬼。

說到底，閔冬瑤總是認定了一個方向後，便不接受任何人的意見，像個倔強的孩子似的不成熟。

「所以妳別和妳爸鬧脾氣了，他絕對是承受最多的人，外界甚至還謠傳閔總是因爲錢、家暴等很荒唐的理由，才和夫人離婚的。」菀菀嘆了口氣，拿起資料準備離去，「我先去工作了，妳就慢慢等吧。」

門關上後，空氣裡只剩一片寂靜。

將近有一個小時之久，閔冬瑤只是緊緊捏著裙襬，呆滯地瞪著前方。

她在辦公室裡待了一整天，就不相信父親能整天都不進來工作。

可閔遠果然不是省油的燈，竟然真的一整天都沒進辦公室。

閔冬瑤把這裡當成自己家，在裡面用餐、睡覺，賴著不走。

就這麼過了一週。

清晨，閔遠如往常到公司上班，經過玻璃窗時，看見女兒還是耍著倔脾氣，獨自坐在辦公室裡。

就這麼讓她無法無天也不是辦法，連公司員工間都已經開始八卦了，說董事長一週沒進辦公室，女兒在裡面吃吃喝喝吵著要見他，後來更有新的版本出現，變成董事長一個月沒進辦公室，女兒在裡面開轟趴，威脅再見不到他就要自殺。

所謂的三人成虎，竟然也發生在自己公司裡了。

推開門，閔遠面無表情地問：「妳到底要說什麼？」

閔冬瑤立刻彈了起來，「你幫幫我吧。」

他挑起眉，「之前的帳都還沒算，妳怎麼覺得我會幫妳？」

「我是你的女兒。」

「是啊，妳是我的女兒，所以我被妳騙得團團轉。」閔遠咬牙切齒地說完，便用力將公事包扔在座位上。

閔冬瑤急切地起身，「拜託你了，之後不管你要我做什麼我都會照做。」

「所以妳想要我幫妳什麼？又是爲了那個叫鍾諾的副人格？」

「嗯。」她低下頭，「你能不能把他從被監禁的地方弄出來？這種事對你來說應該很簡單吧？」

在閔冬瑤的觀念中，只要報出大名再交個現金，再牢固的門都會爲閔遠敞開。

「妳做夢吧，那種跟霍朵槓上、品行偏差的男人，給我離他遠一點！」

「爸，拜託你救救他吧。」閔冬瑤深吸了一口氣，「你知道他爲什麼要竊取珠寶嗎？他不缺錢也不是虛榮心作祟，他是爲了要報仇，藍久熙是池鳶的兒子！」

聽見這個名字，閔遠頓時定住身子。

「你不知道吧？你掛念的那個池鳶是一個多糟糕的女人，她喪夫不久就立刻改嫁給傅詠，讓自己的兒子陷入水深火熱之中，從小被虐待、凌辱，甚至因此患上精神疾病，可池鳶做了什麼？她有試圖阻止這一切嗎？」沒有，否則，藍久熙的痛苦是從哪裡來的。

閔遠轉過身背對著她，靜靜地說：「池鳶不是因爲錢才嫁給傅詠的。」

顯然父親知道得比她更多。

「她是爲了報仇！」重新想起這段回憶，他依然激動不已，「傅詠是害死藍久熙生父的罪魁禍首，但是，池鳶卻愛上傅詠了……」

傅詠一直都很迷戀池鳶，而她卻和他的同事結婚了，追愛不成的傅詠在學校師生間散布不實謠言，誣陷藍久熙的生父侵犯自己的學生，這不只讓他在職場遭受指指點點，連家人也被貼上標籤，最後在同事與輿論壓力的迫害下，走上自殺這條路。

池鳶為了復仇而接近傅詠，甚至答應與他結婚，最後卻什麼仇也沒報成就愛上對方。他們甚至還有了一個女兒，就像復仇是從來不曾存在過的想法般。

知道這一切的藍久熙，只能看著母親愛上殺父仇人。

閔冬瑤扶著桌腳才穩住自己的重心，「她愛上那個人渣，憑什麼就得讓藍久熙遭受痛苦？爸，那藍久熙的副人格阻攔池鳶的事業不過就是微不足道的復仇而已。」

閔遠沉默地瞪著窗外，他確實不知道這次的珠寶案是池鳶的兒子所為。

「我還有話要對他說，他們不可以讓鍾諾就這麼消失……」

有好長一段時間，他們誰也沒開口。

彷彿過了一個小時，閔遠才轉過身直視她，「我就只幫妳這一次。」

他拿起電話聯繫友人，請對方與負責看守的保全談談。掛斷電話後，閔遠坐下開始辦公，好像什麼事也沒發生似的。

「爸，謝謝你。」閔冬瑤早已熱淚盈眶，終於低下頭，「還有上次，對不起……」

閔遠握著鋼筆的右手一滯。

「我不該拿媽媽的那件事這麼對你說話，菀菀都告訴我了。」

閔遠的手微微顫抖，此時一通電話打斷了這片溫情，沒讓他流下男兒淚。

「喂……嗯，你說什麼？」他突然抬起頭，視線對上閔冬瑤焦急的眼神。

「怎麼了？發生什麼事了？」

「他們說，鍾諾逃走了。」

✦

閔冬瑤跟著閔遠派出的人馬尋找了一整天，卻仍然毫無收穫。最後，她只能拖著疲憊的身軀回家。

一打開門，連燈都還沒開，忽然被猛力一拉，撞進熟悉的溫度和味道裡。感到驚惶的同時，有一股強烈的情緒取代了恐慌。

「鍾諾？」閔冬瑤激動地緊緊回抱他，「你怎麼現在才出現……」

她不斷撫摸著那厚實的肩膀和後背，深怕這一幕只是夢境。

這一幕，在她的夢裡是多麼常見的場景，鍾諾離開後，她時常在深夜被自己的尖叫聲嚇醒，淹沒在冷汗中，不斷大口喘息卻無法將腦中的噩夢驅逐。

閔冬瑤常常夢見他用各種方式出現，但結局總是一樣的。她總是在被褥中哭著醒來，發現一切都是假的。

但此刻，眼前的男人是那般真實。

「你還好嗎？他們有沒有對你做什麼事？你有好好吃飯、好好休息嗎？」

閔冬瑤想後退好好看看他的臉，但鍾諾將她緊緊按了回來，不讓她離開自己的懷抱。

「我好像真的要走了。」

男人低沉的嗓音包裹著一層沙啞，輕輕盪入她心中，爆發出無法負荷的衝擊。

她一直強忍住的眼淚，在那一刻潰堤了。

當晚，閔冬瑤將外送平台所有開著的店都點了一輪，準備了非常豐盛的大餐。

她沒有再問鍾諾，他是怎麼逃出來的，這些天有沒有醒來過，那些人對他做了什麼事，他現在感覺怎麼樣。而是始終保持著笑容，彷彿兩人的時間停留在剛交往時的快樂。

「鍾諾，你的生日是幾月幾號啊？」閔冬瑤一邊咬著炸雞一邊問。

「九月二十七日。」

閔冬瑤迅速站了起來，「那你等著啊，我給你慶祝一下。」

「慶祝什麼？」他的生日和現在日期的唯一共同點，就只有一個月和一個日字。

她跑向牆上的掛曆，翻了大半才到九月，並將二十七號用紅筆圈起來。

「你進去等一下。」她眨了眨眼，把人強制推進房裡，並謹慎地關上門。

大約過了十五分鐘，閔冬瑤才一蹦一跳地打開門，讓他出來，「快快快，可以出來了！」

再次開門時，屋裡的燈光全暗下，只留下一盞蠟燭的微光。

「祝你生日快樂，祝你生日快樂……祝你生日快樂！」閔冬瑤唱完生日歌後，拉下手中的拉炮，一整片彩帶飄落在鍾諾的面前。

他抬頭瞅著四周，夜店般的彩球燈亮起一閃一閃的彩色燈光，牆上掛著各種浮誇緞帶，彷彿眞有人生日一般。

她捧著一整份披薩，中間插著一根蠟燭。

「我從十三歲開始，生日就是吃披薩不吃蛋糕了，你也配合我一下。」閔冬瑤笑咪咪地說，「快點，你來許個願。」

兩人坐在地上，圍著那有點滑稽的生日披薩。

「首先是第一個。」她睜大眼望著鍾諾，等待他說出口。

鍾諾幾乎沒有思考便回答：「妳每天都要好好吃飯、好好睡覺，不要再一直亂喝酒。」

閔冬瑤愣了三秒，「那第二個呢？」

「妳要一直健健康康、平平安安，不要生病。」

「怎麼都是關於我，這是你的願望欸……」她說著說著便安靜了下來。

她知道，他總不可能說，希望我可以不要消失，或是希望我們可以永遠在一起。

閔冬瑤用力把笑容擠了回來，「討厭啦，你這樣人家很害羞。那第三個呢？」

鍾諾盯著燭火，雙眼閉上了片刻才重新睜開。

「你許了什麼？」

「不告訴妳。」

她鼓起臉頰，「不說就不說，我自己猜。」

鍾諾饒富興味地盯著她，想聽聽這小姑娘會說出什麼。

「我猜……」她抬頭瞄了眼，「你想強吻我。」

他沒好氣地笑了笑，還眞的有點想。

「來吧，我幫你完成願望。」閔冬瑤嘟起嘴，向他靠近了點，淺淺吻上那雙唇。

鍾諾一手捧起她的雙頰，奪回主導權，加深力道吻了回去。

窗外的夜色彷彿也在這濃濃情愫下變得朦朧。空氣在這一刻停止流動，寧謐的夜裡，沒有喧囂，沒有煩惱，沒有痛苦，只有一對相愛的戀人，珍惜最後依戀彼此的時光。

靜靜坐在月色下，閔冬瑤輕輕靠著鍾諾的肩。

他們講了一整夜的話，她卻還是覺得時間不夠，似乎連鍾諾的一半都還沒了解。

但她聽得出來，他很累了。

天知道鍾諾在逃出來之前究竟經歷了什麼，閔冬瑤見過他幾乎三天沒闔眼的模樣，便知道這次絕對受了更大的折磨。

她該讓鍾諾好好休息，不該打破此刻的寧靜，但寂靜越久，總感覺身旁的男人離自己越遙遠。

閔冬瑤還是忍不住叫了他，「鍾諾。」

「嗯？」他回答得很輕。

「我有說過自己對你一見鍾情嗎？」她輕聲呢喃。

「有。」

「可是我還想再告訴你一次。」

「我牢牢記住了。」鍾諾將頭輕輕靠在她的髮絲旁，「那我有說過自己很愛妳嗎？」

閔冬瑤沉寂了許久，「好像沒有。」

「我以為妳已經知道了。」

「我知道。」她微微勾起唇角，「可是我也想親自聽一次。」

「我愛妳。」

她愣了一下，沒有想過人聲發出的這三個字，可以在心裡產生這種程度的共鳴。

「你說什麼？我沒聽清楚。」

「我愛妳。」鍾諾那低沉又微弱的嗓音，幾乎融入空氣之中，「真的很愛妳。」

閔冬瑤的眼眶有些微潤，水霧模糊了眼前的夜空。

我真的，好想要你不要走。這句話含在口中，她捨不得說出口，捨不得讓氣氛再次沉痛。

半晌，她才淺淺笑著說：「我也愛你。」

彷彿連黑夜也為他屏息，這一刻安靜得迷人。

閔冬瑤能聽見身旁男人靜靜呼吸的每一口氣，能感受到貼在自己身旁的心臟怦咚怦咚跳動著。

如果世界能暫停就好了。

「我好累。」鍾諾啞著嗓說。

「嗯，你一定非常非常睏了吧，一整天經歷了那麼多事。」她閉上雙眼，緊緊地鎖住眼眶。

男人輕輕地嗯了一聲。

「你很想睡吧？」鼻腔顫動的氣流幾乎就快沉不住，「我知道了，那現在好好地睡一覺吧。」

這次，她沒有得到回應。

「睡著後，就不用再煩惱了。」

冷風拂過她的臉龐，也是安靜的。

「睡著後，就沒有痛苦了。」

淚水從眼角縫隙流下，滴落在鍾諾的手背上。

她知道，他已經睡著了。

睡著後，就不用再害怕了。

第十四章 黑夜過後，是什麼樣的白天？

天亮了。

黑夜彷彿也一併帶走了他。

鍾諾睡了很久，藍久熙才醒來。

閔冬瑤把自己鎖在房裡，沒出去確認醒來的是誰，她不再欺騙自己，鍾諾已經不會再回來了。

他沒有在這間屋子裡留下任何物品，她該感到慶幸，但看著空蕩蕩的家裡，卻彷彿又看見了滿滿的回憶。

✦

叩叩叩——

閔冬瑤沒去應門也知道是誰，所有訪客都會按門鈴，只有兩個人除外，不需要鑰匙的鍾諾，還有沒禮貌的韓浚。

「閔冬瑤，我把午餐放在外面喔。」隔著一道門板，韓浚小聲呼喊。

她直接打開門，「幹麼給我送飯？」

他嚇了很大一跳，完全沒料到閔冬瑤會來應門。

「就……周玥說妳可能有點餓。」

「少來，我連她的電話也沒接。」

「啊……」韓浚尷尬地撓撓頭，「我聽我爸說了一點事……就是，呃，妳還好嗎？感覺就會不吃飯。」

閔冬瑤想都沒想便回答：「我很好啊。」

「眞的？」他挑起眉，一點也沒相信，自顧自說：「妳知道吧，妳還有很多好朋友，像是我啊、周玥啊，如果覺得心情不好……」

「我說我沒事。」她沒好氣地打斷，「要我笑給你看嗎？」

韓浚連忙搖頭。

閔冬瑤笑了，她拍了拍他的肩，「謝謝你啦，但我眞的沒事。」

這把韓浚嚇壞了，他這位脾氣暴躁的青梅竹馬突然溫柔地說謝謝，比大吼大叫還可怕。

「好了，我要去念書，你先回去吧。」

「念書？」不誇張，他沒見過閔冬瑤讀書。

她指了指門邊一疊新買的書，「懷疑啊？我要發憤圖強，嚇死你們。」

韓浚覺得自己已經被嚇死了。

「我要休學，去美國從零開始重新修讀大學學位。」

「妳不讀外文系了？」

「嗯，我會聽我爸的話，去考企管。」

✦

年底，閔冬瑤忙著準備英文檢定。休學後，她每天都待在家裡寫模擬題。

這天，如往常寫著習題時，門鈴響了。

打開門那刻，她愣住了，「你是？」

對方點頭致意，看著自己的手機說：「請問是閔冬瑤小姐嗎？」

「對。」

「這裡有一筆上個月預約的外送，再麻煩您簽收一下。」

「我？我訂的嗎？」閔冬瑤一臉狐疑，難道是某次叫外送不小心按到預約功能？

「是有人訂給您的。」外送員瞇起眼盯著訂單，「好像叫……鍾諾。」

她猛然接過他手上那一袋東西，「你確定？他什麼時候要你送來的？現在嗎？」

「呃不是，是上個月。」他幾秒前才說過。

「喔……」她垮下臉，「知道了，謝謝你。」

關上門後，閔冬瑤迅速打開袋子，裡面全都是來自超市的生鮮食材。

足足有五種蔬菜、兩袋水果、牛肉片、豬肉片，還有各式各樣的拉麵，塞了滿滿一整袋，也許兩週都煮不完。

「什麼嘛……」閔冬瑤勾起唇角，微笑的剎那卻又有點感傷。

「這不是你擅長做的東西嗎？怎麼丟給我自己煮，還要每天煮食材才不會壞，是要我把廚房燒了嗎……」

她一邊碎碎念，一邊將食材一樣一樣放入櫥櫃。

對一個每天外食的女人而言，這個櫥櫃除了放胡椒粉、辣椒醬等調味料，沒有其他功用，平時幾乎不會打開。

不過，挪開胡椒粉罐的那刻，她摸到了一個表面粗糙的東西。

閔冬瑤搬了張椅子，站上更高的平面仔細察看，才發現小罐子下壓著一張紙條。

要按時吃飯，每天吃飽，吃得健康，不要減肥了。我放了很多瓶保健食品在第二層櫃子，記得按時吃完，別過期了。

她倒抽一口氣，差點從椅子上摔下來。鍾諾在離開前，還留了紙條嗎？

最近的確瘦了，甚至瘦了五公斤。

閔冬瑤匆匆忙忙拉開第二層櫃子，果然看見一整排圓圓的罐子，維生素C、維生素B等保健食品整齊陳列。

更重要的是，一旁也有小紙條。

每個人都很關心妳，好好放鬆自己，出去和朋友玩吧，我喜歡妳穿那件白色的洋裝。

白色洋裝，他們去海邊那天，她就穿著那件。她緊緊握著紙條，回到衣櫃翻找長裙。閔冬瑤有一個五坪大的衣帽間，她幾乎不曾穿過一模一樣的衣服。找了將近半小時，才在其中一個衣櫃找到這件洋裝，她抱著洋裝，眼角又有些溼潤。

這時，她摸到裙襬口袋裡有個硬硬的東西。

又是另一張紙條。

天氣越來越冷了，要注意保暖，我把圍巾放在床頭櫃的最下層。

走到床頭櫃旁時，閔冬瑤已經流下眼淚。

她顫抖著雙手打開櫃子，看見一條暗紅色的針織圍巾。圍巾摸起來很柔軟，也很保暖，不管配什麼顏色的衣服都適合，和白色洋裝搭配起來更是好看。

而圍巾旁，也有一張紙條。

開始新生活了嗎？妳要好好念書，不要失業了。相信妳可以的，加油！

閔冬瑤笑了出來。加油這個詞，很不像是會從他口裡說出來的話。

爲了不辜負他的用心，她一定會好好努力，不讓自己繼續過著頹廢的人生。

不過，這次的紙條沒有提示她再找下一樣物品，難道是要她從這些文字裡推理出一個地點嗎？

她找遍家裡所有沒注意過的地方，甚至把整間衣帽間重新翻了一遍，還是沒有找到下一張紙條。

也許這個直男已經想不到還可以藏在哪裡了。

閔冬瑤不禁失笑，將這四張紙條妥善收進小盒子，放在床邊，每天和它們一起入睡。

✦

三個月過去，閔冬瑤通過了英語檢定，也獲得了出國念書的資格。

出國前夕，她走在街上，靜靜回憶這兩年多來，每天差點睡過頭，從家裡趕去學校上課的情景。

下次回到這裡，應該是四年後了吧。

總覺得過了二十一歲，自己好像瞬間成熟了不少，或者應該說是歷經滄桑，她現在竟然已經開始追憶從前了。

閔冬瑤無奈地笑了笑，走向熟悉的關東煮攤販，出國前，一定要好好嚐嚐這些便宜的小吃。

「老闆娘，我要這些，謝謝。」她將盤子遞上前。

「喔，妹妹啊，妳很久沒來了耶。」

她驚訝地眨了眨眼，「老闆娘妳記得我喔？」

該不會是和早餐店阿姨一樣，見到每個女客人都喊美女，男客人則是帥哥吧？

「當然記得啊！妳之前不是坐在那邊一個人喝燒酒？」她指著一旁的座位，「通常齁，我是不會記得這種客人，但是妳占了這個位置五個小時，我到現在還記得一清二楚。」

閔冬瑤乾笑了幾聲，「是這樣喔……」

「嘿啊，妳今天不會又要把這裡當咖啡廳了吧？」

「沒有啦，外帶而已。」她迅速付帳，準備離去。

「欸，藍先生，你今天也要一樣的嗎？」

「對，再麻煩您了，謝謝。」

聽見這個熟悉的嗓音，閔冬瑤猛然一怔，轉過頭的剎那，她看見那個朝思慕想的身影。

那男人穿著一身黑褐色大衣，雖然戴著帽子，閔冬瑤依然一眼認出他。

「鍾諾……」

他忽然抬起頭，看見閔冬瑤後瞬間瞪大雙眼。

「妳、妳好，沒想到會見到妳。」他微微點頭，別過頭僵硬地盯著關東煮攤販。

閔冬瑤無奈地垂下肩膀，自己究竟在發什麼瘋？這男人怎麼看都是藍久熙。

「你最近過得還好嗎？」不知哪根筋不對，她拋了一個問題。

藍久熙似乎還沒從驚訝中回過神，愣了許久才回應：「嗯，一切都挺好的。」

「還會頭痛或焦慮嗎？」

「我一直都在接受治療和輔導，這些狀況已經很少出現了。」

她的睫毛輕輕垂下，那就好呢，這樣他的離去才有意義。

「我也……很久沒有人格分裂了。」

這句話如同在她心裡戳了一下，閔冬瑤的唇角微微一滯。她擠出一個微笑，「這樣很好啊，恭喜你。」

簡單道別後，她迅速逃回家。

望著家裡那一箱一箱打包的行李，閔冬瑤再次嘆了口氣。離開這座城市後，應該會更容易淡忘這種哀傷的感覺吧？

她走進房間，將一些要放進隨身行李箱的個人物品收拾好。整理到戒指盒時，突然愣住了，這裡面有重量，沉甸甸的。

打開黑色小盒子，兩枚銀色的戒指串成一條項鍊，閃過一抹晶瑩的光澤。再看看自己手上的這兩枚，閔冬瑤不禁睜大眼。

盒子裡的這兩枚，是鍾諾的，他是什麼時候放在這裡的？

閔冬瑤每天都戴著戒指，不曾拿下來，所以，她幾乎不會打開這個收納用的戒指盒，直到今天才發現鍾諾留下了這條項鍊。

她將項鍊戴上，兩枚相交的戒指正好落在胸前。

她不禁失笑，一個人身上帶著兩副情侶對戒，不知情的人還以爲是同時有四個男朋友。

正要關上戒指盒時，閔冬瑤唇角的笑意頓時凝滯。

有一張紙條。

紙條夾在軟墊下方，露出了白色的一小角。

心情好點了嗎？這最後一張紙條妳應該找很久了吧？到這個時候，相信妳已經好多了，不要自己一個人偷偷哭，要找一個很好的男人好好過日子。

她緊緊摀住嘴，不敢相信最後一張紙條一直夾在戒指盒裡。有別於前面四張，翻到背面，還有一行字。

把五張紙條對齊後，合在一起看吧，這就是我的第三個願望，妳一定要幫我實現。

閔冬瑤迅速從床邊的小盒子裡拿出之前的四張紙條，一一攤開放在一起。

每張紙條的開頭第一個字，都用紅筆畫了一條底線。

要按時吃飯，每天吃飽，吃得健康，不要減肥了。我放了很多瓶保健食品在第二層櫃子，記得按時吃完，別過期了。

每個人都很關心妳，好好放鬆自己，出去和朋友玩吧，我喜歡妳穿那件白色的洋裝。

天氣越來越冷了，要注意保暖，我把圍巾放在床頭櫃的最下層。

開始新生活了嗎？妳要好好念書，不要失業了。相信妳可以的，加油！

心情好點了嗎？這最後一張紙條妳應該找很久了吧？到這個時候，相信妳已經好多了，不要自己一個人偷偷哭，要找一個很好的男人好好過日子。

每張紙條的字首，合成了一句話。

——要每天開心。

閔冬瑤將臉埋進袖口，又是笑又是哭。

傻瓜，這麼平凡的事，怎麼會當成最重要的第三個願望……她緊緊握著胸前的項鍊，幾乎要將戒指刻進手心裡。

「會的，我會幫你實現這個願望的。」

✦

四年後。

閔冬瑤從洛杉磯返台。下飛機後，她拖著行李箱走進機場大廳，用力深吸了一口氣後，微微一笑。

在美國待了那麼久，還是感受不出人們所指的味道不一樣是什麼感覺，她怎麼聞都覺得兩國的空氣是一樣的。

坐在大廳，她撥了通電話，「玥玥！我到了。」

「我知道妳到了，但是我們還沒……」周玥無奈地說，「抱歉啊，妳都坐這麼久的飛機了，現在還要坐在大廳等我們。」

「完全沒事，慢慢開就好了知道嗎？這裡有冷氣又有椅子，舒適得很，叫韓浚不准飆車。」

話筒立刻傳來另一道聲音，「放心吧，我不會飆車，我才沒有那麼急著想見妳。」

「啐。」閔冬瑤撇了撇嘴，「誰准你講話了？我是打給玥玥，也沒有想要聽到你的聲音。」

「誰叫妳選在這種時間回來，我們原本今天要去旅遊……」

「唉，妳別理他了。」周玥搶回電話，笑著說：「這傢伙只是愛面子而已，上禮拜聽到妳要回來，不知道高興得在我耳邊碎碎念多久，我都快吃醋了。」

「誰碎碎念了？妳不要加油添醋……」

閔冬瑤不禁失笑，他們還是和大學時一模一樣。

眼看這對情侶快吵起來了，她趕緊出聲制止，「好啦，你們回家再吵好嗎？專心開車啦。」

「對了，妳的畢業成績不是前三名嗎？我們有準備驚喜要幫妳慶祝喔……」

韓浚話都還沒說完，又被周玥慌忙打岔，「你是豬頭吧？講出來還算什麼驚喜啊？都準備這麼久了，哪有人在前一刻洩密的！」

又傳來一陣敲打聲，讓閔冬瑤聽得都不禁打哆嗦。

「所以我就說吧，韓浚他超期待妳回國的，連這點祕密都保守不住。」

閔冬瑤笑了起來，都快分不出自己的笑容是出自喜悅還是欣慰。

「好啦，我們快到了，等等直接機場見吧，再一起去吃頓好料的。」

「嗯，妳請客喔。」韓浚又出聲。

「知道啦，這是當然的，掰啦。」閔冬瑤趕在他倆打起來前掛斷電話，也準備先到大廳等他們。

她補了唇膏後戴上墨鏡，拿起行李朝門口走去。

霎時，前方一個十分年幼的小男孩一臉興奮地在大廳內奔跑，沒注意便迎面撞上她。

小男孩向後跌坐在地上，痛得哭了起來。

「小朋友，你沒事吧？」閔冬瑤急忙蹲下身察看他的傷勢，所幸並沒有明顯擦傷，似乎只是被撞疼了。

「阿姨，對不起。」

小男孩十分稚氣地向她道歉，眼淚都還沒乾，就九十度彎腰鞠躬。

她愣了一下，「是誰教你這麼說的？」

「把拔說做錯事就要道歉。」他一本正經地說，眉毛還擰得正氣凜然。

「不對，我是說你剛剛叫我阿姨吧？怎麼可以這麼叫？」

小男孩用力點了兩下頭，「嗯！把拔說看到女生的大人要叫阿姨，男生的大人叫叔叔。」

「不對，你要回去告訴你爸爸，他教錯了。」閔冬瑤立刻搖搖手，「女生要叫姐姐，男生叫哥哥，這樣才對。」

「把拔沒有教錯……」

孩子兩眉一彎，看起來快哭了，閔冬瑤突然慌了。

她跟孩子認真什麼？從小孩口中聽到姐姐的稱呼，是能有什麼成就感？

「諾諾！你在那裡做什麼？」

「把拔！馬麻！」小男孩回過頭露出燦笑，朝著父母直奔而去。

看見他們的剎那，閔冬瑤渾身一愣。

「你怎麼自己跑走了？」男孩的母親略帶訓斥地說，語氣裡卻又藏不住擔憂。

「馬麻，我撞到一個漂亮阿姨！」

「你撞到別人了？那你有沒有跟人家道歉？」男孩的父親急忙問。

他大幅度地點頭，「有！可是那個漂亮阿姨說我應該叫她姐姐。」

男孩的父母同時順著他手指的方向看了過來，閔冬瑤立刻推了推墨鏡，確認自己沒露出雙眼。

他們向她微微點頭以表歉意，閔冬瑤也擠出一個微笑，稍微點了點頭。

「那你就要叫人家姐姐呀，人家還那麼年輕。」小男孩的母親寵溺地摸摸他的頭，「好了，快走吧，應該要準備登機了。」

「好耶！要去夏威夷了！」

目送著那和樂融融的一家人離去，閔冬瑤這才將目光收回。

那是藍久熙和梁蓓媛吧？他們的孩子已經長那麼大了。至少讓她知道了，他們一家人過得很好。

有別於四年前，現在的藍久熙留了點小鬍子，看上去更加成熟。那男人的身上，已經看不見鍾諾的影子了。

閔冬瑤輕輕握住胸前項鍊上的兩枚戒指，鍾諾已經不在藍久熙體內了。

現在，他深深住進了她的回憶裡，還有，那個短暫卻幸福的二十歲。

（全文完）

番外
住著五個靈魂的身體

藍久熙第一次發現自己的身體裡不只住著一個人，是在七歲那年。

七歲，也是他父親徐央自殺後的兩年。

徐央是一名藝術家，同時也是藝術學院的教授，在大學裡是無人不曉的名師。

徐教授的才能出眾，但最讓學生瘋狂的還是他那張藝術品般的臉蛋。

「徐教授是天使吧？他身上的光環比我的前途還光明。」

「怎麼有藝術家可以在自己臉上雕刻？」

「參觀徐教授的畫室，我最喜歡的作品是他的臉。」

「我和徐教授一起沒買票闖進雕刻展，只有我被趕出去。」

學生們每天都在互相較勁，看誰的吹捧能讓教授留下最深刻的印象。就算徐央已經結婚了，甚至有個兒子，女學生們還是樂此不疲。

「結婚了有什麼關係，沒聽過有個方法叫離婚嗎？」

全校對徐央的熱愛，讓他蟬聯了每一屆人氣教授排行榜的第一名。不能說所有人都喜歡他，但肯定沒有人不喜歡吧？

不，偏偏因爲一個人，這個問題只能以否定回答。有一個男人不只不喜歡他，甚至對他恨之入骨。

傅詠，同樣身爲學校教職員，他從來沒掩飾過對徐央的厭惡，這是全校耳熟能詳的八卦。傅教授、徐教授與他的妻子池鳶，三人大學時就是同學，這兩個男人都喜歡池鳶，而池鳶理所當然選擇了帥氣、溫柔，和她擁有相同興趣的徐教授，即使如此，傅教授至今依然沒放下她。

學生間在談論這件事時，不外乎有三種反應，其一，大部分的人覺得整件事合情合理，並不感到意外；其二，有些人覺得傅教授很可憐，不過是笑著說他可憐，怎麼會不自量力跟徐教授競爭；其三，有些人支持傅教授勇敢追愛，這麼一來他們就能接手徐教授。

正經也好，不正經也好，總之全都是捧著徐央，貶低傅詠。

這讓傅詠對徐央的恨意越加濃烈，始終在等待機會毀掉他。

就在某學期的期中，機會終於來了。

那晚，傅詠因爲處理研究生的論文，到深夜才準備離開學校，在他經過徐央的美術教室時，意外目睹他與女學生不倫的畫面。

傅詠不僅拍照存證，更立刻向媒體投書，一夕之間，徐央從天堂跌至地獄，身上的天使光環更是被摘除。

不過傅詠並沒有因此滿足，他抓緊了這波醜聞，花大筆錢僱用專業人士，僞造許多學生的證詞，將原本的不倫戀轉了風向，變成誘姦多名女學生。

因爲這起風波，徐央不僅再也無法在學校裡生存，他的妻子、兒子也接連遭受波及，被鄰居指指點點，甚至還有人闖入家裡砸東西，連年幼的藍久熙也遭到同學排擠。

名譽一旦留下汙點，便很難恢復原本的潔白。徐央因爲這件事，最後選擇了自殺。

然而他的自殺沒能改變什麼，只給了妻兒最後一擊。

貧窮、欺凌和精神上的崩潰讓池鳶一度想選擇跟上丈夫的腳步，不過就在這時，她在丈夫留下的遺書中得知，讓整起事件越燒越烈的罪魁禍首正是傅詠。

池鳶爲了復仇，便答應了傅詠的追求。起初，她只是想一步一步毀掉他，同時解決目前最大的金錢危機，但萬萬沒想到的是，她最後竟然把眞心交出去了。

身爲徐央親骨肉的藍久熙進入新家庭後，頻繁遭到傅詠家暴，最讓年幼的藍久熙絕望的，是自己的母親並沒有奮力保護他。

這段期間，他覺得自己變得越來越奇怪，怎麼上一秒還躲在衣櫃裡，下一秒就一個人站在馬路中央，別人問什麼也常常回答不出來。

當時他還不知道身體裡出現了另一個人格，只覺得崩潰和痛苦。一直到七歲時，他才漸漸感知到，自己經歷的時間斷斷續續的，有人在他不記得的時候做了什麼事。

藍久熙很聰明，才七歲就發現了這個眞相，但他並沒有因此好過一點，反而更加害怕。

在他九歲時，又有一個人格出現了。

爲什麼他會知道呢？因爲這位新人格向他自我介紹了，她叫禹棠，是個十八歲的女孩。

禹棠在紙上用國字加注音的方式寫下一段話，還介紹另一個人格給他，藍久熙一直到那天才知道，原來第一個人格叫李恩，是一個七歲的男孩，在藍久熙五歲時就出現了。禹棠很顯然和李恩交流過，因爲李恩看不懂字，她甚至用錄音的方式才了解這個男孩。

李恩接手這個身體的時間裡，有百分之九十的時間都在發呆，他喜歡盯著會轉動的東西，所以常常跑到大馬路上看車輪，這會讓他感到平靜。

藍久熙還發現，禹棠試圖在學校裡交朋友，她是一個開朗的女孩，而且很擅長與人溝通。不過藍久熙並沒有因此擺脫被排擠的命運，因爲所有同學都被他極端的變化嚇壞了，禹棠認識的朋友在接觸藍久熙後，十個有十一個都走了。

她在藍久熙心目中占據了很重要的地位，每當他憂鬱得幾近窒息時，禹棠總會接管這副身體，讓他逃離恐懼。她生性樂觀，彷彿再絕望的處境對她而言都不痛不癢。

禹棠還有一個習慣，她常常寫日記記錄生活，不只是自己看，她也鼓勵藍久熙多看看世界的美好，久而久之，他也會跟著一起寫，兩人漸漸形成了一種寫交換日記的關係。

藍久熙十二歲時，傅詠和池鳶的女兒出生，而他的第三個人格也出現了。

這次又是透過禹棠發現的，他們一開始稱他爲老三，後來才問出這個人的名字叫蕭宇，十四歲，而且患有臉盲症。

藍久熙不太喜歡蕭宇，因爲他總是在白天突然奪走他的意識，還喜歡厭世地自言自語，導致所有人都更堅信他是瘋子。

也因爲如此，藍久熙才注意到，除了蕭宇，其他人格們通常都在夜晚出現，因爲藍久熙特別畏懼黑夜——也就是他必須回家的時間。

回到家需要面對傅詠和池鳶，傅詠甚至常常將他關在地下室，使他留下無盡的陰影。

後來，唯一一個讓藍久熙親自發現的人格，在他十五歲時出現了。

五月盛夏，繁賀國中校門口熙熙攘攘，學生們各個背著書包進入校園。

人群中有一個男孩低著頭默默向前走，他努力想保持低調的模樣卻特別醒目。

在烈日烘烤下，他是唯一一位穿著長袖長褲的學生。

「喂，徐奕銘，又是你？」

藍久熙離家前，一直用著這個名字。

糾察隊隊長挺起胸膛，展示自己的徽章，一把將他狠狠推倒在地。

他往後踩了兩步，最後還是沒穩住重心跌倒了。

「你真的是神經病吧？這種天氣穿長袖，真是臭死了。」糾察隊隊長嫌惡地在他面前揮了揮手，一腳踩上他的膝蓋。

「對、對不起……」藍久熙驚慌地不斷道歉，蜷縮在地上不敢抬頭。

糾察隊隊長冷冷笑了一聲，轉頭叫上朋友們，「阿飆、阿炳，走了。」

兩個大塊頭男孩一蹦一跳跑過來，眼中盡是準備作惡的興奮。

糾察隊隊長看向他，「你，起來。」

「不、不用登記了嗎？」藍久熙一愣，平時這群糾察隊隊員總喜歡纏著他登記服儀不整。

「不用這麼麻煩，反正你遲早也要銷過，直接去做勞動服務吧。」

話剛落下，阿飆和阿炳便一人一邊將他架走。

在人來人往的前庭，每一個學生都注意到他們了，卻沒有一位敢停下腳步多看一眼，大家都明白，惹了那群糾察隊，下一個倒在地上的就是自己。

藍久熙被連拖帶拽地帶到圍牆邊，原本明明只有三個人，才一轉眼，圍著自己的人數足足多了兩倍。

「欸，娘娘腔，今天不求饒嗎？」其中一個男同學朝他的腹部踹了一腳，「哀號一聲嘛，這樣多無趣。」

藍久熙不清楚這幾個人又要在他身上落下幾拳，他甚至從來沒有明白過，這些人究竟爲什麼要打他。也許是因爲他看上去弱不禁風，也許是因爲他的性格陰柔，也許是因爲他父親留下的醜聞，也許是因爲他常常認不出其他人，也許是因爲他有時像孩子一樣，還會突然在班上自言自語。

也或許，這些人就是純粹看他不順眼。

他已經習慣了，從小到大，身上的傷口總是沒有痊癒過，只不過偶爾撫著疼痛的傷口時，還是會委屈地流下眼淚。

「今天怎麼變啞巴了，我們對你太好了是吧？」話說完，糾察隊隊長還呼喚了大夥兒圍觀，「我們昨天剛聊到你，大家都有點好奇你到底爲什麼要一直穿長袖，你不介意和我們分享一下祕密吧？」

他猛然抬起頭，驚恐地搖搖頭。

被看見傷痕並不是什麼大事，但這些人顯然不只是要拉起他的衣袖，而是要在公開場合強迫他脫掉衣服。

「看你怕成這樣，該不會脫掉後會發現你其實是個女的吧？」男孩們笑成一團，「怎麼辦，更好奇了……」

一群人粗暴地扯開他的制服襯衫，藍久熙幾乎露出一大半的肌膚。他好不容易才趁亂掙脫，奮力爬起後轉身就是逃跑，豈料有人爲了阻止他，撿起路邊石塊用力砸在他的腦袋上。

他在地上翻滾了一圈，痛苦地抱著自己的頭，然後失去了意識。

男孩們驚覺大事不妙，收起笑容面面相覷。

「他……該不會死了吧？」

「誰叫你拿石頭砸他啊？你瘋了喔？」

「你們脫他衣服、揍他是有比我好喔？」

糾察隊隊長在此時走了出來，「阿炳，是你砸他的，你去看他是裝死還是眞的暈了。」

叫阿炳的男孩不屑地吐了口痰，蹲在藍久熙身旁，粗魯地搖搖他的身子，「喂，給我起來喔，別以爲你裝死我們就會放過你。」

這是鍾諾睜開眼後，聽見的第一句話。

陽光刺眼，但再不適的視覺感官也沒有痛覺強烈。

「看吧，他睜開眼了。」阿炳打開水壺，將冰水澆在他的頭上，「放心吧，我們不會讓你那麼輕鬆就逃掉。」

鍾諾不認識這些人，但血液裡卻有種本能——看不順眼的人，就用暴力解決吧。

他撥開亂糟糟的瀏海，緩緩起身，隨意抹去流至臉上的血，抬頭看清這位在他眼前放肆的男孩後，不等對方開口便抓住他的脖頸，猛力一拽。

砰——

男孩整個人撞上堅硬的圍牆，之後便倒在地上一動也不動，頭上血肉模糊的傷口，比鍾諾的大了一倍。

圍觀的學生驚恐地尖叫著，有人急忙去找教官，有人嚇得直接報警。至於身爲阿炳好友的糾察隊隊長，雖然震驚，但更多的卻是憤怒。他氣沖沖走向鍾諾，「你想造反啊？誰給你的膽……」

鍾諾單手扣住他揮過來的拳頭，阻止他做些無意義的挑釁，「下巴、肚子，選一個。」

糾察隊隊長在那瞬間愣住了，這個人不是徐奕銘。他知道這個想法有多荒謬，但腦袋在第一時間卻很自然地迸出這句話。

聲音是一樣的，但這個人說話的語氣、音調，都和徐奕銘不同，徐奕銘說話時音調很高，就像是夾著鼻腔發出的聲音，而這回他的嗓音卻是從丹田發出來的，莫名深沉。

「不選嗎？那我就自己選了。」鍾諾一拳朝他的腹部揮去。

糾察隊隊長被這麼一揍，飛了五公尺遠，他又是打滾又是哀號，還吐了一地。

剛才沒逃跑的圍觀人群，現在全落荒而逃了。

鍾諾拍了拍手上的灰塵，揚長而去。

✦

藍久熙因爲這件事遭受了警方的盤問，最後因爲他還尚未成年的關係，只得到校內輔導的處分。不僅如此，學校裡再也沒有人敢和他說話，以前別人看他的眼神是鄙視，在那之後全變成了畏懼。

他不知道發生了什麼事，最後是從輔導老師口中得知事發經過的。老師一邊訓斥，一邊將監視器畫面放給他看。

藍久熙不敢相信自己看了什麼，就連從小被打到大的他，也不曾被用這麼殘暴的力道對待，阿炳那天重傷送醫後，被診斷出腦震盪，再晚幾分鐘恐怕就回天乏術了。

最可怕的是，畫面裡的他只出手一次而已。

藍久熙十分篤定，這一定是新的人格，李恩還是個孩子，禹棠性格開朗又溫柔，蕭宇雖然古怪，但膽子小得很。

他在便條紙上寫下三個字：你是誰？

然後在入睡前緊緊握在手裡，希望這位新人格可以像禹棠一樣和他對話。

不過事與願違，從那天之後，藍久熙又因爲大大小小的傷害罪、竊盜罪進出警局好幾次，而這些罪名的主人卻一點也不想理他。

而且，這個新人格非常強大，他能讓李恩、禹棠和蕭宇不再出現。

這一切讓藍久熙感到十分恐懼，他的本性極端善良，被虐待時，總是只感到難過和害怕，從來沒有想過要去報復任何欺負自己的人，但這位新人格根本有反社會傾向，他打的盡是一些藍久熙不認識的人。

這種恐慌，一直到他國中畢業的前一天才有了改變。

那天，他上一個記憶明明還躺在床上，下一幕便出現在一個破舊的旅店房間。

一直帶在身上的那張便條紙，終於出現了幾行陌生字跡。

你爸被我打到重傷送醫了，我還幫你斷絕關係了，那種破家你待得下去，我不行。從今天開始，我晚上會去打工，你白天自己看著辦，我會拿工資付房租，你每天給我負責想辦法吃飽。對了，去改名字，我叫鍾諾，不要跟我撞名就好。然後，你敢回去試試看。

讀完最後一個字，藍久熙打了一個哆嗦。

他不知道該從哪一句話開始震驚，是他終於知道新人格的名字了，還是他離家出走了，又或是……這位新人格自作主張改變了他的人生。

最初，藍久熙很徬徨，他從來沒有離家過，對於繼父受重傷也感到過意不去，但日子過著過著，他發現不用回家的生活居然像天堂一樣。

他這一生從來沒有過得這麼輕鬆過，除了沒有人打他，每天還會有一筆錢放在抽屜裡，身體甚至莫名其妙多了一堆肌肉。

藍久熙對鍾諾又敬又怕，不敢違背他的意思，真的就乖乖地盡可能多吃點東西，維持體力。

這種詭異的日常漸漸穩定後，他決定打起精神，不讓鍾諾一個人扛下所有家計。

藍久熙沒有做過智力測驗，但只要看過他用腦的人都知道，這男人是一個天才，他不但智商高，還繼承了父母的藝術天賦。

他很快定下人生目標，決心往藝術行業發展。

向鍾諾報告這個決定後，鍾諾並沒有表態什麼，只是幫他去把原本的長髮剪了，讓他在就業之路上別嚇到別人。

雖然藍久熙從來沒見過鍾諾，但他打從心底佩服這個人格，如果人可以選擇自己的人設，他想像鍾諾一樣活著。

這麼多年來，藍久熙只有對鍾諾提出過一次請求，就是讓禹棠也能夠偶爾出來。

禹棠是所有人格中最正常的一個，還幫他度過兒時大部分的焦慮時期，甚至會和他寫交換日記，與他交流。禹棠消失後，藍久熙一直覺得生活少了些什麼。

只不過，不知是因爲他身體上的變化，還是她嚐到了青春期愛情的美好，禹棠從原本的試圖交朋友轉變爲沉迷於交女朋友，明明平均一週只出現一次，卻擁有無數戀愛經驗。

藍久熙和鍾諾都不太介意她拈花惹草，畢竟鍾諾自己也沒好到哪裡去。

這個時期對鍾諾而言，是相當荒唐的一段歲月。

不管是哪一年，他都是二十五歲，他的心中並沒有夢想，也沒有目標，每天都在賺錢。

藍久熙成年後，鍾諾的生活才終於多了一點樂趣，那就是去夜店放鬆身心。

在藍久熙二十二歲那年，鍾諾遇見了方盛——遠近馳名的黑道老大。

鍾諾非常人的武力值讓方盛大感興趣，對他提出了好幾次邀約，而讓鍾諾決定加入幫派的關鍵因素，其實是豐厚的酬勞。

多虧這份優渥的金源，藍久熙在創業之路上沒吃過多少苦。

✦

五年後，藍久熙交了女朋友。

他在創業初期與梁蓓媛邂逅，梁蓓媛以知名企業千金的身分出席宴會，藍久熙對她一見鍾情，禹棠則特地在這緊要關頭現身替他搭訕對方。只不過，當藍久熙知道對方的名字後，才知道大事不妙，梁蓓媛曾經是他國中隔壁班的同學。

梁蓓媛當然沒認出改名換姓、外貌大轉變的藍久熙，但他自己退縮了。

而梁蓓媛卻反而對他突如其來的冷漠感到好奇，想更了解他，最後也得知了多重人格的祕密。

母胎單身的藍久熙自然是沒有勇氣告白，這回責任又落到了禹棠的身上。

禹棠其實不太認識梁蓓媛，只有在替藍久熙搭訕她的那天見過一面，並且透過藍久熙的描述稍微了解這個女人。

她根據過往勾搭女人的經驗，預訂了五星級夜景餐廳，準備一車玫瑰和名牌包包。晚餐吃得差不多時，她便讓服務生公布驚喜。

「蓓媛，跟我交往吧。」

禹棠自認帥氣地對她笑了一下，不料梁蓓媛只是放下刀叉，無奈地望著她。

「妳會笑表示不是鍾諾，那就是禹棠吧？叫久熙自己來跟我告白。」

這是禹棠在感情領域第一次碰壁，就這樣，這次的告白就這麼不了了之。

梁蓓媛的出現，讓藍久熙第一次明白，原來眞的有一個女人願意接納像他這樣心靈破碎的男人，而且她喜歡上的，不是充滿男人魅力的鍾諾，更不是陽光溫暖的禹棠，是眞眞實實的藍久熙。

就算他支支吾吾才吐出練習了一個星期的告白，梁蓓媛依然毫無猶豫地點頭答應。

這是他第一次感受到被愛是什麼感覺。

藍久熙得到幸福，相反的，苦到的就是禹棠和鍾諾，他們不能再隨便用這副身體與其他女人相處。

但他們都能理解，承受了多年痛苦的藍久熙值得擁有他唯一的幸福。

於是三人達成共識，列了一份單身條款，鍾諾答應了，禹棠雖然也答應，但她只遵守了一個月。

他們的一週年結婚紀念日那天，原本相約要去看一場電影，再好好吃頓飯。不料，藍久熙因爲工作過度不小心睡著了，醒來的禹棠對此毫不知情，跑去找當時的伴侶約會。

好死不死，被梁蓓媛撞個正著。

她事後雖然知道那個人不是藍久熙，卻還是抑制不住怒火和心痛，和藍久熙冷戰了半個月。

沒有梁蓓媛陪伴的那兩週，藍久熙經歷了成年以來最嚴重的憂鬱期，甚至把這副身體搞出了病，又是發燒又是暈眩，臥病在床好幾天。

鍾諾對此大發雷霆，從此之後，禹棠一週只有半天能出來。

時間被限縮後，她終於收斂了點，不再出入娛樂場所，改爲每一年選一間大學旁聽課程，好好過這個年紀該過的校園生活。

而失去生活娛樂的鍾諾，也找到了一個新的目標——替藍久熙報仇。

他與傅詠其實只有幾面之緣，那短短幾個月裡，多虧這位藍久熙的繼父，鍾諾每次醒來，都必須一起承擔那些讓人痛不欲生的傷。

鍾諾查到傅詠的下落，他在幾年前離開原本工作的國立大學，轉而進入一間資金雄厚的私立大學，心安理得繼續當教授。

至於池鳶，她得到傅詠的鼓勵與支持，在珠寶設計業努力多年後站穩了腳跟，因爲作品深受影后喜愛而一舉成名。

他們都過得很好，彷彿什麼都沒發生過。

鍾諾有了幫派的人力與資金，好幾次讓兄弟們去傅家堵人，要不到場恐嚇，要不寄些威脅信、放火嚇嚇他們，就算只能讓他們體會到藍久熙心裡十分之一的恐慌也好。

眞正讓鍾諾決定幹點大事的關鍵，是池鳶新發布的作品——天使之淚。

藍久熙在看見發布會預告那天，整整一個星期足不出戶，連一向最狂熱投入的公司都沒有去。

雖然只看見天使之淚的宣傳圖，他依然一眼便認出來了。

那根本不是池鳶的作品，是徐央還在世時的設計。諷刺的是，天使之淚原本是要當作結婚五週年禮物送給她的。

藍久熙國中時曾經一個人回徐央的老家探望祖母，他在父親的房裡看過那張設計稿，一旁還寫著對池鳶的情意。

雖然徐央外遇是事實，但打從池鳶愛上傅詠的那刻，藍久熙就分不出這兩人誰比較可恨了。

他當然怨恨這樣的父母，可除了埋怨，他什麼也做不了。

藍久熙透過日記向禹棠吐露了這份痛苦，她一邊答應著不洩露祕密，一邊立刻想辦法把這件事傳達給鍾諾。

鍾諾本來對這種事不太關心，但因爲生活一直單調乏味，可以光明正大犯罪的機會讓他久違地感受到興致。

他要在眾多媒體聚焦的那刻，偷走天使之淚。

而且絕不會只盜取一次，只竊取一次會顯現出池鳶的作品有多麼珍貴，但如果這樣的情況屢屢發生，保證大眾都會知道她肯定得罪了什麼人。

其實鍾諾覺得這種方式效率極低，他主要只是想滿足自己對於犯罪的渴望而已。禹棠也千叮嚀萬囑咐，既然是要讓媒體報導的，就不要使用暴力也不要殃及無辜，否則這件事只會被看成恐攻。

鍾諾考慮了很久才答應這吃力不討好的工作，首先第一步，便是到珠寶發布會會場進行勘查。

霍朵集團是國內的企業龍頭，涉足的領域多達數十種，其中也對藝術產業有所經營。專攻藝術領域的藍天公司已經發展得很成功了，依然比不過他們。

鍾諾到這棟三十層樓高的建築探查了兩回。

第一次，他先透過幫派裡的駭客技術查明監視器系統，接著再實地探查，研究所有通道和監視範圍。評估完畢後，認爲屆時若要將珠寶帶出來，能從管線下手，只可惜要確切知道哪條水管會通到哪個排水道，是一件費力的大工程。

因此，他又來了第二次，這回他從一樓廁所開始，一間一間偵測管線。他得先繪製出管線圖，再評估該去哪裡鑿洞，估計得花上一整天。

不過，當鍾諾剛偵測完十五樓男廁管線，準備走出最末間的廁所時，外頭傳來陣陣騷動，他將門又鎖了回去。

外頭有個女孩在低聲啜泣。

這裡不是男廁嗎？鍾諾聽著腳步聲，判斷出除了那位女孩之外，還有另一個人在門邊徘徊。

果然，隨即出現了一個男生的聲音，「妳搞什麼？這裡是男廁耶。」

「我不在男廁哭的話，你要怎麼安慰我？」

男孩嘆了口氣，「這種事我能說什麼？說沒事啦，妳只是附卡被沒收而已，房子還沒被收回去，還是妳只是沒了附卡，一個月還有十萬元的生活費，又或是跟妳說，妳爸只是拿走附卡，沒把妳殺了，哪一個妳聽了會比較舒服？」

門外傳來一聲手打在肉體上的聲響，鍾諾猜想是那男孩被女孩打了。

「你還是閉嘴好了，韓浚。」

安靜了一會兒，女孩又開始聒噪，「說眞的我有很誇張嗎？我只不過比以前多刷了百分之十左右，我爸怎麼會這樣就生氣？」

「妳也不想想那個百分之十要乘以多少，我一年都沒用那麼多錢。」男孩停頓了一會兒，「但我覺得他最氣的應該是妳跑來公司對他發脾氣。」

「那你爲什麼不攔著我，還跟我一起來了？」

「不是妳自己說閔總看到我時，脾氣會比較受控嗎？」男孩委屈極了。

「我還以爲他很喜歡你，看來也沒多喜歡。」

鍾諾瞪著門板發呆，不知道那兩人還要嘰哩呱啦多久。

「好了別鬧了，妳是鬥不贏妳爸爸的。」

「誰說的？」她的語調突然變得輕快，「看看我從他辦公桌上拿了什麼。」

「這是……」男孩倒抽一口氣，「妳居然偷了妳爸爸的公文！閔冬瑤！妳瘋了吧？如果這份資料很重要怎麼辦？」

她拍了下手，「那正是我要的效果，誰叫他要這麼狠心，就讓他體會看看，失去重要的東西是什麼感覺！」

「我眞是不知道該說什麼……快點拿去還，然後趕快回家啦，明天一早還要上課。」

「休想，我會在這裡待到他取消處分，最好還能看看他發現東西遺失時會有多崩潰。」

「嘖，那我要先走了，隨便妳要不要跟上來，但別忘了喔，我走了就沒人載妳，然後妳現在不能刷卡也沒帶現金。」

女孩抓狂地叫了聲後，接著傳來男孩遠去的腳步聲。

不知過了多久，女孩終於有所動作，打開水龍頭開始洗臉。

鍾諾實在等得不耐煩，心想那女的聽起來也不怎麼聰明，於是決定不躲了，打開門直接走出去。

「嚇死我……」閔冬瑤一邊淋著水，一邊尖叫，「那你拉很久欸，我還以爲沒人。」

原來這就是傳說中的自來熟，他第一次見。鍾諾沒理會，直直朝門口走去。

「先生，」閔冬瑤就算因爲臉上的水而睜不開眼，依然出聲攔住他，「你沒洗手！上這麼久的廁所還沒洗手，有點噁心喔。」

他睨了眼，原本打算無視，但就是這麼一個瞬間，讓他不經意地瞥見那份被她偷出來的公文。

透明文件夾中，白紙上寫著幾個字，其中「施工」和「管線圖」這兩個關鍵詞，牢牢吸引住他的注意力。那是十九樓廁所管線的施工工程圖，居然有這麼好的東西，管線圖都畫得一清二楚，那位置堪稱完美。

鍾諾勘查到目前爲止，原本認爲十四樓的廁所是最合適的，現在看到這個十九樓管線圖，突然有了新靈感。

他定睛看了五秒，將管線圖牢牢記在腦中。

「那個不好意思，你洗完手了吧？」閔冬瑤會多管閒事提醒別人洗手，不外乎就是爲了這一刻，「幫我拿一下衛生紙好嗎？」

她臉上全是水珠，只能用力瞇著眼。不料遲遲等不到回應，才硬睜開一隻眼，一個高眺的身影映入眼簾。「欸先生，你沒聽見我說話嗎？」

「有。」

她張了張口，「那你還沒反應？」

「妳沒看見我拒絕嗎？」

閔冬瑤氣得尖叫。

鍾諾走了幾步，突然覺得他能提早收工也要感謝這個女孩，便折返回來，抽了一張紙巾按在女孩的臉上。

「喂！你有沒有禮貌！如果把我的鼻子壓扁了你賠得起嗎……」

等她拿下衛生紙時，男人已經消失了。

鍾諾沒特別記得那個霍朵千金，只是萬萬沒想到她在幾天後又出現了。

這回完全變了一個樣，唯一的相同點只有那讓人渾身不舒服的個性。

「嗨！」閔冬瑤笑咪咪地擠著夾子音，「哥——哥。」

他怎麼也不會知道，這個女孩將這麼走入他的人生，在他黑暗的心房中點亮唯一的那盞燈。

後記

在好奇心中誕生的故事

首先，非常謝謝每一位翻開這本書、閱讀完這個故事的讀者，無論是一路支持、陪伴我的老朋友，或是因爲這個故事讓我們相遇的新朋友，很幸運有你們！

二〇二二年六月，華文大賞開跑時，內心一直有想再次參加的衝動，但遲遲定不下一個滿意的題材，幾乎有一半的徵稿期都在苦惱情節，反反覆覆刪除、修改大綱，最後構思的時間反而比眞正碼字的時間還長，壓在最後一天才完結。

寫稿期間，其實非常擔心沒有進步，更擔心退步，或是成果不如預期，所以很感謝華文大賞讓我重新找回一點自信，還有留言私訊心得、給予支持的讀者，你們都是天使！讓寫作變得更快樂、更有動力。

接下來，來談談這個故事吧！

書中的女主角閔冬瑤是一個驕縱、三八又做作的千金大小姐，但從另一個角度來看，她也是個爽朗直言、自信又心軟的女孩，在遇見鍾諾後，漸漸收斂了原本的放誕不羈。

我是第一次嘗試寫這種性格大剌剌的主角，雖然創造出那些過度自信的發言時，常常連自己都會手腳蜷縮，偶爾還會有點想要打她，但說眞的寫得很快樂（？），該不會是隱性傾向……

冬瑤是一個完全不相信玄學的女孩，老實說我正好相反，一直覺得占卜、算命、預言等是很神奇的領域，雖然絕不宜盲從，但也值得被尊重看待。故事因爲冬瑤相信預言是假的而展開，她不願服從的那股傲氣，正是開啟預言的鑰匙，而最後卻發現預言一個個吻合了。

除了隱隱約約貫穿全文的預言，多重人格也是本書的一大主軸，這也是我一直很想嘗試的題材。

還記得我第一次眞正對多重人格有初步了解，是因爲《二十四個比利》這個故事，當時看了老高與小茉的影片，受到震撼。在觀賞影片的同時，腦袋中出現了好多好多的想法，隨後也去找了一些患者在網路上的親身分享，越多了解了一點點，就越想更深入探討。

一般提到解離性身分疾患，通常會想到的，是患者令人同情的過去和精神狀態，他們無法控制完整的自己，飽受破碎的記憶摧殘身心。

不過這本書的主角鍾諾並不是主人格，而是只擁有黑夜時間的副人格，最重要的是，他是一個相當偏激的人格。要是今天主角是藍久熙與梁蓓媛，鍾諾和閔冬瑤也許就成爲反派了，這樣被視爲理所當然該消失的人格，如果以他的視角切入，又會有什麼不同呢？

我有一個習慣，平時突然想到什麼靈感時，會在手機裡記下一段模擬簡介，以免忘記。這本書的靈感原型，就是出自這段筆記：我喜歡上一個擁有多重人格的男人，但他的另一個人格，也有一個戀人。

因爲我特別著迷於帶有衝突的故事情節，當時就這麼記下了。不過想像出這個情境後，反而自己很想知道劇情會如何發展。

如果眞的遇到了這種看似無解，卻又必須面對的狀況，角色間會碰撞出什麼火花呢？作品成形前，我也不知道答案。

於是，這本書就在我的好奇心中誕生了。

最後，這裡想再次表達滿滿的感謝。

進入POPO平台的那年，也是我開始寫愛情小說的第一年，我列過一份寫文願望清單，就是有點類似人生十項的那種東西，簡稱「寫文十項」。

當時，在POPO出版實體書，是一個被排在很前面的夢想，如今能爲這個目標打上一個勾，要感謝好多人。

謝謝華賞的評審們，謝謝城邦原創，謝謝美美的責編啟樺，一本實體書的出版，背後有好多人一起努力，才能讓一個故事變成更好的模樣，謝謝你們給我這個機會和資源。

也謝謝我的家人朋友，在這邊想特別點幾個名，藏鏡鴨、阿婕、薛狗、姍弟、兩粒（我的朋友們名字都怪怪的，好愛XD），謝謝妳們這幾年總是給我最多支持和鼓勵，是我最堅強的後盾！

當然，還有所有閱讀到這裡的讀者。《黑夜限定的戀人》能夠被收藏成實體，一定要謝謝一路陪我走過來的你們。

後記來到尾聲，但這只是一個起點，往後，我也會繼續加油，創作出更多更好的作品！

謝謝，愛你們！♡

陌穎

國家圖書館出版品預行編目資料

黑夜限定的戀人／陌穎著. -- 初版. -- 臺北市：城邦原創股份有限公司出版：英屬蓋曼群島商家庭傳媒股份有限公司城邦分公司發行, 2023.09
面；　公分. --

ISBN 978-626-7217-64-1（平裝）

863.57　　112014713

黑夜限定的戀人

作　　者／陌穎
責任編輯／鄭啟樺　行銷業務／林政杰　版　　權／李婷雯

內容運營組長／李曉芳
副總經理／陳靜芬
總　經　理／黃淑貞
發　行　人／何飛鵬
法律顧問／元禾法律事務所　王子文律師
出　　版／城邦原創股份有限公司
台北市中山區民生東路二段 141 號 6 樓
電話：(02) 2509-5506　傳真：(02) 2500-1933
e-mail：service@popo.tw
發　　行／英屬蓋曼群島商家庭傳媒股份有限公司城邦分公司
聯絡地址：台北市中山區民生東路二段 141 號 11 樓
書虫客服服務專線：(02) 25007718・(02) 25007719
24小時傳真服務：(02) 25001990・(02) 25001991
服務時間：週一至週五09:30-12:00・13:30-17:00
郵撥帳號：19863813　戶名：書虫股份有限公司
讀者服務信箱 email：service@readingclub.com.tw
城邦讀書花園網址：www.cite.com.tw
香港發行所／城邦（香港）出版集團有限公司
地址：香港灣仔駱克道 193 號東超商業中心 1 樓
email：hkcite@biznetvigator.com
電話：(852) 25086231　傳真：(852) 25789337
馬新發行所／城邦（馬新）出版集團 Cité(M)Sdn. Bhd.
41, Jalan Radin Anum, Bandar Baru Sri Petaling,
57000 Kuala Lumpur, Malaysia.
電話：(603) 90563833　傳真：(603) 90576622
email:services@cite.my

封面設計／Gincy
電腦排版／游淑萍
印　　刷／漾格科技股份有限公司
經　銷　商／聯合發行股份有限公司
電話：(02)2917-8022　傳真：(02)2911-0053

■ 2023 年 9 月初版　Printed in Taiwan

定價 / 370元

POPO城邦原創 www.popo.tw　城邦讀書花園 www.cite.com.tw

ISBN　978-626-7217-64-1
本書如有缺頁、倒裝，請來信至service@popo.tw，會有專人協助換書事宜，謝謝！